Collection « Azimuts »

D1362200

LA DERNIÈRE ENQUÊTE DE JULIE JUILLET

Du même auteur

Le Seul Ami, Montréal, La Courte Échelle, « roman jeunesse », 2002.

Le Cheval d'Isabelle, roman, Hull, Vents d'Ouest, « Girouette », 2002.

Michel ou l'ultime envol, roman, Montréal, Lanctôt éditeur, 2002.

L'Arche du millénaire, roman, Granby, éditions de la Paix, « Ado-adultes », 2001.

Meurtre au Bon Dieu qui danse le twist, roman, Hull, Vents d'Ouest, « Azimuts », 2000.

La Petite Hindoue, roman, Montréal, Guy Saint-Jean éditeur, 1999.

Enquête sur le viol d'un père Noël, roman, Montréal, Québec-Amérique, 1998.

Enquête sur la mort d'une vierge folle, roman, Montréal, Québec-Amérique, 1997.

Fleur-Ange, roman, Montréal, Québec-Amérique, 1995.

Les Noces d'eau, roman, Montréal, Québec-Amérique, 1995.

Fleur de papier, conte, Montréal, Éditions Paulines, 1971.

Azimuts | roman policier

Sylvain MEUNIER
LA DERNIÈRE ENQUÊTE
DE JULIE JUILLET

ents d'Ouest

Données de catalogage avant publication (Canada)

Meunier, Sylvain
  La dernière enquête de Julie Juillet

  (Azimuts. Roman policier)

  ISBN 2-89537-048-6

  I. Titre. II. Collection.

PS8576.E9D47 2002   C843'.54   C2002-940974-8
PS9576.E9D47 2002
PQ3919.2.M48D47 2002

Nous remercions le Conseil des Arts du Canada de l'aide accordée à notre programme de publication. Nous reconnaissons l'aide financière du gouvernement
du Canada par l'entremise du Programme d'Aide au Développement de l'Industrie
de l'Édition (PADIÉ) pour nos activités d'édition. Nous remercions également la
Société de développement des entreprises culturelles ainsi que la Ville de
Gatineau.

Dépôt légal —   Bibliothèque nationale du Québec, 2002
                       Bibliothèque nationale du Canada, 2002

Direction littéraire : Jean-Marc Barrette, Micheline Dandurand, Patrick Imbert
Révision : Marie-Claude Leduc
Correction d'épreuves : Renée Labat
Infographie : Christian Quesnel

Éditions Vents d'Ouest
185, rue Eddy
Hull (Québec)
J8X 2X2
Téléphone :   (819) 770-6377
Télécopieur : (819) 770-0559
Courriel :   ventsoue@ca.inter.net

Diffusion au Canada : PROLOGUE INC.
Téléphone :   (450) 434-0306
Télécopieur : (450) 434-2627

Prologue

L'histoire d'Aziellaï

AZIELLAÏ regarde de tous ses yeux l'eau lisse de la baie engourdie par les langueurs argentées de la lune. C'est la première fois qu'elle voit la mer. Elle sait qu'elle ne reviendra jamais ici, même si sa mère lui a répété, tout le long du voyage à travers la jungle, que nul ne sait de quoi l'avenir est fait.

À dix-sept ans, Aziellaï n'est plus une enfant à qui l'on peut raconter n'importe quoi. Elle comprend et accepte ce qui se passe. Elle va partir vers l'inconnu. Elle doit toujours garder à l'esprit que, grâce à elle, sa famille sera désormais à l'abri du besoin. Le village lui-même se portera un peu mieux. D'autres filles venues des villages voisins attendent sur cette plage, des filles comme elle : belles.

Jusqu'à environ huit ans, Aziellaï allait, pieds nus, jouer avec les autres enfants, ou accomplissait des tâches usuelles. Par exemple, elle soulevait les pierres brûlantes, puis, s'étant assurée qu'il n'y avait pas de scorpion, elle recueillait les insectes comestibles que les femmes faisaient frire dans le beurre de chèvre. Elle transportait de l'eau, cherchait du bois… C'est un soir qu'elle entrait dans la case à contre-jour qu'elle avait, pour la première fois, entrevu son destin, quand son père l'avait regardée d'une façon inhabituelle. Il avait simplement dit : « Belle ! » Sa mère, tristement, avait approuvé. Ce soir-là, Aziellaï, s'était couchée inquiète et avait vu le feu s'éteindre avant de s'endormir. Son père ne lui avait pas fait un compliment anodin, elle le savait, comme elle savait, sans en comprendre les raisons, que les rares filles qui méritaient ce qualificatif quittaient le village avant d'avoir dix-huit ans.

Le lendemain, comme sa mère pétrissait à l'ombre le pain du jour, Aziellaï lui avait demandé si elle allait devoir partir aussi. Sa mère lui avait répondu, l'œil humide, que ce n'était pas sûr, qu'il fallait attendre qu'elle soit une femme. De toute façon, personne ne l'obligerait à partir. Ses parents étaient bons.

Elle avait été rassurée pour un moment, mais elle avait entendu encore des voix d'adultes murmurer « belle » sur son passage. On avait commencé à l'exempter des tâches trop dures ou dangereuses. Même l'attitude de ses amis à son égard changeait. Sa mère possédait un miroir dans lequel Aziellaï se regardait souvent. Elle ne se sentait pas différente de ses sœurs ni des autres filles, sinon qu'elle était plus pâle. On disait que les filles du haut plateau étaient les plus belles du pays. Des hommes venaient des villes pour leur offrir du travail. Ils étaient renvoyés sans ménagement, car quelques-unes, qui avaient accepté leurs offres, étaient revenues malades et sans argent. Parfois, on apprenait que l'une d'elles avait été assassinée ou qu'une autre mendiait dans les mauvais quartiers. Quand on parlait de construire la route, les vieux objectaient que les filles du village allaient être enlevées, et tout le monde se rangeait à leur avis. De toute façon, le gouvernement ne s'intéressait pas au haut plateau, la région la plus pauvre d'un pauvre pays.

Les hommes aussi étaient beaux, sur le haut plateau, mais quand on disait cela d'une fille, c'est qu'elle l'était entre toutes. Cela voulait surtout dire que le Rotor, un homme rond et puant comme une grosse volaille, l'achèterait peut-être. On l'appelait ainsi parce que, juste avant la saison des pluies, il faisait la tournée des villages dans un hélicoptère. Il avait beaucoup d'argent. À la recherche de belles, il offrait gracieusement des boîtes de thon, des biscuits, de la farine blanche. Quand il choisissait une fille, il discutait avec les parents du prix qu'il prévoyait en obtenir. Parfois, il repartait les mains vides.

Cette année-là, il avait marchandé Aziellaï. La négociation avait été brève, le prix, le plus élevé qu'on ait vu.

Il était reparti en laissant déjà assez d'argent pour faire venir de la plaine dix poches de moulée pour les animaux et autant de bidons de kérosène. Depuis qu'elle avait eu douze ans, personne n'avait douté qu'Aziellaï allait être choisie. Elle s'était faite à l'idée de se sacrifier. Au centre du village, sur un autel abrité, il y avait onze statues de la Vierge représentant autant de filles parties. Aziellaï serait la douzième. Sa mère viendrait chaque jour y faire une prière. Ce serait là les seuls lien et souvenir auxquels elle aurait droit ; le Rotor exigeant que toute trace de ses belles disparaisse, comme si elles n'avaient jamais existé.

Au loin brille une lumière. C'est le bateau qui va l'emporter. Elle n'arrive pas à croire que l'eau va si loin. Une autre lumière approche.

Comme un couteau, un canot déchire longuement la peau de l'eau avant de s'échouer sur la plage. Aziellaï ne voit rien, elle pleure au creux de l'épaule de sa mère, qui verse aussi des larmes en la serrant de toutes ses forces, répétant des « merci » à n'en plus finir. L'on entend des sanglots comme si l'écho des montagnes les reprenait à l'infini. La plage est un cimetière où les défuntes, les pleureuses et les stèles sont les mêmes personnes.

— Allons, allons ! Dépêchons-nous ! presse le Rotor dans la langue du pays, à voix presque basse, circulant entre les grappes humaines et en cochant des noms dans son calepin.

Puis, à l'aide de deux acolytes, il commence à défaire sans complaisance les enlacements et à embarquer les filles.

— Attendez donc avant de pleurer ! Peut-être que personne n'en voudra et que je vous les ramènerai !

Le moteur gronde. Le canot file vers la lumière lointaine. Aziellaï se tient collée à ses deux compagnes. Il n'y a bientôt plus que de l'eau tout autour. Elle a peur, elle a froid dans la courte robe fleurie qui est le seul bien qu'elle conserve, avec les médailles qu'elle porte au cou. Aziellaï tient les siennes bien serrées en chuchotant des prières.

La silhouette du bateau se dessine dans la nuit.

C'est un navire noir, haut comme une falaise. Aziellaï reconnaît l'odeur de l'huile dès que le moteur du canot est coupé. Des hommes aident les filles à grimper à une échelle. Aziellaï sent une grosse main dans sa robe. Elle pousse un cri. Le Rotor crie à son tour dans une langue qu'elle ne comprend pas, et la main se retire. Sur le pont, il y a plusieurs hommes, la plupart torse nu. Aziellaï a toujours froid. Quand le Rotor prend pied sur le pont, il fait un signe et les filles sont conduites à l'arrière, où il y a une maison tout illuminée. Aziellaï a déjà vu des cargos comme ça sur des images ou à l'écran de l'unique téléviseur du village, mais jamais elle n'aurait pensé que c'était si grand.

On les conduit à la file indienne dans un étroit couloir jusqu'à une salle où, enfin, il fait chaud. Aziellaï cligne des yeux tant la lumière est puissante. Il y a quelques hommes en chemisette blanche qui transpirent devant des appareils divers. On aligne les filles le long du mur. Dans un coin, un homme derrière un ordinateur pianote sans arrêt en émettant des commentaires. Finalement, il dit quelque chose à l'intention du Rotor qui hoche positivement la tête et qui ordonne aux filles, revenant à la langue qu'elles comprennent :

— Déshabillez-vous. Enlevez tout.

Les filles se regardent, les yeux exorbités. Certaines font non de la tête. Aziellaï ne peut rien dire tant sa gorge est serrée. Le Rotor prend un ton sévère :

— Si vous ne voulez pas vous déshabiller vous-mêmes, je vais demander à des hommes qui sont dehors de le faire. Ceci, ajoute-t-il en montrant un appareil monté sur un trépied, c'est une caméra, un œil électrique qui va vous regarder à la place des gens qui vont vous acheter. Ils sont très loin, partout dans le monde. Si nous devons vous tenir par la force, ils seront moins aguichés. Il y aura moins d'argent pour vos familles. Si vous vous exposez bien, on ne vous fera pas de mal et ce sera mieux pour tout le monde.

Rien ne bouge, puis, tout d'un coup, toutes les filles se mettent à parler ensemble dans un tel désordre que les hommes en chemisette blanche se bouchent les oreilles. Après quelques secondes de cette cacophonie, dont même le Rotor n'arrive pas à comprendre l'essentiel, une première fille enlève sa robe, bientôt suivie des autres.

— Voilà qui est mieux.

Et c'est de nouveau le silence parmi les filles nues qui dissimulent tant bien que mal leurs parties intimes. Le Rotor consulte son carnet, puis va prendre une des filles par le bras.

— Écarte les cuisses, que je vérifie si tu es bien vierge. Je ne te ferai pas mal.

La fille arque les jambes. Aussitôt, le Rotor descend la main. La fille sursaute. Il faut à peine cinq secondes au bonhomme pour approuver d'un grognement. Ensuite, il la place devant la caméra, en l'obligeant à laisser ses bras légèrement relevés de chaque côté de son corps. Un homme vient derrière et met l'appareil en marche. Il fait bouger la caméra très lentement, de haut en bas, puis dit quelque chose au Rotor, qui traduit :

— Lève les yeux. Bien. Tourne sur toi-même maintenant, doucement.

La fille obéit et tourne jusqu'à ce que l'homme à l'ordinateur fasse signe d'arrêter le manège. La fille rejoint les autres. L'homme à l'ordinateur devient très actif. Il discute avec le Rotor, qui n'aime pas comment les choses se passent. Finalement, l'homme fait non de la tête. Le Rotor grimace et dit à la fille :

— Remets ta robe. Tu vas retourner chez toi. J'avais dit à tes parents que ce serait difficile parce que tu es un peu trop noire. À dix mille dollars, je t'aurais laissée partir, mais à moins, ce n'est pas rentable. Désolé.

Il la fait sortir. Il installe une autre fille. Le manège recommence. Le Rotor n'est pas beaucoup plus heureux de la tournure des choses. Il finit par soupirer : « Okay ! »

— Dix-sept mille pour toi, ma jolie. C'est mieux que rien. Ton père va pouvoir acheter la vache dont il rêve. Le chef Momba a déjà douze femmes, alors, si tu es très très gentille avec lui, peut-être que tu vas aimer l'Afrique.

À chaque fois qu'une fille est vendue, le Rotor lui dit son prix, quelques mots sur l'acheteur, puis la fait sortir. Les prix montent. Des noms d'acheteurs reviennent : Madame Hum, l'Américain, le Scheik, Zoltof…

Aziellaï est la dernière. La fille avant elle a été vendue quatre-vingt-seize mille dollars.

— Toi, *bellissima*, tu es ma pièce de résistance. On va défoncer le cent mille. On n'a jamais essayé de me passer une fausse vierge. Ce ne serait vraiment pas le moment !

Aziellaï lève une jambe. La sensation du gros doigt qui la fouille la répugne.

— Parfait !

Il l'installe devant la caméra, sort un peigne de sa poche et place sa longue chevelure de façon à mettre sa poitrine bien en évidence. Il recule pour juger de l'ensemble.

— Splendide ! Avec tes médailles au cou, tu as l'air d'une sainte qui va monter au bûcher.

Il va vers un bureau, puis revient avec des ciseaux.

— N'aie pas peur, je vais seulement enlever un peu de poils, pour que tu paraisses plus jeune encore.

Les hommes assistent à l'opération en se mordillant les lèvres. Passant d'une langue à l'autre, le Rotor parle à l'homme à la caméra et à Aziellaï en même temps.

— On va d'abord montrer les avant-bras seulement, pour qu'ils voient comme la peau est claire.

Aziellaï doit se livrer à une pantomime plus élaborée que les autres. Chaque partie de son corps est exposée en détail. Elle obéit comme un pantin, ne cessant de penser à sa famille qui compte sur elle.

Quand c'est fini, le Rotor lui tire une chaise.

— Assieds-toi, tu as bien travaillé. Maintenant, ton image va partir dans les airs pour faire le tour du monde. Personne ne va la voir, sauf nos amis. Tu vas arriver dans des machines comme celle-ci. Personne ne va encore te voir, tu ne seras qu'un mélange de couleurs, car il y a un code. Tu sais ce que c'est, un code ? Qu'importe. J'ignore si on t'a expliqué ce qui arrive à un homme quand il a envie d'une femme, mais à mesure que ton image va s'éclaircir… Ah ! Ça commence !

L'homme à l'ordinateur est à nouveau très actif. Le Rotor va et vient en tapant des mains.

— Ça va bien ! s'exclame-t-il. Et on n'a pas encore entendu le docteur Oh !

— *Yes !* crie l'homme à l'ordinateur.

— Le docteur Oh est là! Quoi! Il saute à cent vingt-cinq mille! Quelqu'un relance? Deux mille de plus pour le Scheik! Le docteur Oh ne laissera pas passer ça... Cent quarante!

Le Rotor s'éponge le front. L'homme à l'ordinateur fait signe que la vente est conclue.

— Ça y est! Cent quarante, mon ange!

Alors il fonce bras ouverts sur Aziellaï, la saisit à bras le corps et l'étreint joyeusement, sans égard à sa nudité. Puis il l'embrasse sur les deux joues.

— Je savais que je pouvais compter sur toi!

Le Rotor ne sent plus le poulet, il sent le poulailler au complet, et pourtant, son enthousiasme arrache un sourire perplexe à Aziellaï.

— Bon, allez! dit le bonhomme. On n'a pas de temps à perdre.

Il prend Aziellaï par le bras et lui fait passer la même porte que les autres, qui donne sur une nouvelle salle. Une fille est assise sur une chaise. Un jeune garçon aux traits délicats achève de lui raser la tête. Aziellaï a un mouvement de recul.

— Ce n'est rien, ça! clame le Rotor. Ça repousse, des cheveux! Tu seras mieux pour le voyage et nous, on contrôle la vermine. Continue à être gentille, fais ce qu'ils te demandent.

« Ils », ce sont encore des hommes. Celui qui coupe les cheveux parle la langue du pays.

— Ce ne sera pas long, dit-il, tandis que le Rotor sort avec la fille invendue qui, penaude, s'est revêtue.

Aziellaï prend place à son tour sur la chaise. Elle a la tête basse, elle se cache les seins avec les mains. Le coiffeur place deux doigts sous son menton, lui relève la tête.

— Ton visage est un trésor.

Il passe une main dans sa chevelure puis ajoute:

— C'est un péché de jeter de si beaux cheveux à la mer... Je suis sûr que tu n'as pas un pou.

Il contemple un long moment son visage au teint impeccable, pâle sans être blanc, ses traits dans lesquels il cherche en vain la moindre asymétrie. Quand elle ouvre les paupières, le cœur du coiffeur chavire. Il se méprise de faire ce travail: les yeux d'Aziellaï sont immenses, verts, profonds comme la jungle. Si ce visage était celui d'un homme, il ferait des folies pour s'enfuir avec lui. Le patron a bien raison de n'engager que des homosexuels pour travailler avec les filles. Il se met au travail en commençant par la tempe. Le bruit du rasoir électrique assourdit Aziellaï qui commence à pleurer en sentant la caresse de ses cheveux glissant sur sa peau nue.

Quand la tête est rasée, il passe aux aisselles, puis au pubis. Il doit encore murmurer des mots rassurants pour amener Aziellaï à desserrer les jambes.

L'étape suivante est la douche, d'une eau si chaude qu'Aziellaï a l'impression de brûler vive. Le savon a une odeur fantastique.

Une fois séchée, on lui remet un vêtement blanc. Elle réclame sa robe, mais plus personne ne la comprend. On l'entraîne dans un nouveau couloir où s'alignent des portes oblongues. On en ouvre une et on la pousse sans brutalité dans une cabine toute blanche avec un lit. Quelqu'un lui tend un verre et l'incite à boire. C'est du jus de fruits. Aziellaï a soif d'avoir pleuré, elle boit d'un trait, remet le verre. La porte se referme dans un bruit de fer. Aziellaï se sent fatiguée. Elle s'assoit sur le lit, s'étend. La tête lui tourne. La lumière s'éteint tout d'un coup. Elle s'endort.

Le Rotor est revenu sur la plage avec la fille invendue.

— Je sais bien qu'elle est belle, j'en ferais volontiers mon affaire, moi! dit-il au père déçu, tandis que la mère étreint sa fille sans se lasser. Que veux-tu que j'y fasse? Dès que c'est un peu foncé, mes clients lèvent le nez. Si tu vas en ville, tu trouveras certainement preneur. Allez, voilà cinquante beaux dollars pour le déplacement. Tu ne diras pas que le Rotor n'a pas de cœur.

Il va vers d'autres parents.

— Ah! Ça n'a pas été facile non plus avec la tienne. Je te donne cinq cents dollars. C'est le mieux que je pouvais avoir, plus ma petite commission, bien sûr. Tu vas pouvoir l'acheter, ta vache, avec de la nourriture en plus, et quand je reviendrai l'an prochain, je veux voir tous tes enfants avec les joues bien rondes, hein! Il y en a une qui promet, je te l'ai dit, fais-y attention, elle fera peut-être de toi un homme riche!

Il ne se départit pas de son sourire même s'il transpire comme une éponge en distribuant les billets. Il termine par les parents d'Aziellaï.

– Félicitations! Regardez! Tout ce qui reste est à vous! Cinq mille beaux dollars américains! Demandez à qui vous voudrez, ils vous diront que je n'ai jamais payé autant.

Il prend une liasse, la fait jouer entre son pouce et son index. Tout l'argent est en petites coupures. Il n'y a pas de banques sur le haut plateau.

– Je vous laisse la mallette en plus, avec sa clé et sa bandoulière. Tout le monde devrait mettre l'argent dans la mallette pour le retour. Surtout, demeurez dans la jungle. Vous avez des provisions, évitez les villes et les villages. Vous dépenserez une fois là-haut, même si c'est plus cher. Même alors, consultez-vous. Si vous vous mettez tous à dépenser d'un coup, vous allez avoir plein d'ennuis et moi, je ne reviendrai plus.

Une mère pose une question. Le Rotor répond en riant :

– Si, si, elles seront bien traitées. Au prix que mes clients les paient, vous pensez bien qu'ils en prennent soin !

☞

Aziellaï ne revit jamais le Rotor ni aucune des filles en compagnie desquelles elle avait été vendue. Elle n'eût pas pu dire combien de temps dura le voyage. Sa cabine n'avait pas de hublot. La lumière s'allumait et s'éteignait toute seule, sans qu'elle pût savoir si cela correspondait à la succession des jours et des nuits. On lui apportait de la nourriture régulièrement de sorte qu'elle n'avait jamais faim. C'étaient des ragoûts un peu fades comparés à ceux que sa mère cuisinait, mais ils étaient plus riches en viande et en légumes. Sa cabine était munie d'un lavabo et d'une cuvette d'aisance, une commodité qu'elle n'avait jamais connue et qui l'amusa beaucoup les premiers temps. Après avoir mangé, elle s'endormait toujours. Elle dormait souvent. Autrement, elle écoutait la musique qui jouait sans arrêt, une jolie musique qui la faisait rêver. Elle sentait, en se touchant la tête, que ses cheveux repoussaient.

Parfois, la porte s'ouvrait et le coiffeur lui demandait de le suivre. Il l'amenait sur le pont. Il faisait toujours beau, mais Aziellaï avait froid. Il ne lui parlait pas sauf pour lui indiquer les exercices qu'elle devait faire, sous les regards cupides des matelots qui ne l'approchaient cependant pas. Un jour, elle demanda au coiffeur si elle pouvait récupérer sa robe. Il lui répondit qu'elle avait été jetée à la mer, avec ses cheveux. De retour dans sa cabine, Aziellaï passa de longues minutes à jouer avec les médailles de la Vierge qu'elle portait toujours au cou. Elle pensa à prier.

Puis, un dernier jour, redescendue du pont où elle avait fait ses exercices habituels, elle éprouva une sensation familière, celle de la faim. Elle voulut boire un peu d'eau, mais le robinet de sa cabine était tari. Elle frappa avec sa tasse en métal contre la porte. Le vantail s'ouvrit. La voix du coiffeur lui expliqua qu'il y avait une réparation à faire, qu'il lui faudrait attendre un peu avant d'avoir de l'eau et de la nourriture. Elle s'endormit en priant et en écoutant la musique. Quand elle s'éveilla, elle avait plus faim encore, plus soif aussi. Le robinet ne coulait toujours pas. Elle attendit. Elle pria jusqu'à s'assoupir de nouveau.

Elle fut réveillée par le coiffeur qui lui expliqua que tout rentrerait dans l'ordre sous peu et qu'en attendant, il lui apportait un verre de jus frais. Elle le but d'une traite. À peine lui avait-elle rendu le verre qu'elle vit le beau jeune homme s'éloigner d'elle à toute vitesse dans un tourbillon qui ne laissait derrière lui que la nuit.

Le soleil se noyait au bout de la mer quand le Shark stationna son Sierra noir à l'entrée du quai du village d'East-Middleton. Le gros homme en descendit et se dirigea vers son bateau amarré. Le propriétaire d'un dragueur qui débarquait tardivement un seau de pétoncles le reconnut à sa silhouette colossale et à sa veste de cuir. Il lui cria :

— Tu sors de nuit, le Shark ?

L'interpellé attendit d'être arrivé à la hauteur du pêcheur pour lui répondre, le pied posé sur une bitte, en grattant sa barbe en broussaille et en scrutant le large :

— Fait trop chaud pour dormir à terre, tu comprends ? Pis j'voulons essayer la morue aux petites heures.

— La morue ? Tout seul ! Ils annoncent du temps incertain pour demain.

— C'est justement !

Le pêcheur de pétoncles haussa les épaules. Il n'était pas recommandé d'en savoir trop sur les affaires du Shark, dont le surnom référait aux variétés les plus féroces de l'espèce.

Dix minutes plus tard, le bateau du Shark tournait au bout du quai et fonçait vers le large, dans la nuit tombante. Même si le radar et le système de repérage par satellite lui garantissaient un trajet sans danger, le marin pilotait avec grande prudence, car même le plus dur des durs, le plus expérimenté, le mieux équipé des hommes se sent démuni quand il passe la nuit seul en mer. Il écoutait la radio en se promettant quelques lignes de cocaïne dès que le jour se lèverait.

Il faisait toujours nuit quand il atteignit les coordonnées de son rendez-vous. Le bateau était là. Le Shark fit sonner sa corne comme convenu. La réponse lumineuse vint aussitôt. Alors il amorça la délicate manœuvre d'approche.

Quand il fut au flanc du cargo, on lui envoya des cordes pour s'arrimer, puis quelqu'un lui demanda s'il était prêt à recevoir la marchandise. Quand il eut confirmé qu'il l'était, un bruit de poulie se fit entendre et il aperçut la caisse qui descendait lentement. Cela ressemblait à un cercueil. Ce n'en était pas un : ces choses-là n'ont pas de système de ventilation. Tout se passait comme d'habitude. Aussitôt la caisse délicatement posée sur le pont, deux hommes descendirent pour aider le Shark à la placer dans la cachette aménagée dans les soutes à poissons et lui remettre la première partie de son salaire.

Puis, le Shark repartit avec son étrange cargaison, dont il ignorait la teneur et qui lui faisait un peu peur. Pourtant, depuis le temps, sur terre ou sur mer, il avait transporté assez de marchandise illégale pour « geler » la moitié du pays. Mais ça... il y avait quelque chose de vivant ou d'instable dans cette caisse d'aluminium, puisqu'il devait s'assurer régulièrement que rien n'entravait la ventilation.

Il navigua tout l'avant-midi, évitant les zones trop fréquentées pour ne pas être reconnu ou arraisonné par les gardes-pêche.

Vers midi, il avait pris un peu d'avance. Il jeta l'ancre. Il ne voulait pas être forcé d'attendre dans les environs du second point de rendez-vous. Il avait aperçu l'ombre d'un banc de poissons nageant à belle allure juste sous la surface de l'eau. Il prit sa canne à maquereau et commença à lancer. À la troisième tentative, une belle pièce se débattait au bout de sa ligne.

Il avait toujours ce qu'il fallait dans le petit frigo du bateau. Quelques minutes plus tard, deux beaux filets grésillaient dans un mélange de beurre et de moutarde, tandis que les goélands se disputaient les restes. Pas fâché d'échapper aux sandwichs préemballés qu'il avait achetés en vitesse avant d'embarquer, il déplora par contre de ne pouvoir arroser ce repas sommaire de quelques bières bien froides. Pas d'alcool à l'ouvrage! Il s'était fait une ligne ou deux dans l'avant-midi, mais ce n'était pas pareil. La coke vous garde un homme bien éveillé.

Il mangea en pensant à sa drôle de cargaison. Qu'y avait-il dans cette caisse? Il était seul en mer. Qu'est-ce qui l'empêchait d'y jeter un coup d'œil? De toute façon, il fallait quand même qu'il vérifie la ventilation… Et si elle ne fonctionnait pas, il faudrait bien qu'il l'ouvre, alors! Il descendit dans la cale.

« Oh! Wow! » fit-il après avoir soulevé le couvercle de fibre de verre. Dans la demi-lumière de la cale, il crut halluciner! Jamais il n'avait été touché ainsi par la beauté! Le corps intégralement nu d'une jeune femme aussi belle qu'on puisse en rêver, sans même un poil, sommeillait doucement. Il se frotta le visage. Il n'aurait pas dû regarder. Maintenant, il la voulait pour lui, tout de suite. Il monta sur le pont à toute vitesse, respira profondément. Il ne pouvait pas se le permettre, pas au détriment de ces clients-là. Il se calma un peu. Repartir, vite! Il redescendit pour refermer le couvercle, mais avant, il ne put s'empêcher de laisser courir ses doigts fiévreux sur la peau fraîche. Le souffle court, il baissa sa braguette et sortit son sexe. Sans retenir sa main gauche de tâter les plus excitantes parties du jeune corps, il se masturba de l'autre et bien vite, dans un râle revêche, il projeta trois longs jets de sperme qui dessinèrent des méduses jaunâtres au fond de la cale. Soulagé, il goûta dans une dernière caresse la forme parfaite des seins. La jeune femme portait au cou deux médailles accrochées à une chaînette…

Il arriva en vue du lieu de débarquement à la noirceur. C'était le moment le plus dangereux. Les gens qui l'attendaient devaient s'être assurés qu'il n'y avait personne autour avant de donner le signal. Alors, il lui fallait s'avancer le plus loin possible dans une anse sans quai et aux rives escarpées, à la rencontre d'une barque dans laquelle quatre hommes masqués allaient l'aider à transborder manuellement la caisse. Par chance, le temps était plus calme que ce que l'on avait annoncé.

Le transbordement effectué, la barque rejoignit le rivage où, dans un espace plat, attendaient d'autres personnes, des voitures et un camion. Ce ne fut qu'une fois la caisse dans le camion, et l'intégrité de son contenu vérifiée, que la barque revint. On remit au Shark une autre somme, mettant fin à l'affaire pour lui. Il devait repartir tout de suite.

Sorti de l'anse, il navigua une demi-heure, puis jeta l'ancre et se coucha.

Aziellaï descendait un escalier dont elle ne voyait pas la fin. Elle était lasse, ses jambes se dérobaient sans cesse, mais elle ne tombait pas, ne faisant que poser le pied sur une autre marche. Elle aurait voulu s'arrêter, dormir. Elle ne le pouvait pas, quelque chose la poussait à descendre toujours. Qu'y avait-il en bas ? Maintenant, tout était bleu, et l'idée de ce qu'elle cherchait en descendant devint plus précise. En bas, il y avait de l'eau ! Or Aziellaï était toute soif.

Elle entrouvrit les yeux. Le ciel était bleu, à l'exception d'une tache lumineuse qui prit bientôt l'allure d'un visage, un visage sans traits, tout blanc, sauf la région foncée des yeux, qui la regardaient. Aziellaï cligna pour mieux voir : c'était une femme vêtue de blanc comme une religieuse, avec un masque sur la partie inférieure du visage. Il n'y avait pas de ciel, rien qu'un plafond bleu. Elle pensa qu'elle était morte, mais elle avait trop soif. Elle essaya d'ouvrir les lèvres. Tout était collé dans sa bouche.

— Bois… dit doucement la femme dans la langue d'Aziellaï.

Elle sentit quelque chose d'humide sur ses lèvres tandis que sa tête se soulevait toute seule. Sa bouche s'ouvrit. Il y coula la meilleure eau qui soit.

— Doucement! dit encore la femme.

Petit à petit, l'eau descendit dans sa gorge. Elle aurait voulu boire toujours, mais la femme lui dit que c'était assez pour le moment.

Aziellaï eut tout à coup très mal derrière la tête. Elle gémit. La femme mit la main sous sa nuque pour lui redonner de l'eau. Aziellaï se sentit un peu mieux. Elle découvrit qu'elle était dans une chambre, une chambre de princesse, toute bleue. Elle se souvint du bateau, du coiffeur, du Rotor et supposa qu'elle avait été achetée par un prince!

Aziellaï se rendormit. Quand elle se réveilla, la chambre était toujours là. La femme aussi. Elle lui fit manger un peu de purée et l'aida à faire quelques pas. En se retournant pour revenir au lit, Aziellaï eut une autre vision magnifique: une grande fenêtre à travers laquelle elle vit une forêt merveilleuse, non pas une jungle, mais une forêt d'arbres de Noël qui montaient très haut dans le ciel. Le sol était vert aussi! Comme elle aurait voulu que sa mère voie cela, elle qui lui avait raconté qu'il y avait, dans d'autres pays, des paysages exactement comme celui-ci.

De nouveau dans son lit, elle se dit que tout aurait été parfait sans la séparation. Elle se dit que si le prince était si riche, il pourrait bien acheter toute sa famille. Elle porta la main à son cou. Un voile tomba sur son cœur: ses médailles avaient disparu!

Aziellaï se remit. Elle mangeait bien, mieux que sur le bateau, buvait du jus à volonté et du lait froid et limpide. Tout était si nouveau, si beau qu'elle n'avait pas le temps de s'ennuyer, surtout qu'à même le mur, il y avait un écran de télévision! Dans son village, il y avait un appareil semblable qui fonctionnait avec une génératrice. On arrivait à obtenir des images, mais ce n'était jamais aussi clair que ce qu'elle voyait maintenant: des dessins animés ou encore des gens qui chantaient et dansaient. Quand le téléviseur jouait, Aziellaï oubliait tout.

Après quatre jours, elle quitta sa chambre, en compagnie de la femme en blanc, et fut fort excitée de se retrouver dehors. L'air frais sentait bon. Il avait une odeur qu'elle ne reconnaissait pas. Elle fut cependant étonnée de l'arrivée de plusieurs autres femmes, vêtues comme elle de longues robes dont pas une n'avait la même couleur. La sienne était bleue comme sa chambre. Toutes ces femmes avaient la tête rasée. Beaucoup semblaient être enceintes. Aziellaï, qui n'avait pas prêté attention à sa tête, se rendit compte qu'elle aussi était fraîchement rasée.

On lui dit de se placer avec les autres. Aussitôt, tout le groupe se mit en marche, guidé par des femmes en blanc comme celle qui s'était jusqu'à maintenant occupée d'Aziellaï.

Elles marchaient entre les arbres sur un sentier de gravier fin. On voyait et entendait une multitude d'oiseaux. Elles traversèrent un ponceau sous lequel coulait un ruisseau bouillonnant. Aziellaï avait l'impression de vivre un rêve. Elle regarda celle qui marchait à ses côtés. Elle gardait la tête basse et ne souriait pas. Elle avait le ventre rond. Aziellaï voulut lui demander si elle allait bien. « On ne parle pas ! » trancha la voix d'une femme en blanc. Aziellaï reçut cet ordre, proféré dans sa langue, comme un coup au cœur. Elle se tut. Ce fut à peine si elle osa encore regarder les autres. Elles allaient toutes d'un bon pas, silencieuses, avec l'air de ne prendre aucun plaisir à cette excursion. À la faveur d'un tournant, Aziellaï s'aperçut que la femme qui la précédait avait le lobe de l'oreille droite déchiré ainsi que de multiples et informes cicatrices dans le cou. Par la suite, elle examina les autres femmes chaque fois qu'elle en eut la chance et constata que la plupart portaient aussi des cicatrices.

Mais une nouvelle et sensationnelle expérience attendait encore Aziellaï pour chasser de son esprit les questions troublantes qui y prenaient forme. Après la promenade, on les amena à la piscine ! Aziellaï fut estomaquée par cet immense contenant d'eau turquoise si claire qu'on voyait parfaitement au fond. Toutes ses compagnes retirèrent leur robe et, intégralement nues, pénétrèrent dans l'eau. Elles n'avaient pas un poil sur le corps. Aziellaï les imita avec mille précautions et resta accrochée au bord. Exaltante était la sensation de l'eau qui l'enveloppait ! Aziellaï ne put s'empêcher de rire de plaisir.

La femme en blanc lui donna l'ordre de nager. Aziellaï lui répondit qu'elle ne savait pas. Alors la femme lui apporta un flotteur qu'elle lui attacha autour de la taille. Ainsi, Aziellaï put se mouvoir. L'exercice la fascina.

Tout de suite après la baignade, il y eut séance de rasage. Aziellaï arriva à manipuler le rasoir à lame sans trop se couper. Pour les parties difficiles d'accès, les femmes s'aidaient les unes les autres.

Des jours passèrent ainsi. Aziellaï eut ses premières règles depuis son départ du haut plateau. Sa gardienne accueillit l'événement avec une évidente satisfaction. Les serviettes sanitaires étaient bien plus confortables que les chiffons que la jeune fille utilisait dans son pays.

Quelques jours après la fin de ses règles, la gardienne vint dans sa chambre et, sans lui expliquer pourquoi, lui introduisit un thermomètre dans le vagin, puis nota la température. Elle répéta l'opération le lendemain, le surlendemain…

— Aujourd'hui, lui dit-elle enfin un matin, tu vas rencontrer le docteur.

Et tout à coup, elle lui caressa la joue avec douceur. C'était le premier geste de tendresse qu'elle se permettait. Aziellaï fut bouleversée par l'air chagrin que prit son regard.

— Il faut que tu sois courageuse, dit-elle encore. Pense toujours que ça va finir.

Elle baissa la tête comme si elle en avait déjà trop dit.

Après la piscine, au lieu de ramener Aziellaï à sa chambre, elle la conduisit dans des couloirs que cette dernière n'avait jamais empruntés auparavant.

Ils entrèrent enfin dans une antichambre qui contenait un lit monté sur un chariot et une table avec tout le nécessaire de premiers soins. La gardienne lui retira sa robe. Il y avait une autre porte dans la pièce.

— Va. N'oublie pas que ça va finir.

Elle ouvrit et la poussa fermement. Aziellaï tremblait.

Elle découvrit une autre pièce, plus grande, blanche, qui comportait pour tout mobilier un grand et mince matelas déposé à même le sol.

— Avance, dit encore la gardienne avant de refermer la porte dans son dos.

Aziellaï fit quelques pas…

— C'est vrai que tu es la plus belle des belles! fit une voix métallique.

Elle se retourna et aperçut la chose la plus laide du monde! Bouche bée, elle recula, trébucha, tomba assise sur le matelas, se releva, recula dans l'autre coin, les mains sur son corps pour se protéger du regard noir qui la transperçait.

Adossé au mur se tenait une sorte de singe sans poils, tout nu. Son visage… son visage ressemblait davantage à la face d'un iguane qu'à une figure humaine. Le nez sans ailes couvrait les trois quarts de la face et la bouche n'avait pas de lèvres. Les yeux… Elle ne pouvait soutenir ce regard, surtout que, plus bas, il y avait ce sexe qui la pointait, trop gros pour ce corps réduit, décharné et parsemé de taches brunes. Des polissons avaient déjà montré leur sexe à Aziellaï, des photos aussi. Celui-là n'était pas normal. Il faisait penser à un gros ver.

Aziellaï savait bien pourquoi elle était là. Elle savait qu'une telle chose devait arriver un jour ou l'autre, mais jamais, dans ses pires appréhensions, elle n'avait imaginé une telle répugnance.

— Eh oui! dit l'être en s'approchant. Je suis aussi laid que cela. Ça n'a pas d'importance, puisque c'est moi qui t'ai achetée, non l'inverse.

Il était maintenant tout près d'elle.

— Cent quarante mille dollars, c'est beaucoup d'argent. Je crois bien que tu les vaux.

Il agrippa le poignet d'Aziellaï, qui tentait de cacher sa poitrine. Aziellaï se débattit.

— À la bonne heure! susurra l'être.

Sans qu'elle l'ait vu venir, elle reçut un terrible coup en plein visage. Son crâne heurta le mur, elle tomba dans un étourdissement lumineux, sa bouche s'emplit de sang. Elle porta les mains à son visage et, touchant son nez, une douleur envahit toute sa tête. Elle s'étouffa dans son sang. Elle se mit à tousser et à pleurer en même temps.

Alors il la prit par les oreilles, lui ramena la tête contre le mur. Elle arriva à respirer à peu près convenablement.

— Tu saignes beaucoup! C'est bon.

Il tira la tête de sa victime contre son sexe et s'y frotta. L'organe frappa brutalement le nez d'Aziellaï qui cria de douleur.

— Ne te retiens pas de crier, ça m'excite aussi.

Il la souleva, toujours par les oreilles, puis la jeta sur le matelas. Il resta debout devant elle un moment, sans la toucher, respirant bruyamment, le sexe brandi comme un gourdin, rouge du sang de la victime. Aziellaï essaya de reculer, mais il tomba tout de suite sur elle, ses mains agrippant ses épaules. À coups de genou, il prit place entre ses cuisses. Il était incroyablement fort. Quand elle revit ses yeux fixes et allumés, Aziellaï comprit qu'il n'existait aucune défense. Elle essaya de sourire pour montrer sa soumission. Comme réponse à cette ouverture, il lâcha une épaule et passa la main sur le visage d'Aziellaï. La douleur, encore, la fit crier. La main laissa son visage et descendit sur son corps. Partout où elle passait, elle l'écrasait et la griffait. La pauvre fille ne voulait plus ouvrir les yeux. Il grognait de plus en plus fort. Elle crut qu'il lui arrachait un sein.

Sans prévenir, il la défonça. Elle sentit son ventre se déchirer. Le sexe dur comme du bois vint la frapper au fond d'elle-même, encore et encore… « Ça va finir ! » essayait-elle de se répéter entre les éclats de douleur.

Il s'arrêta tout d'un coup, poussa un grognement plus épouvantable et plus long que les autres. Elle sentit un écoulement chaud dans son corps. Elle s'entendit gémir. Elle gardait les yeux fermés aussi serrés que possible. Elle sentit qu'il se couchait sur elle, qu'il approchait la tête de son oreille. Le contact de sa peau était abrasif.

— Tu les vaux… murmura-t-il.

Et juste comme elle se disait que c'était fini, elle sentit des dents transpercer son oreille. Elle hurla encore tandis que le sexe, qui n'avait pas le moindrement ramolli, recommençait à lui marteler les entrailles.

Cela dura comme si, par-delà sa seule espérance, cela ne devait jamais finir. Il n'y avait que la présomption de sa mort imminente, qui venait en elle durant le bref répit que la bête s'accordait avant chaque recommencement, qui atténuait un tant soit peu l'infinité de ses souffrances. Dès qu'elle se sentait partir, une nouvelle et cuisante douleur lui arrachait un cri et la ramenait dans son enfer.

Il se retira subitement, après une ultime éjaculation qui le fit ramollir instantanément. Elle demeura un moment figée dans sa douleur, l'écoutant souffler sa satisfaction à côté d'elle. Puis, devinant qu'il ne la toucherait plus, elle roula d'un quart de tour de l'autre côté. Elle ouvrit avec peine ses paupières collées de sang. Elle n'aperçut que du rouge. Elle essaya de se déplacer, de s'éloigner, de se sauver. Ses jambes ne répondaient pas. Elle les sentait séparées du reste de son corps. Elle baissa les yeux. Elle était ensanglantée aussi loin qu'elle pouvait voir. Des lambeaux de chair saillaient, le mamelon de son sein gauche pendait au bout de…

La porte s'ouvrit vivement. Elle vit deux femmes en blanc. Sa gardienne s'immobilisa, la bouche entrouverte, et murmura :

— Docteur, mon Dieu ! docteur… !

— Elle les valait… répondit la voix grinçante.

Alors tout craqua. Aziellaï se mit à hurler, à s'agiter dans son sang comme un insecte à demi écrasé. Elle réussit à agripper la jambe de sa gardienne et se tira de toutes ses forces vers la porte ouverte. Elle voulait sortir, courir, fuir.

— Calme-toi ! Calme-toi ! la conjura sa gardienne tandis qu'on la maîtrisait. Tu vas dormir.

Immobilisée au sol par les deux femmes dont les uniformes étaient maintenant maculés de sang, elle eut à peine conscience qu'on faisait quelque chose à son bras avant d'entendre ses propres hurlements se perdre dans le lointain.

Elle se réveilla dans sa chambre. Elle n'avait plus mal. Dans une grande joie, elle crut que tout cela n'avait été qu'un cauchemar. Mais quand elle fut incapable de lever le bras, elle constata qu'elle était attachée à la garde du lit et couverte de pansements.

Sa gardienne entra. Sans rien dire, elle vérifia, puis nota les données sur un appareil placé à côté du lit. Elle sortit un thermomètre et l'approcha de la bouche d'Aziellaï. Celle-ci détourna vivement la tête.

— Allons, il faut vérifier la température, dit sévèrement la gardienne.

Aziellaï se buta, tira de toutes ses forces pour briser les liens qui lui entravaient les bras.

— Tu gaspilles tes forces, pauvre fille. Tu ne peux rien faire. Tu appartiens au docteur, nous lui appartenons toutes. Il y est allé très fort, plus qu'avec aucune autre avant toi, mais c'est fini maintenant, pour toujours. Il ne fait ça qu'une fois. Maintenant, tu portes un bébé. Tu dois bien le porter, comme les autres, c'est tout ce qu'il te demande. Fais cela et tu seras tranquille. De toute façon, tu n'as pas le choix. Il y en a qui ont essayé de partir… ou de mourir. Elles, elles ont revu le docteur, avant de disparaître.

☞

Sept mois et demi plus tard, le corps balafré et anesthésié d'Aziellaï était étendu sur une table d'opération, baignant dans une lumière aseptisée. La main du docteur Oh, guère plus belle à voir dans un gant de caoutchouc, traça au scalpel une fine incision juste au-dessus du pubis, puis s'enfonça dans les entrailles d'Aziellaï et en ressortit un corps minuscule au bout d'un cordon violacé qu'une assistante coupa aussitôt.

Le docteur Oh amena le fœtus directement sous la lumière et l'examina. Il eut un soupir de déception.

— Il est mieux, mieux que tous les autres… mais c'est encore raté!

Il regarda le fœtus en soupirant, puis le déposa dans un linge que lui tendait une assistante.

— Décérébrez-le, puis placez-le en incubation. Quand il sera assez fort pour supporter l'intervention, nous en ferons un foie.

Il sortit en arrachant son masque.

Chapitre premier

Les mensonges de la beauté

Pour être admise, Chantal Mignonnet avait dû, nonobstant sa notoriété, prouver son identité et démontrer hors de tout doute qu'elle n'apportait aucun appareil d'enregistrement, puis signer un engagement de non-divulgation. Plusieurs têtes se tournèrent, comme c'était toujours le cas quand elle arrivait en un lieu occupé par des mâles. Or, dans cette salle du quartier général de la police de la Capitale, il n'y avait guère que des policiers haut gradés et des journalistes affectés depuis trop longtemps à la chronique judiciaire, deux milieux connexes où l'on était loin encore de la parité sexuelle. De la même manière dont les flics finissent par s'habituer à se faire traiter de « chiens » ou de « cochons », la belle animatrice considérait les réactions de ces vieux machos comme un travers inévitable de son métier – beaucoup moins déplaisant cependant et, en ce sens, elle prenait soin de son apparence autant que ces messieurs le faisaient de leur musculature. D'ailleurs, dans le milieu, on s'accordait à dire que si elle vieillissait un peu, comme tout le monde, elle le faisait admirablement. La maternité, car Chantal avait maintenant une fillette de trois ans, n'avait en rien modifié son élégance. Peut-être même était-elle encore embellie par le bonheur qu'elle irradiait !

Elle s'acquitta de quelques salutations, puis repéra la mignonne, bien que déclinante, Michelle Tivoli qui était déjà assise. À côté d'elle végétait Joséphine Gouin, à qui l'on donnait le surnom évocateur de « Joséphin Gouinne », commentatrice collée depuis un quart de siècle au moins à la chronique criminelle de la télévision publique. On imputait volontiers cette exceptionnelle longévité à sa relation bien connue avec la directrice du réseau et, paradoxe du milieu médiatique, la limitation qui l'accompagnait, à la nullité de son talent.

Chantal les rejoignit, au grand soulagement de Michelle Tivoli qui supportait mal d'être seule conscrite dans la cause de la solidarité féminine.

— Bonjour Michelle.

— Bonjour Chantal, ça va ? Et ta fille ? Elle doit grandir ! Comment s'appelle-t-elle déjà ?

— Léa. Elle a trois ans. Elle se porte merveilleusement, merci.

Elles se firent la bise.

— Bonjour Madame Gouin.

Chantal lui tendit la main.

— Alors, avez-vous entendu quelque chose ? Qu'est-ce que c'est que cette convocation ? On se croirait dans l'ancienne URSS.

— Malgré toutes mes astuces, je n'ai pas réussi à soutirer la moindre primeur, dit Michelle Tivoli.

— Moi non plus, renchérit Joséphine Gouin.

— Tu dois avoir une petite idée, non, Michelle ? enchaîna Chantal sans s'occuper de l'autre.

— Probablement la même que toi…

— Le juge ?

— Le juge.

— Pourquoi dites-vous cela ? s'étonna Joséphine Gouin.

— Déduction, expliqua Chantal tandis qu'un mâle brouhaha annonçait que la conférence commencerait sous peu. Une telle convocation ne peut se justifier que par des raisons d'État. Et que s'est-il passé récemment qui ait un rapport quelconque avec l'État, sinon la mort mystérieuse du juge Hunter ?

— Pourquoi mystérieuse ? Il n'a pas eu une crise cardiaque ?

— Oui, Joséphine, poursuivit Michelle. C'est même un préposé à l'entretien qui a découvert le corps. Mais il est impossible d'approcher ce préposé, ni même de lui parler au téléphone. On dit pourtant qu'il n'est pas détenu; il complèterait sa déposition. Il a contacté la police avant-hier, vers vingt-deux heures! Cela fait trente-six heures. C'est un peu long, non, pour une mort naturelle?

— Ajoute à cela qu'aucun proche ne veut dire un mot et…

Chantal fut interrompue par un soudain silence. Le chef Duchaussois faisait son entrée, brillant de tous les ornements de son grade, les yeux cernés, mais frais rasé et coiffé. Il prit place à la table, but une gorgée d'eau, donna sur le micro une chiquenaude qui détonna dans les haut-parleurs, jeta un regard circulaire, cherchant le signal qu'il pouvait y aller.

— Qu'est-ce qu'il a l'air grave! remarqua Chantal.

Le chef Duchaussois, après s'être raclé la gorge, entama son propos.

— Mesdames, messieurs, je tiens d'abord à vous remercier d'avoir accepté les conditions de votre participation à cette conférence. Nous avons écouté les médias et nous sommes satisfaits que l'embargo a été respecté sous toutes les coutures…

Chantal Mignonnet sourit: le chef Duchaussois, bien qu'on sût qu'il prenait des cours, continuait à parler un français… personnalisé.

— … Il est excessivement important, vous allez voir pourquoi, que vous continu… que l'embargo continue pour nous laisser la chance d'enquêter. Vous avez tous assez d'expertise pour savoir que notre métier, comme le vôtre, a ses bons et ses moins bons moments. Aujourd'hui, c'est un très mauvais moment. J'aimerais mieux avoir rien à dire que de vous parler de ça…

Il fit une pause. Il avait l'air vraiment troublé.

— Il y en a qui ont deviné que cette conférence est en rapport avec la mort du juge Hunter; ils n'ont pas erroné. Vous savez comment la mort du juge a été découverte avant-hier, le lundi dix mai. Le concierge, qui connaissait bien les habitudes du juge, savait qu'il ne restait jamais le lundi soir. Après avoir essayé d'appeler le juge plusieurs fois, il s'est dit que quelque chose ne clochait pas. Il a donc décidé d'utiliser son passe-partout. Ça, c'est connu. En fait, on a établi la mort du juge Hunter à environ dix-sept heures le même jour, à la suite d'une attaque du cœur, ça aussi, c'est connu et ça ne change pas. Là où ça devient… et pour le respect de la famille, s'il vous plaît, gardez ça mort, le juge…

— Pour l'amour, crachez le morceau! s'exclama une voix usée.

— Eh bien, il est mort en se... en se...

— En se masturbant? lança un jeune homme.

— Voilà.

La nouvelle ne suscita que très peu de réactions.

— C'est rien que pour ça que vous faites toutes ces cérémonies? fit une autre voix irritée.

— Je vous en prie, laissez terminer le chef! clama un officier autoritaire qui se tenait derrière.

— Oui, s'il vous plaît, renchérit Duchaussois, c'est déjà assez pénible. C'est que le juge se... en regardant un film... une vidéo. Nous avons saisi la cassette ainsi que plusieurs autres du même genre. Le bureau du juge avait un coffre-fort bien spécial, d'un modèle rare. C'est un coffre à deux combinaisons. La première permet d'ouvrir la porte, mais il ne faut pas l'ouvrir sans en faire une deuxième, qui neutralise un mécanisme éjecteur d'acide. Autrement dit, si vous réussissez à ouvrir le coffre sans faire la deuxième combinaison – c'est informatique, tout ça – le contenu du coffre est détruit, en tout cas rendu inutilisable. Le coffre était ouvert, bien ouvert, donc par le juge lui-même. Il contenait sept cassettes du même genre que celle retirée de l'appareil. Nous allons vous montrer ce film. Je vous préviens que c'est... Il n'y a pas de mots pour le dire. J'en ai vu des crimes, vous autres aussi, mais je suis sûr que comme moi, vous n'avez jamais vu une écœuranterie pareille. Juste pour imaginer ça, il faut être malade. Alors pour le faire! Nous tenons à vous prévenir. Si vous êtes sensibles à... si vous êtes sensibles, point, ce serait mieux si vous sortiez. On vous expliquera oralement le contenu du film, au besoin...

— Laissez-nous voir, cybole, on verra bien! fit la même voix usée qu'auparavant.

Des rires jaillirent comme des guêpes d'un nid qu'on eût agité. Le chef Duchaussois parut piqué au vif.

— Vous allez voir, vous allez voir... répéta-t-il sur le ton frustré d'un professeur qui n'arrive pas à s'imposer à sa classe. Vous êtes prévenus. Nous aurions pu garder ce film secret, mais nous connaissons votre obstination. Nous avons préféré faire franchement l'appel de votre collaboration.

Déjà, l'officier planté derrière faisait descendre un écran, l'air mauvais. La lumière diminua.

— Dis donc! pensa tout haut Chantal, je ne l'ai jamais vu comme ça!

— Moi non plus! renchérit Michelle Tivoli.

L'écran s'illumina. Il n'y avait que le titre au générique du film, *SPLIT SABBATH*, qui apparut quelques secondes, grossièrement tracé avec de la peinture rouge sang sur un tissu blanc. Les premières images montraient un décor imitant vaguement une salle de torture du temps de l'Inquisition, avec des torches sur des murs de pierres et des instruments barbares. Bien en vue à l'avant-centre, par contre, était installé un assemblage pour le moins anachronique : une table transparente, rectangulaire, en plexiglas ou en quelque matière analogue, montée sur roues. Exactement au centre, une fente la parcourait sur la longueur jusqu'à son milieu. Dans l'ouverture de cette fente se dressait, perpendiculaire, une fine lame de scie fixée à un système de rouages qui devait servir à lui imprimer un mouvement de va-et-vient. Cette lame aux dents affolantes brillait comme de l'argenterie astiquée.

Dans la salle de projection, plus personne n'avait le cœur à rire. Le film avait été tourné à l'aide de plusieurs caméras, de sorte que chaque détail des accessoires était montré avec une insistance dont le but évident était de stimuler l'imagination des spectateurs, dans le sens de la satisfaction de leurs fantasmes, mais c'était plutôt l'appréhension de l'horreur qui croissait au sein du public réuni ce jour-là. Pour faire bonne mesure, on entendait un enregistrement médiocre de la dernière et solennelle incantation des *Carmina Burana*, de Carl Orff.

Puis une demi-douzaine de personnes des deux sexes entrèrent en scène. Elles prirent place en demi-cercle face à la table de verre. Toutes portaient des cagoules noires et pointues et des capes sous lesquelles elles étaient nues, de telle manière qu'on n'apercevait que le devant de leur corps avec leur attribut sexuel, pâle chair d'adulte qui faisait contraste avec le noir du tissu et qui n'eût guère été stimulante dans des circonstances ordinaires.

— Je pense que je vais sortir, dit Chantal. Tu me diras si ça tourne comme que je pense.

— Pas question! Je sors aussi.

— Qu'est-ce qu'ils vont faire? demanda Joséphine Gouin.

— Restez, vous verrez bien, dit Chantal qui allait se lever, mais se retint car la musique venait de s'arrêter sec. À la place, on entendait les pleurs d'une enfant.

— Oh non! échappa-t-elle la main sur la bouche.

Hélas! oui. Quatre colosses nus et masqués faisaient leur entrée à gauche de l'écran, portant à bout de bras une fillette, nue elle aussi. Soutenue aux quatre membres, elle agitait sa chevelure noire et bouclée en jetant autour d'elle des regards terrorisés.

— Viens, Chantal! insista Michelle Tivoli.

Mais Chantal Mignonnet demeura rigide sur sa chaise, les yeux écarquillés, les lèvres serrées, livide.

Les quatre hommes déposèrent la fillette sur la table. Ils lui attachèrent les membres à des entraves fixées sur les côtés, de manière à l'écarteler, le « V » de ses jambes ouvert face à la lame.

Michelle Tivoli tournait la tête pour ne pas voir, implorant Chantal de l'accompagner à la sortie. Cette dernière, cependant, frappée de catalepsie, demeurait sourde à tous les appels. Elle n'avait pas bougé d'un poil, sinon qu'elle avait ouvert la bouche pour un appel d'air impossible à satisfaire.

Sur l'écran, les officiants ne perdaient pas de temps. Deux d'entre eux avaient commencé à actionner des manivelles. La lame bougeait de haut en bas dans un murmure métallique angoissant. Les deux autres faisaient glisser la table en direction de la lame dont le mouvement s'accélérait. Les cagoulards, en retrait, ne bougeaient plus, les gens dans la salle de projection non plus. Il était impossible de savoir si l'enfant avait une idée précise de ce qu'on s'apprêtait à lui faire. Elle était certainement consciente, car sa poitrine aux côtes finement ciselées se soulevait au rythme brisé des sanglots qui lui mouillaient le visage. Elle était très belle. Quand son regard croisait les feux d'un projecteur, ses yeux scintillaient telles des émeraudes.

Durant d'interminables secondes, il n'y eut que la lenteur du glissement vers l'inéluctable et le son corrosif des pleurs mêlés aux frottements du métal. Même le plus cynique des journalistes avait le visage figé dans une douloureuse attention; personne ne voulait croire ce qu'il voyait, mais le film avait ce grain cru des productions pornographiques sans trucages. Le seul espoir restait que le mouvement s'arrêtât au dernier moment, que tout cela ne fût qu'une sinistre plaisanterie. Hélas! si tous ces journalistes avaient été invités en cette salle pour regarder ce film, ce ne pouvait être que parce que, justement, cela ne s'arrêtait pas!

Pour qu'il ne subsistât aucun doute quant à l'authenticité de la scène, l'image passa en gros plan. Le pubis de la fillette, petit œuf de chair pure, avec sa vulve bien nette, n'était plus qu'à un soubresaut de la lame monstrueuse qui battait sa mesure infernale à une telle vitesse qu'on ne distinguait plus les dents. L'enfant ne cherchait pas à reculer. Elle ne faisait qu'agiter bien inutilement la tête en pleurant. Elle essaya en vain d'implorer ses bourreaux dans une langue que personne n'entendait.

Puis ce fut le cri! Un cri qui ne pouvait être que celui de l'enfant. Personne, pourtant, n'avait jamais entendu un enfant crier ainsi! Une plainte hurlée des ultimes profondeurs de la douleur, une incarnation sonore de la déchirure!

Michelle Tivoli ne put s'empêcher de tourner la tête. Elle eut le temps de voir du sang et, en arrière-plan, la lubrique agitation des cagoulards. Elle se leva vivement. Chantal Mignonnet n'avait pas quitté son état de statue. Michelle Tivoli tenta une dernière fois de l'entraîner dehors. Elle lui secoua l'épaule, mais la belle journaliste, sans émettre un son, ferma les yeux, se pencha par-devant et roula de tout son long sur le plancher.

🖊

— Où est Léa? demanda Chantal Mignonnet, avec une vive angoisse dans la voix, quelques secondes à peine après avoir rouvert les yeux.

Une policière penchée sur elle leva un regard interrogateur vers Michelle Tivoli, assise sur une chaise. La journaliste, par une moue, signifia son ignorance.

— Elle n'est pas ici. Où devrait-elle être, normalement?

– Chez Thui.

– C'est sa gardienne? Veux-tu qu'on lui téléphone? demanda sa collègue.

– Je vais le faire. Mon sac…

Chantal Mingonnet était étendue par terre dans la salle même où elle s'était évanouie, une couverture roulée sous la tête, une autre sur le corps. Elle tenta de se soulever pour prendre son sac, mais fut aussitôt saisie d'un violent étourdissement.

– Doucement, dit la policière. Tenez-vous à téléphoner vous-même?

– Mon téléphone… dans mon sac.

Michelle Tivoli eut tôt fait de trouver l'appareil. Elle le tendit à Chantal Mignonnet qui composa fébrilement. Ses traits se crispèrent. Elle parut vieillir d'un an pour chacune des quelques secondes d'attente.

– Thui? souffla-t-elle enfin. Thui, c'est vous? […] Est-ce que Léa est avec vous? […] Est-ce que vous la voyez maintenant? […] Avec quoi joue-t-elle? […] Non, je… je vais bien merci… […] Je suis un peu essoufflée, c'est vrai. Je vais rentrer plus tôt que prévu. Ne la couchez pas après le dîner, s'il vous plaît. […] Elle peut bien se passer de sieste pour une fois. Je… je vous expliquerai.

Chantal replia l'appareil. Elle paraissait soulagée. Elle but de l'eau dans le verre de papier que lui tendait la policière, puis entreprit à nouveau de se redresser, avec plus de succès. Elle parvint même à s'asseoir sur une chaise. C'est alors qu'elle revit l'écran. Un voile invisible tomba sur son visage.

– Ce n'était pas un cauchemar? Tu as vu la même chose que moi, Michelle?

– J'ai bien peur que oui.

– Vous allez mieux, Madame Mignonnet? fit la voix du chef Duchaussois, qui s'approchait. Excusez-moi; j'aurais dû prévenir les dames plus d'une façon différente.

– Vous ne pouviez pas savoir.

– Et encore, vous n'avez vu que le début! Imaginez que pour que ça dure, ils font reculer la victime par petits coups, et la bande de dépravés, derrière, ils font toutes les cochonneries possibles en suivant les cris…

– Chef! S'il vous plaît! Ce n'est pas nécessaire! coupa effrontément la policière qui voyait l'œil de Chantal tourner de nouveau.

– Je suis vraiment désolé, s'excusa Duchaussois. Vous comprenez pourquoi nous avons besoin de votre collaboration? Si ceux qui ont fait ce film apprennent qu'une copie est aux mains de la police, ça diminue nos chances de les aiguiller. Nous avons transmis les images à toutes les polices du monde. On savait que ce genre d'horreur se faisait, mais il est très rare qu'on mette la main sur une copie. Ce réseau fonctionne par commande: vous voulez quelque chose dans le genre sadique, si vous avez de quoi payer, si vous savez où vous adresser, on va vous le produire. Le juge Hunter ne pouvait certainement pas se payer des commandes, il se contentait d'acheter des copies, mais rien que ça, ça a dû lui coûter une fortune. On est en train de plumer ses comptes. Alors, on vous demande d'accréditer, pour le moment, la mort naturelle du juge Hunter.

Chantal Mignonnet acquiesçait de la tête, mais il était évident qu'elle n'écoutait pas.

– Je n'ai pas vu Arthur Gesçant dans la salle, dit Michelle Tivoli. Croyez-vous vraiment que cette ordure va se retenir de gratter un si purulent bobo?

– Oh lui? Pas plus tard que demain, il va apprendre que trois poursuites en diffamation, pour deux millions et quelques dollars, lui tombent dessus. Ça devrait le tenir occupé pour un moment. Mais vous n'avez vraiment pas l'air encore sur votre assiette, Madame Mignonnet. Voulez-vous que je vous fasse un raccompagnement?

– Merci! répondit la journaliste de *Télé24heures*, je vais appeler une amie.

– Vous savez, vous n'êtes pas la seule à avoir eu une réaction physique. Joséphine Gouin est encore dans les toilettes. On va tout faire pour arrêter ces monstres. D'ailleurs, si vous avez des informations quelconques...

– Pourquoi en aurais-je? fit Chantal Mignonnet, plus troublée que choquée.

– Bien... on ne sait jamais, les journalistes ont des sources...

– Non. Vraiment. Je n'ai jamais vu ce genre de pourriture... et je vais faire comme si je n'avais jamais vu ce film. Excusez-moi. Je vais appeler mon amie.

Chantal Mignonnet se leva et, se sentant à peu près en équilibre, s'écarta du groupe en composant un numéro sur son téléphone.

☞

Julie Juillet transpirait depuis une demi-heure sur le même foutu pénis. Elle n'arrivait pas à lui inculquer la vigueur crédible qu'elle avait pourtant bien imaginée. Se pouvait-il qu'elle eût perdu la main ? N'était-ce pas plutôt la présence de Philo et de leur fils Carl qui interférait avec son inspiration ? Elle percevait les échos de leur bonheur tranquille, trop tranquille, juste à côté, dans la salle de jeu. « Maman travaille ! »

Mais ce qu'on avait omis de dire à Carl, c'était que sa mère avait abandonné les lapereaux de ses albums pour enfants et qu'elle tentait de remettre en scène celle qui avait fait sa première renommée : la superbe et sulfureuse espionne Carma Vida. Pour renouer avec son lectorat adulte, l'ex-policière envisageait une œuvre colossale, un aboutissement, un chef-d'œuvre au sens premier du terme. Elle voulait, au-delà d'une histoire d'espionnage industriel, se rendre plus loin que jamais dans l'exploration des rapports que l'être humain entretient avec le sexe. Elle avait un titre : *L'être et le séant*. Comme tous les auteurs, elle savait que le titre est habituellement la touche finale de l'œuvre et non son point de départ, mais elle ne pouvait travailler sans en avoir toujours un en tête. C'était d'ailleurs souvent dans ce choix final que des divergences avec l'éditeur faisaient surface. Le sien, déjà, jugeait celui-là abscons, « pas assez vendeur ». Sans doute ne connaissait-il pas l'œuvre de Jean-Paul Sartre ! Or, elle lui avait promis ces albums et, surtout, avait accepté une avance.

Cette somme d'argent appréciable, sans constituer un pont d'or, était tout de suite devenue une pomme de discorde entre elle et Philo. Il faut dire que dès le départ, Philo avait mal accueilli l'idée d'un retour de la célèbre espionne nymphomane. Il voyait venir les heures d'isolement consacrées à la création, puis les exigences de la promotion, avec d'imprévisibles conséquences pour Carl qui n'avait que cinq ans, mais qui en aurait sept, huit ou neuf quand les albums paraîtraient. Ses camarades viendraient forcément à savoir que sa mère dessinait des bédés cochonnes! Pourquoi ne pas simplement continuer les lapins, ou alors créer quelque chose dans le genre *Astérix*? « Des *Dragonball*, un coup parti? » avait rétorqué Julie.

Ce qu'elle pensait, elle, c'était que Carma Vida évoquait, pour Philo, l'époque de leur vie où ils étaient amants sans être amoureux, où leur relation était essentiellement une expérience physique dénuée de toute forme d'engagement. Philo appréhendait que ce retour en arrière fût le signe d'une détérioration de leur vie de couple. Et, foi de fille honnête, il fallait lui donner un peu raison. C'était à n'y rien comprendre. Elle qui avait été si contente de goûter enfin l'équilibre affectif auquel tout être normal aspire, voilà que cet équilibre lui pesait de plus en plus! Elle avait l'impression que quelque chose lui manquait. Rien de précis, pourtant! Elle avait vécu presque toute sa vie, jusqu'à cinq ans passés, dans un état de névrose contrôlée. Peut-être le contraste était-il trop fort? Une personne en santé ne devrait pourtant pas s'ennuyer de sa maladie! Sans doute n'était-elle pas guérie.

Oh! Philo faisait toujours aussi bien l'amour, à sa manière atten-tive et puissante à la fois, il n'y avait rien à redire là-dessus. C'était elle, elle qui trouvait encore que ça manquait de… L'autre soir, dans la douche, elle avait eu envie de se faire mal, comme cela ne lui était plus arrivé depuis avant sa grossesse. C'était surgi alors qu'elle venait de prendre le tube de shampoing, comme si le temps avait reculé d'un coup. « Non, qu'elle s'était répété cent fois, tu ne vas quand même pas… » Malgré l'injonction de sa conscience, elle avait approché le tube tout près, pour se provoquer elle-même, puis l'avait finalement poussé dans son corps jusqu'à la première étincelle de douleur. Elle l'avait retiré vivement, choquée, troublée, mais incapable de nier une morbide satisfaction.

Elle avait oublié le pénis! Il était là, à moitié dessiné, raté. Si les gens savaient comme l'érotisme est un genre difficile! Entre le ridicule et le dégoûtant, il reste un bien mince espace pour l'art. Cette bitte-là tombait dans le premier piège. Poubelle! Cette séance de tra-vail ressemblait dangereusement aux précédentes. Des esquisses comme des esquifs, perdues dans la dérive de ses pensées. Bientôt, elle rejoindrait sa petite famille avec, en travers de la gorge, la culpabilité rance de l'avoir délaissée pour rien. Elle réintégrerait le quotidien, elle poserait sans regimber tous les gestes du bonheur ainsi nommé, parfaitement consciente de sa chance de frôler l'idéal, mais sachant très bien qu'elle n'était pas dupe, Philo non plus.

Comme une bouée lancée de nulle part, le téléphone sonna.

— Chantal!

Julie jeta un regard en biais sur les chiffres rouges de l'horloge. Il était bien onze heures douze.

— Qu'est-ce qui se passe, tu as l'air tout à l'envers? Il n'est pas arrivé quelque chose à Léa, toujours? [...] Qu'est-ce que tu fais au Q.G.? [...] Si je peux... oui... Philo est à la maison. Est-ce que c'est si grave? [...] Bon d'accord. Laisse-moi une demi-heure... trois quarts d'heure... [...] Mais non, mais non, ça servirait à quoi, une amie?

Julie Juillet raccrocha et fronça les sourcils. Qu'était-il arrivé à Chantal? Et en plus, il fallait annoncer à Philo qu'elle partait, probablement pour l'après-midi.

— Mais on devait planter les tomates!

— Je sais bien...

Elle aurait aimé avoir un sobriquet d'amoureux à placer ici, mais elle n'avait jamais été capable d'adopter ces manies. Elle continua.

— ... Chantal ne va vraiment pas bien. Je ne peux pas la laisser tomber. Elle ferait pareil pour moi, tu comprends?

Philo fit la moue.

— Bien sûr, dit-il. De toute façon, on a encore du temps pour les tomates.

— Alors j'y vais, conclut Julie, sachant très bien que les tomates avaient peu à voir dans cette affaire.

Elle quitta Saint-Bertrand sur les chapeaux de roues et fonça vers le pont des Iroquois. La dernière fois qu'elle était venue en ville, les arbres n'avaient même pas de bourgeons. Elle eut tout juste le temps, avant d'arriver au poste, de trouver la Capitale bien jolie, parée du vert translucide des nouvelles frondaisons.

Chantal l'attendait sur le parvis du Q.G. Elle se dépêcha de monter dans la voiture. Julie ne voulait pas entrer au poste où elle connaissait encore trop de monde. La journaliste se sentait plus solide sur ses jambes, mais avait encore mauvaise mine. Elle voulait rentrer en vitesse. Julie, qui avait peu l'occasion de manger au restaurant, la convainquit qu'elle serait plus à l'aise dans un décor neutre pour lui expliquer le profond émoi dans lequel elle était plongée. Elles aperçurent une enseigne : *Le Pied monté, fine cuisine française et italienne.* Julie se rappela que le célèbre écrivain Yvon Bellerue, qu'elle croisait parfois dans ses activités mondaines, vantait sans cesse les mérites de cet établissement.

— Prends-toi donc un apéro, dit Julie après qu'elles se furent installées à une table retirée. Ça va te redonner des couleurs.
— Je n'ai pas tellement faim.
— Raison de plus. Un petit verre de muscat et tu seras plus à l'aise pour me raconter ce qui t'a mise dans cet état.
— Julie, tu ne peux pas imaginer... c'est tellement. Je me suis franchement demandé si je n'étais pas devenue folle. Malheureusement non...
— Sainte-poche, de quoi s'agit-il ?
— Par où commencer ? Tu as su que le juge Hunter...
— ... est décédé, oui. Ce n'était pas mon préféré ; il m'a toujours fait l'effet d'un vieux vicieux...
— Eh bien ! tes impressions sont comme toujours justifiées, mais pour une fois, en dessous de la réalité. D'abord, il faut que tu saches qu'une douzaine de journalistes spécialisés, dont moi, bien sûr, ont reçu une convocation très spéciale, et secrète...

Chantal relata, péniblement, avec de multiples pauses, les événements de l'avant-midi. Elle prit finalement deux verres de muscat. Quand elle eut terminé la description de ce qu'elle avait vu du film, Julie Juillet, quoique ses coquillettes à l'estragon fussent fort appétissantes, n'avait plus tellement faim non plus.

— Décidément, rien ne nous sera épargné ! soupira-t-elle.

Elle s'efforça d'avaler une ou deux bouchées, puis commanda un verre de rosé.

— Et... ils vont... jusqu'au bout ?

— Il paraît qu'à la fin, c'est littéralement une boucherie.

— Au moins l'enfant est morte. Ses souffrances ont eu un terme. C'est à vous dégoûter de vivre. J'espère qu'ils vont réussir à suivre la filière et à arrêter ça, du moins pour un temps, parce qu'il faut bien se rendre compte que tant qu'il y aura quelqu'un de prêt à payer pour n'importe quoi, quelqu'un d'autre s'arrangera pour livrer la marchandise. Toi, même si ton métier te force à côtoyer l'horreur, je suppose que là, tu as pensé à ta fille…

Julie Juillet s'interrompit. Chantal Mignonnet pâlissait à vue d'œil et la main qui tenait son verre tremblait.

— Chantal! Chantal!

Julie lui prit la main.

— Hé! Chantal! reviens! Qu'est-ce qu'il y a d'autre? Tu ne m'as pas tout dit. Respire. Respire!

Chantal Mignonnet reprit un peu le contrôle d'elle-même. Ses grands yeux bleus étaient noyés comme si elle allait éclater en sanglots. Elle prit un mouchoir dans son sac et se moucha.

— Julie, tu es mon amie, n'est-ce pas?

— Tu le sais bien…

— Je veux dire… notre amitié est forte, elle peut passer par-dessus bien des choses.

— Oui, voyons! Tu m'as fait un sale coup ou quoi? Quel est le rapport avec ce film?

— Ce n'est pas que je t'aie fait quelque chose, non, jamais… J'ai fait quelque chose que je ne peux raconter qu'à toi.

— Eh bien vas-y! J'en ai vu et entendu pas mal, tu sais. N'oublie pas que je t'aime! Si ça peut me faire mal, ce sera toujours moins pire que de te savoir dans cet état sans comprendre. Si tu m'as appelée, c'est pour me le dire, non?

— Oui… mais c'est dur.

— Enfin quoi? Tu n'as quand même pas participé à ce genre de…

— Non! Qu'est-ce que tu vas chercher?

— Rien! Tu es tellement mystérieuse, si bouleversée…

— Julie! Quand j'ai vu… je n'ai pas pensé à Léa. Je n'en ai pas eu le temps, parce que… parce que… parce que la fillette du film… c'était elle!

Julie Juillet, le sourcil arqué, regarda un moment son amie sans rien dire. Puis :

— Elle... ? Elle qui ?

— Elle... Léa !

— Tu veux dire qu'elle lui ressemblait ?

— Non, c'était elle.

Chantal cherchait à ravaler une salive qui lui manquait. Julie continua :

— Tu veux dire que... que l'enfant martyre, dans ce film, c'était Léa ? Ta fille Léa ? En personne ?

— Oui.

— Ah bon ! [...] Sais-tu... l'après-midi est jeune, je pense que je vais prendre un autre verre de vin.

— Ça va ici ? intervint opportunément le garçon, essayant de ne pas remarquer que Chantal Mignonnet, qu'il reconnaissait sûrement, contenait ses pleurs.

— Je prendrai un autre verre de rosé... Oh ! puis allons-y donc pour le quart de litre. C'est quoi, le dessert compris avec la table d'hôte ? Pas des pruneaux, j'espère...

— La symphonie tropicale à l'écume du verger, madame.

— Qu'est-ce que c'est ?

— Une coupe de fruits arrosés de cidre. Mais si vous voulez, je peux m'arranger pour vous servir notre fameuse *cassata* sicilienne à la place.

— Ça, ce serait vraiment chic !

— Ce ne sera pas long.

Julie Juillet regarda le garçon s'éloigner.

— On dira ce qu'on voudra, Chantal, même un garçon de restaurant peut avoir du génie ! Celui-là, il a tout un avenir devant lui. Derrière aussi, peut-être. Tu as vu ses fesses ? Mais elles bougent un peu trop...

Chantal ne souriait pas le moins du monde.

— Bon, d'accord, je ne suis pas drôle. Excuse-moi. C'est que là, Chantal...

— Tu ne me prends pas au sérieux, c'est ça ?

— Non... enfin oui ! Tu me racontes ce film et ça me bouleverse, alors j'imagine si je l'avais vu... Sauf que nous sommes mercredi et...

attends… vendredi dernier, oui, nous nous sommes croisées chez Thui et l'adorable Léa t'a sauté dans les bras. D'ailleurs, je parie qu'elle est chez Thui en ce moment même!

— Elle y est, j'ai vérifié.

— Eh bien là, Chantal! Si je ne te voyais pas si bouleversée, je penserais que tu me niaises!

Cette fois, ce fut Chantal qui saisit la main de son amie.

— Julie, ton fils Carl… tu vois un garçon qui lui ressemble, beaucoup… ça ne dure pas! Tu te rends bien vite compte que ce n'est pas lui! Mais cette pauvre fillette, c'était Léa! Je la regardais, je la regardais, je me disais que ce n'était pas possible, je cherchais la différence… C'était elle, je te jure! Écoute, on va aller au poste, on va s'arranger pour revoir un bout de ce maudit film. Tu me diras si j'ai halluciné! Je suis sûre que non!

Julie Juillet dégusta une gorgée, puis dit:

— Je n'y tiens pas, même que je ne veux pas le voir. Tu es une femme solide, avec du métier. Tu as vu ta fille. Ce n'était de toute évidence pas elle, mais tu l'as vue.

— Oui! Les mêmes cheveux noirs et bouclés, la même nuance de teint, le même petit corps. Tu sais comme on connaît le corps de notre enfant!

— C'est vrai.

— Et ces yeux! Tu m'as dit toi-même je ne sais combien de fois que Léa a des yeux d'un vert unique! À un moment, elle a regardé directement la caméra. C'était comme si elle m'appelait, j'aurais voulu l'arracher à ces monstres. Imagines-tu ce que je ressens?

— Bien sûr que oui, Chantal. N'importe quelle mère, n'importe quelle personne qui aime peut l'imaginer. Aussi incroyable que cela puisse paraître, Léa avait un sosie… qui a eu beaucoup moins de chance qu'elle. C'est une coïncidence vraiment extraordinaire que tu… À moins que… Le père?

— C'est surtout de ça dont je voulais te parler.

— Le père, bien sûr! Tu ne voulais pas d'homme dans ta vie, tu voulais faire un enfant toute seule. Tu as profité de tes vacances en Corse pour mettre la patte sur un beau jeune homme bien en santé, qui n'avait aucune chance de te relancer puisque tu ne lui as rien dit.

Et il est évident que Léa tient presque tout de son père. Supposons que ce monsieur ait dispensé ses services à d'autres femmes à peu près dans le même temps... Il faut en parler à la police! C'est peut-être une piste, la piste!

— Non, Julie. Ce n'est pas comme ça que ça s'est passé.

— Pourquoi pas? Tu croyais avoir déniché la perle rare. Peut-être bien que ce gars est un géniteur professionnel!

— C'est ce que j'ai raconté, oui. C'est ici que notre amitié va être mise à rude épreuve: j'ai menti.

Julie Juillet resta figée dans la surprise un long moment, puis retira ses lunettes et se frotta l'arête du nez.

— Bon, dit-elle enfin.

Elle but encore un peu de vin et se contenta de remercier le garçon qui venait de déposer deux morceaux de gâteau sur la table.

— Maintenant, vas-tu me dire la vérité? demanda-t-elle, quand il les eut laissées, à Chantal qui avait l'air contrit d'une dévote à confesse.

— Oui.

— Je t'écoute.

— C'est vrai que je ne voulais pas d'homme dans ma vie. Des hommes, oui, pour baiser une fois par mois... tu me connais. Mais je voulais quand même un enfant. En fait, je voulais une fille. Tu sais que j'ai temporisé longtemps avant de me décider. J'inventais toutes sortes de prétextes. La vérité, c'est que je ne me faisais pas à l'idée d'être enceinte et d'accoucher. C'est une grande lâcheté de ma part, Julie, mais je ne me voyais pas passer par où tu es passée. L'accouchement me terrorise, sans parler de tout ce qui vient avant. Je tiens à ma beauté, j'y tiens plus que je ne devrais, je le sais bien. Ton amie Chantal, Julie, n'est qu'une poupoune, une blonde risible...

— Quand même...

— Non! Ne me défends pas, ce n'est pas ce que j'attends de toi. J'ai longtemps pensé que je n'étais pas comme ça, que la beauté n'était qu'un avantage que la nature m'avait donné, un outil de plus. Quand j'ai été confrontée au désir d'être mère, il a bien fallu que j'admette que c'est bien plus que ça, que je ne pourrais pas me passer du regard des hommes, du pouvoir que la beauté me donne, et pas seulement sur les hommes. Je ne sais pas comment je vais faire pour vieillir… Au moins ça, ça vient doucement, et puis j'ai Léa. Je comprends mieux maintenant que c'était pour ça que je voulais une fille, pour me sortir de moi-même.

— Alors, si je t'ai bien suivie, Léa ne serait pas ta fille… au sens physique ?

— Non.

— Pourtant… tu as été enceinte !

— Non plus. Une mascarade.

Julie Juillet ferma les yeux, respira profondément, les rouvrit et dit :

— Est-ce que je te comprends bien ? Ce ventre que j'ai vu grossir de semaine en semaine…

— Du toc, Julie !

Julie Juillet hochait doucement la tête en fixant son amie.

— Oui oui… je m'en souviens : tu ne voulais jamais qu'on te touche quand le bébé bougeait.

— J'ai joué la comédie à tout le monde, y compris à toi, ma meilleure amie. Crois-moi ! j'ai souvent voulu te mettre dans le coup, mais… la lâcheté, encore. Je voulais que Léa soit ma fille aux yeux de tous, comme Carl est ton fils.

— Je comprends maintenant pourquoi tu voulais tant aller accoucher dans la région de l'Atlantique, chez ce prétendu obstétricien aux méthodes révolutionnaires. Je n'en reviens pas que tu aies pu me mener en bateau aussi facilement. Quelle détective je fais !

— Tu n'es pas la seule. Ma propre mère s'est fait avoir comme une enfant d'école. C'est que personne n'aurait eu spontanément l'idée que je pouvais les berner. C'est facile de mentir quand il n'y a pas de méfiance. Je me dégoûte.

— Arrête-moi ça tout de suite, sainte-poche ! La culpabilité, ça n'a jamais rien donné à personne. Ce n'était pas un mensonge cupide, pour nous soutirer quelque chose. Ça aurait changé quoi si je ne l'avais jamais su ? Ça changera quoi pour les autres qui ne le savent pas ?

— Tu n'en parleras pas ?

— Tu me prends pour qui ? C'est à toi de le faire si tu le juges utile. Revenons-en à ton histoire. Tu l'as prise où, Léa ?

– D'abord, j'avais pensé à l'adoption locale. C'est pratiquement impossible. Il est aussi difficile d'obtenir un bébé blanc par l'adoption internationale. C'est alors qu'est arrivée l'affaire Antonin. Tu te rappelles?

– Vaguement. Ce n'était pas un gang qui se spécialisait dans le rapt d'enfants en vue de les revendre aux États-Unis?

– Exactement.

– Chantal, ne me dis pas que…

– Non, rassure-toi, ça ne m'est même pas venu à l'idée. Je ne vois pas comment on peut avoir en soi assez d'amour pour vouloir devenir mère et, en même temps, être indifférente à la souffrance que l'on va causer. D'ailleurs, ce gang n'a pas eu le temps de faire beaucoup de dommage. Mais, le métier, c'est le métier, et c'était un bon sujet pour mon émission. On a fait une recherche exhaustive sur tout le domaine de la criminalité reliée à l'enfance. C'est comme ça que j'ai appris qu'il était peut-être possible d'obtenir un nouveau-né sur commande, en parfaite santé, sans qu'il soit question de rapt ou quoi que ce soit du genre. Ici, Julie, tu vas voir que je mérite ce qui m'arrive. Sans vouloir me justifier, je pense que j'étais tellement obnubilée par le désir d'avoir un enfant que j'en ai perdu une partie de mon jugement. J'ai dit au recherchiste qui avait déniché cette information que la source n'était pas assez sûre, ou que nous ne pouvions pas aller plus loin, enfin, le mot juste est que j'ai détourné cette information.

– C'est grave, ça, Chantal.

– Je sais. Et quand, en plus, j'ai vu ce film, la conscience du mal m'est tombée dessus. On ne peut pas mentir à tout le monde sans se mentir à soi-même. J'avais quasiment fini par oublier que je n'avais jamais accouché de Léa! Jusqu'à ce matin, je croyais vivre le parfait bonheur! Le seul temps où je me sentais encore mal à l'aise de mentir, c'était quand des copines me demandaient les coordonnées de la clinique.

– Cette clinique, elle existe, non? On t'a fourni des papiers parfaitement en règle…

– Oui. D'abord, la source en question n'était pas si contestable. C'était un malfaisant sans envergure, du genre qui tire sa pitance en vendant des tuyaux, en mettant des gens en contact, et qui mange à tous les râteliers, pègre, médias, même la police quand il n'y a pas de risque de représailles. Ce genre de type ne va jamais en prison parce qu'il vit des crimes des autres. Il se fait souvent descendre, ce qui est d'ailleurs arrivé l'an dernier à celui dont je te parle, vraisemblablement à cause d'une erreur d'aiguillage entre les motards et une mafia quelconque. Il n'y avait pas dix personnes à son enterrement. Je l'avais approché moi-même et il était assez excité merci. Imagine qu'il voulait me sauter en échange du renseignement! J'ai réussi à le calmer en lui faisant comprendre que je pouvais tout aussi bien changer de projet et faire de sa minable personne le sujet d'une émission, ce qui aurait été assez pourri pour ses affaires. C'est comme ça, avec une jolie somme en plus, que j'ai obtenu le nom et les coordonnées du docteur Pleau.

— Tu ne m'as jamais parlé de lui, tu disais que tu étais entre bonnes mains sans jamais donner de nom. Avec le recul… c'est vrai que je n'avais pas de raisons de me poser des questions.

— Non. De toute façon, ce n'est pas le genre de médecin qu'on recommanderait à ses amies. S'il n'a pas été radié de la profession, c'est seulement parce qu'il a cessé toute pratique véritable. Il a un dossier très lourd d'accouchements qui se sont mal passés… Déjà, si tu voyais son bureau! J'ai vu des officines de garage mieux tenues. Il est installé dans le secteur le plus moche de la rue de l'Alberta. Inutile de chercher une table d'examen ou des instruments stérilisés dans son trou. Ce gars-là n'a qu'un seul outil de travail: sa signature professionnelle. C'est un joueur compulsif qui doit des fortunes et qui survit en rendant mille menus services à la pègre. Évidemment, j'ai pris rendez-vous sous une fausse identité. Évidemment, il m'a reconnue. Son premier réflexe a été de me mettre à la porte. J'ai réussi à le convaincre que ce n'était pas la journaliste, mais la femme qui voulait le voir. Oh! j'ai eu droit à de grosses menaces! Il avait des relations, a-t-il dit, et mon statut de vedette ne me mettait pas à l'abri d'un accident. Il a tout de même fini par admettre qu'il était possible de trouver un bébé, la question étant de savoir si j'étais prête à payer.

— Beaucoup?

— Énorme. Ce n'est qu'après que j'ai payé un premier montant que nous avons abordé les détails. D'abord, une fois le processus enclenché, il n'était pas question de reculer. Lui n'était qu'un inter-médiaire et dans ce genre d'affaire, les « fournisseurs » se doivent d'être impitoyables. Pas question de faire des choix sophistiqués : à la date convenue, je devais recevoir un bébé naissant, beau et en santé, de sexe féminin, blanc, sans autres spécifications, accompagné d'un certificat de naissance en bonne et due forme. On garantissait que le bébé était libre de toute attache et qu'il n'y avait aucun risque qu'il soit un jour réclamé par qui que ce soit.

— Qu'est-ce que ça vaut, une garantie de ce genre de personne ?

— Rien, je sais, sauf que les gens avec qui ils font affaire sont for-cément riches et l'organisation a beau être puissante, ce ne serait sûrement pas bon pour elle que quelqu'un décide de lui causer des ennuis. Non, de ce côté, je n'avais pas vraiment peur. Ce que je craignais, c'était plutôt l'arnaque totale, qu'il n'y ait pas d'organisa-tion, rien que quelques escrocs sans envergure qui fileraient avec mon argent. Mais entre de sporadiques crises d'angoisse, j'étais portée par un tel enthousiasme !

— Il fallait quand même que tu sois drôlement déterminée !

— Je l'étais. Je l'ai toujours été pour tout. J'ai toujours eu ce que je voulais, j'ai toujours atteint mes objectifs, non sans effort, bien entendu. Quand je m'attaque à quelque chose, je finis par gagner. J'ai toujours pensé que je méritais mes succès. C'est la première fois que je comprends ce que l'on veut dire quand on dit qu'il y a un prix à payer pour tout.

Chantal prit un mouchoir et s'essuya les yeux. Les deux amies finissaient leur second café. Julie Juillet avait la tête de plus en plus lourde, pas tant à cause de l'alcool mais plutôt à cause du poids du monde, qu'elle n'avait pas ressenti ainsi depuis bien longtemps.

— Qu'est-ce que je vais faire, Julie ? demanda Chantal en reni-flant.

— Pour le moment, continue à raconter. On verra.

— C'était ensuite à moi de m'organiser pour faire croire ce que je voulais à mon entourage. J'ai conçu mon plan. Nous avons fixé la date à laquelle je devais prendre livraison du bébé, le docteur Pleau m'a donné une adresse à Middleton, sur la côte. Je ne l'ai plus jamais revu. Il avait rempli d'avance une dizaine de feuillets de réclamation avec ma carte d'assurance-santé. Ensuite, il y a eu les vacances en Corse, puis le faux ventre. Ça n'a pas été aussi compliqué que je le pensais. Comme j'étais un peu vieille pour une primipare, les gens comprenaient que je faisais très attention à moi et que je réduisais mes activités. Avec ma mère, c'était plus compliqué. Elle voulait emménager chez moi jusqu'à ce que le bébé soit « réchappé », tu te rends compte? Ça n'a pas été facile de lui faire accepter qu'elle ne serait pas là quand j'allais « acheter », comme elle dit pour « accoucher » dans son patois — elle ne se doutait pas qu'elle avait le mot juste! Heureusement qu'elle n'habite pas la Capitale! Elle me trouvait bien folle de m'en aller toute seule sur la côte avec mon « paquet ».

— Justement, pourquoi dans la région de l'Atlantique?

— Je ne sais pas au juste. J'avais pensé qu'il fallait aller chercher les bébés dans la région de leur naissance, c'était logique. Mais il y a là-bas une vraie clinique… du moins une apparence de clinique, avec une enseigne, une salle d'attente, une secrétaire habillée en blanc, des dossiers… Je ne suis pas allée plus loin que la salle d'attente.

— Comment s'appelait cette clinique?

— Un nom banal, euh… East-Middleton, si ma mémoire est bonne.

— Tu m'étonnais aussi de te laisser embarquer dans une théorie d'accouchement dans l'eau de mer, ce n'est tellement pas ton genre!

— En effet. Je suis partie, donc, et j'ai fait du tourisme aux États-Unis. Comme je suis quand même assez connue chez les Acadiens, ce n'était pas sage de traîner dans le coin. Au jour dit, tout s'est passé d'une façon très formelle. La secrétaire a d'abord compté l'argent, puis l'a rangé. Ensuite, elle m'a parlé des soins du bébé: l'heure de ses boires, la formule de lait et autres trucs du genre. Ensuite, elle a appuyé sur un bouton et a demandé qu'on apporte le bébé de « Misses Mig-na-nutt », comme m'appellent les Anglais. Une autre infirmière est arrivée avec un paquet blanc dans les bras. Il n'y avait pas la moindre chaleur humaine dans cette transaction, mais quand j'ai vu mon bébé, Julie… tu sais ce que c'est.

— Ce n'est pas la même chose. Quand tu viens d'accoucher, tu es dans un état où les émotions sont quelque peu perturbées.

— C'est vrai. Tu vois comme je suis devenue? Je parle comme si j'avais eu mon enfant comme tout le monde. Est-ce que je pourrai encore me regarder en face, regarder ma fille?

— Réagis tout de suite, Chantal, ne laisse pas la culpabilité s'implanter en toi, il n'y a pas de pire cancer. Tu réalises que tu as fait une erreur, tu le regrettes, c'est bien. Il faut ranger ce qui est fait quelque part dans ta mémoire et te concentrer sur ce qui est à faire.

— Tu as raison. Mais justement, si je savais quoi faire!

— On va parler de ça dans la voiture. Je commence à détester franchement cette chaise. Tu rentres avec moi, bien sûr!

— Oui oui, j'ai dit à Thui de ne pas coucher la petite. J'ai besoin de la serrer dans mes bras. La ressemblance était tellement saisissante que j'ai pensé que j'étais folle!

Dans la voiture, Chantal se sentit un peu mieux. Julie Juillet conduisait lentement, sachant qu'elle échouerait probablement un test à l'ivressomètre. Le pont des Iroquois commençait déjà à s'engorger.

— Il y a une chose évidente, résuma Julie Juillet, c'est que l'enfant du film est la jumelle de Léa, donc que ces salauds l'ont achetée à la même source, mais probablement pas directement, car ça m'étonnerait qu'ils l'aient élevée pendant trois ans. Quoi qu'il en soit, c'est une piste majeure.

Chantal resta silencieuse, les yeux baissés. Julie Juillet lut dans ses pensées. Elle dit:

— Tu n'as pas envie d'aller raconter tout ça à la police, n'est-ce pas?

— Non. J'ai fait une grave erreur, mais Léa a trois ans, elle parle, elle joue, elle grandit, elle est heureuse, c'est une fille normale, c'est ma fille. De nos jours, ne pas avoir de père, ça ne cause pas de drame. Elle n'a pas besoin de connaître cette horrible histoire. Il ne faut pas qu'elle la connaisse, jamais! Tu es d'accord avec moi, Julie?

— Oui.

Chantal fut décontenancée par la réponse trop brève de son amie, qui lui laissait le champ libre.

— Si je dévoile mon secret à la police, reprit la journaliste, quelles garanties pourrai-je avoir qu'on ne fera pas d'abord mon propre procès? Même à supposer que je puisse m'arranger, si l'enquête aboutit, l'affaire va forcément éclater au grand jour. Je serais bien naïve de penser que mon nom ne sera jamais mentionné d'une manière ou d'une autre. On imagine quel beau morceau ce serait pour mes collègues.

— En effet.

— Par contre, il faut absolument arrêter ces bourreaux.

— Bien entendu.

— L'intérêt de ma fille à moi ne justifie pas que je sois indifférente au sort de… de ses sœurs.

— Certainement pas.

— Quand on est mère, on est un peu la mère de tous les enfants du monde.

— C'est vrai.

— Je ne peux pas garder ce secret sans rien faire.

— Je ne pourrais pas non plus.

— Si je n'étais pas journaliste, je n'aurais jamais vu ce film. La police devrait se débrouiller toute seule!

— Mais ce n'est pas le cas!

— Non. Oh Julie! pour l'amour, aide-moi!

— Un dilemme! Tu es prise dans un vrai sainte-poche de dilemme!

Elles avaient passé le pont des Iroquois et fonçaient vers la silhouette perpétuellement alanguie du mont Bertrand.

— Julie?

— Chantal?

— Euh…

— J'ai peur de deviner ce à quoi tu penses…

— Si tu allais fouiller un peu? Tu pourrais, mettons… faire semblant que tu veux un enfant! Tu es une experte; en peu de temps, tu pourrais rassembler assez d'information. Après, je ne sais pas, tu pourrais t'arranger pour refiler les tuyaux à un collègue.

Julie Juillet soupira et hocha négativement la tête.

– Je n'ai plus de collègues dans la police, Chantal! Depuis l'affaire des Gorgones*, je n'ai plus mis les pieds dans un poste. Ça fait… quatre ans!

Chantal acquiesça de la tête, puis relança :

– Il y a Philo…

Julie émit un ricanement amer.

– Ma pauvre amie, ce n'est vraiment pas le moment de lui proposer une affaire du genre. À mon tour de te faire une confidence : je te dirais que notre couple file un mauvais coton ces temps-ci.

– Oh! vraiment? fit Chantal désolée. Pourquoi tu ne m'en as pas parlé avant?

– Je n'en ai pas eu l'occasion. Tu te rends compte qu'avec les enfants, on se voit moins souvent… c'est-à-dire pas moins souvent, mais… ça faisait combien de temps qu'on n'avait pas eu un vrai tête-à-tête, toi et moi, hein? Le peu de fois qu'on s'est retrouvées seules, de quoi est-ce qu'on a parlé?

– Des enfants!

– Des enfants. C'est quand même incroyable! Quand tu t'es installée à Saint-Bertrand, on se disait qu'on allait être proches l'une de l'autre comme jamais et qu'on se verrait plus souvent. C'est presque le contraire qui s'est produit. On dirait que la vie s'amuse à nous dérouter. Ou bien c'est moi qui ne comprends pas la signalisation! Enfin, non, Chantal, je ne peux pas t'aider, pas comme ça. D'abord, depuis le temps, mes rouages d'enquêteuse sont sûrement rouillés.

– Ça ne se perd pas, ça, voyons.

– Et puis, enquêter sans mandat, c'est plus compliqué. Ça aide drôlement d'avoir la force de la loi derrière soi, ça intimide les gens.

– Je ne te demande pas de faire toute une enquête, seulement de… de voir si ce réseau existe encore, d'abord.

– Sans oublier que j'ai du travail, moi! Je dois livrer la nouvelle aventure de Carma Vida avant la fin de l'année et je ne suis pas du tout avancée.

* Voir : *Enquête sur le viol d'un père Noël.*

Julie Juillet s'interrompit ; le moment était venu de quitter l'auto-route et la courbe exigeait son attention. Chantal se tut elle aussi. Elle n'avait plus d'arguments. Elle se sentait moche d'avoir demandé à son amie de la tirer d'un embarras dans lequel elle s'était mise toute seule. Jamais elle n'aurait pensé que le bonheur et l'horreur pourraient s'affronter ainsi, dans sa propre vie.

Elles arrivèrent bientôt à la maison de Thui, temple de paix dans le scintillement des feuilles tendres. Comme il faisait doux, elles passèrent directement dans le jardin. Tout le monde y était, Thui, la mère de Thui et, en salopettes bleues, Léa, qui pelletait du sable dans un seau rouge avec une telle application qu'elle ne s'aperçut pas de l'arrivée de sa mère. Thui, dont les sens s'étaient incroyablement développés depuis qu'elle était sortie du coma dans lequel l'avaient plongée trois balles de bon calibre*, et qui l'avaient laissée para-plégique, avait perçu leur arrivée imminente dès que la voiture de Julie Juillet avait tourné le coin. Elle avait aussitôt posé, sur la table blanche, l'ordinateur portatif qui ne la quittait pratiquement jamais. Puis, abandonnant son fauteuil roulant, elle s'était hissée sur ses béquilles pour venir à leur rencontre. Comme à chaque fois, Julie Juillet avait senti son cœur se serrer, car elle se tenait responsable du handicap de la jeune Asiatique. Elle avait offert maintes fois de lui acheter un fauteuil électrique, mais Thui s'était jurée qu'elle remar-cherait un jour. Elle ne voulait rien savoir des commodités qui don-neraient à son handicap des allures de permanence. La mère de Thui, sans bouger de sa chaise, leur avait simplement adressé un mince sourire. La vieille femme ne poursuivait sa vie que dans l'unique but d'aider sa fille dans les quelques tâches que celle-ci ne pouvait accomplir elle-même.

— Ça va, madame ? s'informa Thui, inquiétée par l'appel du matin.

— Oui, ça va, merci.

Ce fut à ce moment-là que Léa aperçut sa mère. L'activité qui l'ac-caparait cessa d'exister. Elle courut, déployant une grâce fragile, tel un papillon dansant avec une fleur, jusqu'aux bras tendus de sa mère.

---

* Voir : *Enquête sur le viol d'un père Noël.*

Elle se laissa soulever dans une étreinte dont l'intensité inaccoutumée n'échappa pas à Thui et qui toucha Julie Juillet droit au cœur. Le contraste spectaculaire, mais harmonieux, entre la tête noire de l'enfant et la lumineuse blondeur de la mère était saisissant. Julie Juillet se laissa emporter dans le maelström d'émotions qui enveloppait le tableau.

Elle dut se rendre à l'évidence que, malgré les défenses de la raison la plus élémentaire, jamais elle ne pourrait vivre avec, sur la conscience, le souvenir d'avoir refusé son aide pour préserver un tel bonheur.

Chapitre II

La bête et puis la belle

JUSQU'À CE JOUR, Julie Juillet n'avait eu aucune idée de ce qu'était une colère de Philo. À dire vrai, elle n'avait jamais imaginé qu'une machine au mouvement si fluide pût connaître le moindre dérèglement. C'était d'ailleurs cette harmonie tranquille qui l'avait séduite dès leur première rencontre, qui lui avait apporté l'équilibre au début de leur union. C'était cette même harmonie qui, maintenant, l'indisposait.

Or, chez Philo, même la colère paraissait harmonieuse. Il ne lançait pas de vaisselle à travers la pièce, il ne criait pas, ne tapait même pas du poing sur la table. Vu sa grande force physique, c'était heureux. Non, il fallait le bien connaître pour se rendre compte qu'il était en colère. Il fallait avoir assidûment fréquenté les traits fermes et sans défauts notables de son visage, avoir mille fois posé les lèvres sur ses joues brunes pour discerner la sourde tension qui travaillait ses muscles. Il fallait s'être complu des heures durant dans la chaleur de son regard pour reculer maintenant devant le feu qui l'animait. Il fallait s'être abandonnée entièrement à la longue caresse de ses mains pour ressentir comme des lacérations de griffes la crispation qui les paralysait. Il fallait l'avoir aimé pour comprendre combien il souffrait de sa colère. Il fallait l'aimer encore pour souffrir avec lui.

Pourtant, Julie ne fléchissait pas. Elle était debout devant le comptoir, persistant à frotter d'une main molle des chromes qui n'en demandaient pas tant. Bien sûr, elle avait attendu que Carl fût bien endormi pour annoncer à Philo qu'elle s'absenterait de la maison assez souvent pendant quelque temps. Il n'y aurait pas eu là matière à se disputer si seulement elle avait pu préciser la fréquence et la durée de ces absences, si elle avait pu tracer une limite à l'expression « pendant quelque temps », enfin, et surtout, si elle avait consenti à révéler le motif de ce changement de programme.

— Tout ce que je peux te dire, c'est que Chantal a besoin de moi. Je sais… je comprends que ce n'est pas satisfaisant comme explication, mais je t'assure que c'est très sérieux. Sainte-poche! si tu savais! Hélas! ce n'est pas possible… C'est un secret… dont je ne saisis pas moi-même encore toute la portée… un secret de Chantal, bien sûr. Moi, je n'y suis pour rien…

Elle répétait cela depuis un moment, cherchant chaque fois des mots plus convaincants, mais de brefs coups d'œil à son amant, à son conjoint, au père de son fils, révélaient que ça ne passait pas. Le morceau était trop gros. Philo était un être sensible, contrairement à ce qu'auraient pu penser ceux qui le fréquentaient seulement quand il portait l'uniforme de policier. Les nuages qui s'étaient levés dans l'horizon bleu de leur bonheur ne lui avaient pas échappé. Il avait perçu le malaise qui s'était sournoisement emparé de Julie et il en avait été attristé, et plus encore par le fait qu'il se savait incapable de le combattre. Puis, était venue cette dispute à propos de la nouvelle aventure de Carma Vida, qui accaparait Julie bien plus que ne l'avaient jamais fait ses ouvrages pour enfants. Il avait eu l'impression qu'elle cherchait à s'éloigner, une impression pour ainsi dire confirmée ce soir. Enfin, aigre cerise sur un gâteau déjà amer, surgissait ce secret qu'elle ne voulait pas partager! C'était pour lui la preuve que leur relation n'avait pas dépassé un certain niveau au-delà duquel elle serait devenue entière et complète.

Il n'avait rien eu à expliquer pour que Julie comprît tout cela. Elle était parfaitement consciente du désarroi qu'elle causait à cet homme qui lui avait tant donné et qui voulait tant lui donner encore, comme elle était consciente que ce qui le blessait le plus, au bout du compte, c'était qu'elle ne lui tendait pas la main pour empêcher l'écart de se creuser davantage, bien au contraire. Elle comprenait tout cela et se morfondait. Pourtant, elle ne le disait pas, ça ne voulait pas sortir. Elle ne pouvait pas le dire parce qu'elle ne savait pas ce qui s'en venait. Elle ne voyait pas de remède, elle n'avait pas de plan, elle ne pouvait que constater ce qu'elle ressentait.

— Au fond, ajouta-t-elle, ce n'est pas la fin du monde. Le petit n'a jamais rouspété pour se faire garder chez Thui quand j'avais besoin de temps pour dessiner. Que je sois ici ou ailleurs, qu'est-ce que ça change? Bon, il se peut que je doive découcher, mais tu seras là! Ce ne sera pas une mauvaise chose que vous passiez quelques moments entre hommes.

— Je ne crois pas que nous en ressentions le besoin ni l'un ni l'autre pour l'instant.

— Ce n'est pas nécessaire d'attendre…

— Julie… Pourquoi prends-tu toute cette peine à te justifier? C'est ce que tu as décidé de faire de toute façon, que ça fasse notre bonheur ou non. En effet, ce n'est pas si grave… et en effet, je vais être là. Sauf que ce n'est pas ça le problème, et tu le sais très bien.

Julie jeta le chiffon au fond de l'évier. Elle se retourna avec la subite résolution de s'asseoir en face de Philo pour vider son sac. Elle se ravisa, fit plutôt couler l'eau chaude, retira ses lunettes et entreprit de les nettoyer. Elle était incapable de révéler l'existence de cette zone ombrageuse de son affectivité dans laquelle croissait le lierre de l'insatisfaction… et si elle était ombrageuse, cette zone, c'était d'abord parce qu'elle-même la connaissait mal!

— Tu ne veux pas, reprit Philo sur un ton aussi incisif qu'un bistouri.

— Quoi? répliqua Julie comme si elle n'avait aucune idée de ce qu'il voulait dire.

— Je dis que tu ne veux pas, que tu ne veux plus…

— Que je ne veux plus quoi?

— Continuer, poursuivre, aller plus loin ensemble.

— Voyons donc! Non, Philo, ce n'est pas ça du tout! C'est seulement que ma meilleure amie a besoin d'un service que je suis seule à pouvoir lui rendre, c'est cela et rien d'autre! Ce matin, en me levant, je n'avais pas la moindre idée de ce qui m'attendait, je te le jure! Tu crois que je suis menteuse ou quoi?

— Je n'ai pas dit ça. Ce n'est pas un fait en particulier, c'est ce que je sens depuis quelque temps. Ce n'est pas seulement ce secret que tu dis devoir garder. Tu deviens secrète, point.

— Ce secret, Philo, crois-moi, si tu le connaissais, tu préférerais ne l'avoir jamais connu.

— Je te répète que ce n'est pas une chose en particulier. Encore une fois, tu ne veux pas comprendre : je sens que de plus en plus, je passe après beaucoup de choses... moi et... même Carl!

Comme un orage passé avant d'avoir éclaté, la colère de Philo n'était plus qu'une grisaille dans ses yeux et dans sa voix. Julie se maudissait de ne savoir que faire.

— C'est une impression que tu as, essaya-t-elle après un moment de lourd silence. C'est sûr que mon projet de bédé accapare mon esprit, mais c'est normal, au début du moins. Quand il va être bien lancé, je vais me sentir moins anxieuse. C'est le processus de création...

Elle s'interrompit. Tout, dans le visage de Philo, lui disait qu'aborder ce sujet était une erreur.

— Ça n'avance à rien de discuter comme ça. Vas-y, fais ce que tu veux. Moi, je ne sais pas trop ce que je devrais faire. Quand je vais le savoir, je vais le faire.

Julie eut tout à coup très chaud. Les mots de Philo portaient le poids de la fatalité. Elle était réduite au silence tandis que s'ouvrait à toute vitesse une immense déchirure dans le tissu invisible de sa vie.

Cette déchirure devint quasiment palpable quand ils se couchèrent dos à dos, dans le lit. Elle avait l'impression qu'ils s'éloignaient l'un de l'autre comme deux corps célestes voués à une inexorable extinction.

Elle sentit qu'il se retournait, elle sentit que sa main touchait sa hanche, elle sentit son visage contre sa nuque. Elle ne put résister à l'appel muet de son amant et recula vers lui pour se lover dans l'arc de son corps. Son sexe toucha ses fesses. Aussitôt, le flux du désir se répandit en elle. Elle se retourna à son tour. Le visage enfoui dans son cou, elle entoura de ses bras le torse alpin de Philo. Ils prolongèrent un moment cette étreinte muette. Puis, la main de Philo se glissa sous l'aube, qu'elle portait toujours en guise de robe de nuit, elle parcourut les courbes dodues de son corps jusqu'à ses seins libres. Le sexe de Philo s'incrustait maintenant dans la chair de ses cuisses qui l'étreignaient. Elle lui mordillait tendrement l'épaule tandis que leurs désirs se mêlaient en une onctueuse humidité. Puis elle descendit en se glissant hors de son vêtement qu'il retenait et, sans préambule, elle le prit dans sa bouche avec une gourmandise non feinte, à laquelle, à l'autre bout de son corps, il répondit sans retenue.

Elle n'aimait pas tellement le goût du sperme, mais le sentiment de victorieuse transgression que lui procurait son déferlement dans sa bouche, accompagné par le râle de Philo qui résonnait dans le creux de son ventre, déclenchait à tout coup un luxuriant orgasme.

Et comme Philo n'était pas un freluquet, ils firent ensuite longuement l'amour par les voies naturelles.

Cette intense et surprenante fornication aurait pu annoncer la fin du différend qui les avait amenés au bord de la rupture si, du début à la fin de l'acte, ils ne s'étaient pudiquement abstenus de s'embrasser sur la bouche.

☞

Le matin du jeudi treize mai, Julie Juillet eut l'impression de partir pour un long voyage, alors qu'elle se rendait simplement dans l'Est de la Capitale. Derrière, elle laissait sa vie dans un état pour le moins précaire. Ses amours lui paraissaient plus ambiguës encore que la veille à la même heure. La relation sexuelle que Philo et elle s'étaient offerte avait été si résolument physique que cela lui faisait peur. Elle n'en était pas insatisfaite, bien au contraire, mais comment interpréter ce plaisir à la fois tristement vil… et sublimement pur?

Surtout, il y avait Carl! Ce n'était plus un bébé, c'était un garçonnet. Il ne percevait sans doute pas encore le froid qui s'était insinué entre ses parents. Il finirait pourtant par en ressentir les effets. C'était trop bête! Elle avait eu cet enfant toute seule; il avait déjà un an quand Philo, de retour d'Haïti, avait appris qu'il en était le père. Après moult tergiversations, Philo et elle avaient décidé de vivre ensemble. Elle avait alors eu le sentiment de s'engager enfin sur un chemin qui menait quelque part. S'était-elle trompée? Était-elle sur le point de s'arrêter? De reculer? Tout ce qu'elle construisait était-il donc destiné à se défaire?

Enfin, devant elle, il y avait cette enquête. Tout compte fait, elle préférait cent fois son drame à celui de son amie Chantal. Cette enquête… une folie! Elle était Julie Juillet, auteure. La lieutenante du même nom n'existait plus. Elle avait démissionné deux fois! C'était tout de même étrange que cette passion de jeunesse qui avait fait d'elle une policière – controversée mais efficace! – vînt la relancer juste au moment où elle souffrait d'un déséquilibre affectif. Se pouvait-il que ce ne fût pas un hasard? Dans ses enquêtes précédentes, elle s'était toujours évertuée à ne pas croire au hasard. Ce goût pour l'enquête, cet appel viscéral à confondre les coupables, n'était-ce au fond qu'une façon de se fuir elle-même? Peut-être… Trop de questions.

« Ce sera la dernière! » se jura-t-elle.

Pour essayer de se changer les idées, elle alluma la radio et chercha un poste où quelqu'un parlait. Fatalement, elle tomba sur la fosse sceptique des ondes, Arthur Jessant lui-même qui, en compagnie d'un auditeur en pleine révolution de bile mentale, aboyait à tout rompre contre le scandale de l'heure, à savoir la légèreté avec laquelle le gouvernement central avait éparpillé un ou deux milliards de devises dans le paysage nébuleux de l'aide aux entreprises. Les temps changeaient: hier encore, on affamait les services sociaux pour équilibrer les budgets; maintenant, c'était à croire qu'on faisait une fleur à l'État en le soulageant de ses surplus. Elle n'avait pas la tête aux débats de société, surtout pas à écouter la diarrhée verbale dont souffrait ce médiocre démagogue, que le gouvernement fût riche ou pauvre, bleu, rouge, vert ou jaune avec des boutons roses.

Le fait était qu'elle avait accepté d'aider son amie et que cette dernière lui avait donné les coordonnées du docteur Pleau, le médecin qui avait initié le fumeux processus d'adoption de Léa.

Le bureau du docteur Pleau était donc situé dans l'Est de la Capitale et, sitôt passé le pont des Iroquois, Julie Juillet dédaigna l'autoroute pour emprunter tout de suite la rue de l'Alberta, un trajet qui lui coûterait une vingtaine de minutes. Elle avait bien besoin de ce temps mort pour se remettre dans l'état d'esprit d'une enquêteuse. Cette rue-là était propice à ce retour en arrière, car elle arriva bientôt dans le quartier où, six ans auparavant, avait commencé l'enquête sur l'assassinat de Cécile Matzef*, la directrice d'une petite école pour décrocheurs. Julie Juillet ne put faire autrement que de se demander dans quelle situation elle serait aujourd'hui si cette enquête n'avait pas eu lieu, même si elle considérait ce genre de questions aussi futiles qu'absurdes. En croisant le boulevard Clément-IV, elle fut un moment déroutée parce que l'édifice délabré, qui abritait l'école Le Petit Chemin, avait été rasé pour faire place à du neuf. Visiblement, le quartier se relevait ; le marché public s'était refait une beauté. Julie Juillet y gara sa voiture. Elle se trouvait encore à un bon demi-kilomètre de l'adresse donnée, mais elle devait agir incognito.

Elle traversa le marché comme si elle y était venue pour faire des courses. Le sol était couvert de plants de fleurs et de légumes. Il y en avait tant qu'elle eut l'impression de flâner dans une prairie de rêve. Elle résolut d'acheter quelque chose à son retour.

Le soleil était bon. Descendant d'un pas décidé la rue de l'Alberta, elle reconnut cette sensation qu'elle avait oubliée, d'être quelqu'un de très spécial, de détenir un bout de secret, d'avoir accédé à une sorte de degré supérieur de conscience, oui… Aussi la conviction d'accomplir quelque chose de très important, quelque chose qui vaut le danger encouru : attaquer le Mal ! Avec son imper négligé, son vieux sac à bandoulière et ses tennis sans marque, sa démarche un rien garçonnière, ses lunettes de corne, elle avait l'air simplement d'une femme du genre libéré, comme il y en avait des centaines dans le quartier, mais elle n'était pas quelconque, elle était en mission et… Grand Dieu qu'elle aimait cela, soudainement, redevenir une enquêteuse !

L'adresse donnée était celle d'une porte vitrée coincée entre une tabagie et un casse-croûte qui jetait à la rue ses effluves de graillon. À l'intérieur, un escalier montait. Au mur, il y avait le tableau habituel avec les noms de la demi-douzaine d'occupants et les sonnettes. Rien

---

* Voir : *Enquête sur la mort d'une vierge folle.*

de bien brillant sur la liste : *Importations Pham Pong… Loulou Sky, astrologue…* deux étiquettes vierges et enfin, *Gerry Pleau, obstétricien.*

Julie Juillet leva la tête : malgré le faible éclairage, on voyait bien que les murs avaient grand besoin de peinture. Chantal avait dit vrai : il n'y avait rien ici d'invitant pour une femme enceinte.

Elle monta sans sonner : on apprend plus sur les gens quand on les surprend. Le bureau du docteur Pleau se trouvait au bout d'un court couloir. Ça sentait la moisissure. La porte de l'obstétricien était sans fenêtre, contrairement aux autres. Il n'y avait pas de sonnette. Julie Juillet frappa trois coups fermes, puis attendit. Rien. Elle frappa encore, un peu plus fort. Toujours rien. Elle allait frapper une troisième fois quand elle entendit une porte s'ouvrir derrière elle. Un homme court et ventripotent, aux cheveux gris, visiblement d'origine asiatique, se dépêchait de sortir, un colis sous le bras. Il ralentit le pas en apercevant Julie Juillet.

— Est-ce que vous savez si le docteur est là ? interrogea cette dernière.

L'homme hésita un moment.

— No, jè'sèpas, répondit-il d'un ton sec avant de s'engager presque en courant dans l'escalier.

« Suis-je donc si effrayante ? » se demanda Julie Juillet. Elle frappa encore. Comme elle n'obtenait toujours pas de réponse, elle colla l'oreille à la porte. À travers le bois, elle perçut un bruit énigmatique, sourd et constant avec une modulation très lente, comme un ronflement.

Elle se retourna. L'Asiatique avait éteint avant de quitter ses locaux. La porte de l'astrologue n'annonçait nulle présence non plus. Rassurée quant à ses arrières, Julie Juillet posa la main sur la poignée. Par intuition, elle s'attendait à ce qu'elle tourne. Elle tourna.

Elle respira un bon coup pour se donner de l'assurance et ouvrit vivement. Il n'y avait ni loquet ni chaîne de sûreté. Elle entra et referma. Elle se retrouva dans une antichambre déserte, pas plus reluisante que l'ensemble de l'immeuble, avec seulement deux fauteuils en chrome et en cuirette, aux sièges fendus, et une table basse sur laquelle traînaient des morceaux de magazines populaires. Au mur, un calendrier jauni, de 1978, montrait un jeune médecin en train d'ausculter le ventre rond d'une femme. La lumière était allumée. Une porte à droite ouvrait sur une pièce éclairée, elle aussi. C'était de là que provenait le bruit qu'elle entendait maintenant distinctement ; c'était bel et bien un ronflement ! Enhardie, elle décida d'aller plus avant, se pointa dans l'embrasure de la porte et découvrit un spectacle des plus désolants.

La bouche ouverte d'une face ravinée, marbrée d'une mauvaise barbe aux luisances grises et graisseuses, laissait retentir l'écho gluant de voies respiratoires engorgées, enfouies dans un ventre convexe qui marquait, en se gonflant et se dégonflant, le rythme de cette répugnante mélodie. Cette physionomie n'offrait au regard que des signes d'une déchéance accomplie : cheveux en broussaille, chemise cernée et froissée, mains osseuses, crasse…

La pièce, malgré son pitoyable dénuement, était en désordre. Sur le bureau traînaient des journaux défaits, plus précisément des cahiers sportifs, des bouts de papier, deux Bic mâchouillés, un paquet de cigarettes qui en contenait encore deux et d'autres paquets, déchirés pour servir de bloc-notes, un cendrier débordant de mégots, un billet de cinq dollars entouré de quelques pièces et un téléphone simple. Sur le dossier d'une chaise en plastique qui faisait face au bureau, et qui devait être destinée à la « patiente », pendait un manteau de cuir dont les coutures lâchaient.

— Hum ! Hum ! fit Julie Juillet.

Il n'y eut aucune réaction. Elle recommença un peu plus fort, sans davantage de résultat. Avisant le commutateur mural, elle éteignit puis ralluma à plusieurs reprises. Le rythme du ronflement se brisa. L'homme fit remonter quelque chose de sa gorge et sa bouche dégusta cette sécrétion. Puis, satisfait, il modifia de quelques degrés l'angle de sa tête et reprit son ronflement de plus belle. Alors Julie Juillet s'approcha et frappa trois bons coups sur la surface du bureau.

Cette fois, l'homme sursauta en émettant une cascade de grognements gutturaux. Dans une mimique assez comique, il essaya vainement d'ouvrir les yeux. Ses paupières étaient collées et sans doute n'arrivait-il pas à déterminer si la silhouette confuse de Julie Juillet appartenait au rêve ou à la réalité. Il résolut l'énigme en se frottant les yeux et en secouant la tête.

— Que c'est ? Que faites-vous ici ! marmonna-t-il sans manières.

– Excusez-moi de m'introduire ainsi. On m'a dit que vous pouviez m'aider dans quelque chose qui me tient vraiment à cœur.

Sans rien dire, il la fixa un long moment durant lequel son regard, maintenant bien allumé, exprima une succession d'émotions dont la dernière, accompagnée du tremblement de la lèvre inférieure de sa bouche, indiquait, sans le moindre doute, une vive inquiétude.

– Qui vous a dit ça?

– Une amie.

– Quelle amie?

– Est-ce que c'est vraiment important? Puis-je m'asseoir?

– Ce n'est pas la peine! Je… Je ne prends plus de patientes, j'en ai assez. Puis, je ne pratique plus qu'à domicile. Voyez, j'ai pas un ostie d'instrument dans la place. Fait que, si vous avez été capable d'entrer toute seule, je pense bien que vous pouvez sortir aussi!

Il avait débité cela avec une fébrilité révélatrice: il réagissait comme un assiégé. En retour, Julie Juillet ne lui offrit que son regard le plus impénétrable. Dans une telle circonstance, elle s'appliquait habituellement à subodorer les habitudes sexuelles de son suspect, mais là, le personnage était si répugnant qu'elle ne percevait rien du tout. Si ce bonhomme avait encore une vie sexuelle, elle devait être bien solitaire, surtout qu'à voir comment il était mis, il n'avait probablement pas les moyens de se payer les services de professionnelles.

– Es-tu sourde, câlice? renâcla Gerry Pleau, quand il ne put supporter davantage d'être ainsi dévisagé.

– Cela dépend de ce que je veux entendre.

Et pour bien montrer qu'elle ne badinait pas, elle tira la chaise et s'assit le plus naturellement du monde, sur le bout des fesses toutefois, afin d'éviter le contact avec le manteau de cuir. L'homme lui paraissait trop veule pour tenter de l'expulser par la force, auquel cas, d'ailleurs, elle aurait été en mesure de le neutraliser, car elle était plus forte que jamais dans les arts martiaux depuis qu'elle vivait avec Philo, un redoutable partenaire d'entraînement. En effet, l'obstétricien en titre ne fit rien d'autre que de soupirer bruyamment en levant les yeux au plafond, avant de chercher une cigarette de ses doigts tremblants. L'ayant trouvée, il l'alluma et ne se gêna pas d'expédier la fumée en direction de la visiteuse.

— Qu'est-ce que tu veux? demanda-t-il après trois bouffées.

— Vous vous doutez bien de ce que je veux, docteur : un enfant.

— T'as personne pour te fourrer? persifla-t-il en frappant du doigt sa cigarette pour en faire tomber la cendre dans le cendrier.

— Le problème ne se situe pas là, répondit Julie Juillet en essayant de ne pas montrer à quel point la grossièreté l'écœurait.

Il demeura silencieux un moment, fumant comme pour reprendre le contrôle sur lui-même.

— En tout cas, si vous n'êtes pas sourde, faut croire que vous ne savez pas lire : sur la porte, c'est écrit « obstétricien ». Ça veut dire que je m'occupe des femmes enceintes… enceintes! Si vous n'êtes pas enceinte, même si je voulais, je ne peux rien pour vous.

Il détourna son regard comme s'il passait à autre chose. Julie Juillet, non sans noter que son interlocuteur était revenu au vouvoiement, joua encore celle qui n'avait rien entendu. Elle continua.

— Écoutez, docteur, j'ai de l'argent!

Elle crut entrevoir son dernier mot tracer un sillage dans l'air, tel un missile, et toucher la cible. Les yeux de Gerry Pleau revinrent vers elle et demeurèrent figés quelques secondes dans une évidente cupidité. Il les détourna de nouveau.

— Pas besoin d'argent… grommela-t-il.

— Vraiment? fit Julie Juillet en dessinant des yeux un arc de cercle qui soulignait l'état déplorable des lieux.

— Oh! C'est… ici, ce n'est qu'une adresse d'affaires, je… je ne viens presque jamais. Vous avez été bien chanceuse de m'y trouver ce matin. C'est parce que j'étais dans le coin…

Brusquement, Julie Juillet ressentit nettement qu'elle ne lui ferait pas cracher la moindre bribe d'information utile. Elle était certaine qu'il savait pourquoi elle était là, plus certaine encore qu'il était coupable de la tête aux pieds d'à peu près toutes les turpitudes imaginables, certaine enfin qu'il avait envie d'argent comme un chien affamé a envie d'un bout de boudin qu'on lui fait renifler, mais quelque chose de très puissant le tenait sous verrou. Elle jugea préférable de ne pas le brusquer davantage, quitte à revenir. Elle se leva donc.

– Je dois sans doute encore vous offrir mes excuses pour avoir ainsi fait irruption chez vous, mais enfin, un cabinet de médecin… et puis j'avais cru comprendre, quand j'ai entendu parler de vous, que, étant donné… votre façon particulière de pratiquer, vous préfériez utiliser le moins possible le téléphone. Je vous répète cependant que je veux un enfant, une fille. Je sais de quoi vous êtes capable, je connais aussi vos tarifs et je dispose des sommes nécessaires. Il y a sans doute une bonne explication pour l'accueil que vous me faites. Il en faut cependant davantage pour me faire renoncer au projet de ma vie! Donc, je vais revenir, puisque de toute façon, je ne connais personne d'autre qui offre le même service… à moins que vous…

– Je suis loin d'être le seul obstétricien de la Capitale! Cherchez sur Internet…

– Bien sûr. À bientôt, docteur.

Elle se dirigea vers la sortie tandis que dans son dos, Gerry Pleau enfouissait nerveusement son mégot dans le monticule de cendre que contenait de plus en plus mal le cendrier.

Après avoir refermé derrière elle, Julie Juillet demeura un moment immobile, attentive au moindre bruit, au cas où quelque chose de révélateur se produirait dans le bureau. Ce fut plutôt la porte d'entrée de l'immeuble qu'elle entendit s'ouvrir. Quelqu'un monta dans l'escalier. Julie Juillet fit quelques pas calculés pour arriver près de l'ouverture juste comme y apparaissait l'arrivant, dont l'allure la laissa interdite. C'était une grande femme – peut-être un travesti, au fond – dominée par une avalanche de boucles jaunes contenues par des rubans roses en papillons, avec des joues roses, des lèvres roses et des cils mauves immensément faux qui battaient sans cesse. Elle portait un imperméable court en vinyle violet avec des bottes, un sac à main et même une ombrelle assortis. Elle faisait penser à quelque personnage extravagant des pétillantes émissions d'enfants du bon vieux temps, dont Julie avait acheté les vidéo-cassettes pour Carl.

Les deux femmes se jaugèrent quelques secondes en silence.

— Loulou Sky? rompit Julie Juillet, se souvenant de ce nom, qu'elle avait lu sur le tableau indicateur.

— En personne, chère, répondit l'autre d'une voix à la gravité suspecte.

Et, d'une manière qui faillit faire rire Julie Juillet, du bout de ses doigts aux griffes écarlates, elle lui envoya un baiser sonore. Elle ajouta aussitôt :

— Entre, chère. Tu vas savoir tout ce que tu veux savoir, peut-être même davantage.

Sans cesser de « papillonner », elle prit dans son sac un gros cœur en gelée auquel pendait un trio de clés et invita Julie Juillet à la suivre. Pourquoi pas !

Dans son bureau, Gerry Pleau se remit un tant soit peu de la visite importune qu'il venait de recevoir. L'intruse ne lui avait pas laissé sa carte. Il n'en avait pas besoin. Chez lui, le vice du jeu était dominant et sans partage, si ce n'était avec celui du tabac, mais cette substance avait des vertus utiles pour le joueur : elle l'aidait à rester bien éveillé, camouflait les émotions et, surtout, stimulait la mémoire. Autrement, il ne se droguait pas, ne buvait pas. En outre, poussé par la décrépitude de son corps, il avait renoncé aux femmes. Il pratiquait le jeu avec une foi et une ferveur qui n'avaient rien à envier à celles des grandes vocations religieuses. Chaque instant de sa vie était consacré à sa passion. Rien d'autre au monde n'existait. Sans le moindre remords ni regret, il avait abandonné carrière, famille et amis. Pour elle encore, il mentait, trichait. Il aurait tué sans hésiter si l'occasion s'était présentée, tué n'importe qui, femme, vieillard, enfant. Depuis longtemps, il savait qu'il ne serait jamais riche. Pour lui, gagner – cela lui arrivait – signifiait seulement avoir plus d'argent à sa disposition pour le perdre. S'il avait pu vivre tout nu, il aurait misé ses vêtements le jour même. Il accordait à peine un peu plus de soin à son apparence dans ses périodes gagnantes. Sa déchéance l'indifférait. Il avait mal aux dents au moins une fois par jour, il pissait de l'acide sulfurique et son cœur claudiquait, mais, mais... sa mémoire, justement, fonctionnait toujours à merveille! Or, il s'était tout de suite souvenu d'avoir déjà vu cette femme, et ce souvenir ne lui inspirait rien de bon.

Maintenant, à travers la fumée de sa dernière cigarette, il s'appliquait à se la rappeler. Elle avait fait les manchettes du *Capitale-Matin*, quotidien dans lequel il glanait les statistiques nécessaires à ses paris. C'était à l'époque du grand verglas. Elle était dans la police et avait élucidé le meurtre d'un petit garçon*. Son nom ne lui revenait pas. Julie...? C'était déjà assez fort de l'avoir reconnue. Quelle misère de ne pouvoir miser quelque chose sur l'identité de cette bonne femme! Il avait grand besoin de se refaire.

Bon. C'était bienfaisant de « s'autoféliciter » un brin, mais il y avait aussi à parier que cette chienne n'était pas venue le voir dans le but de s'acheter un bébé. Ce n'était pas demain la veille qu'il allait se laisser bluffer par un flic, mâle ou femelle! Que faire? Rien. Après tout, il n'existait aucune trace de quoi que ce soit. La seule possibilité serait qu'une cliente se fût ouvert la bouche. Alors, pourquoi jouer cette comédie? Il s'agissait probablement plus d'un manque de discernement d'un entremetteur quelconque. Cela n'était pas bien grave, sauf qu'elle avait dit qu'elle allait revenir. Ça, ce n'était pas du bluff. C'était même une mauvaise nouvelle. Peut-être même que la police lui enverrait quelqu'un d'autre! Ouais... Aucun doute, il allait falloir fermer boutique pour un moment, et dans ce genre d'affaire, un moment devient vite tout le temps. Quelle tuile! Quelles tuiles, même! Il lui faudrait d'abord laisser ce bureau minable. Où irait-il? Il n'avait pas d'autre adresse, et avant de trouver quelque chose d'aussi abordable sans exigence de dépôt... Même les shylocks ne voulaient plus lui avancer ne serait-ce que le prix d'un billet de loterie: c'était devenu si cher de faire casser une jambe! Bien sûr, on finirait par avoir besoin de lui pour quelques signatures accommodantes, mais rien ne serait jamais aussi lucratif que ces fabuleux contrats qui lui arrivaient trois, quatre fois par année et qui n'exi-

---

* Voir: *Enquête sur le viol d'un père Noël.*

geaient que quelques heures de « travail ». Ou pire ! il n'était pas exclu qu'on le mette définitivement au vert.

Il s'empara brusquement du cendrier et le lança à travers la pièce. Le disque en verre massif tournoya dans le vide en laissant, tel un aéronef en perdition, un nuage de cendres grises dans son sillage, puis alla inscrire dans le plâtre une grosse coche de frustration. Bof ! puisqu'il faudrait partir de toute façon…

Il se leva, prit son manteau et, sans trop savoir où il demanderait à ses jambes de le porter, il marcha vers la sortie. À peine avait-il entrouvert la porte qu'il s'arrêta. Deux voix lui parvenaient : celle, incisive, insaisissable et insubmersible, qu'il reconnaissait pour l'avoir entendue quelques minutes plus tôt, et celle, d'une lâche et louche gravité, de sa voisine de bureau qui prétendait posséder le don de voyance, mais qui n'avait jamais voulu lui prédire le résultat de la moindre course.

Il referma le plus délicatement possible. Il sentit ses chaussettes devenir humides, comme cela lui arrivait toujours quand les choses se corsaient. C'était très mauvais qu'elles se parlent, ces deux-là ! Les choses risquaient de se gâter bien plus vite que ce qu'il avait tout juste eu le temps d'imaginer. Loulou Sky, il en était à peu près sûr, ne connaissait rien de ses activités interlopes. Il n'en fallait cependant pas beaucoup pour mettre un bon détective sur une piste. La situation appelait une réaction rapide. La première chose à faire était de prévenir « l'étage supérieur ».

Il revint vite à son bureau. Après avoir cherché un numéro dans son carnet, il le composa. On décrocha presque tout de suite.

— *Foul Flush*, annonça-t-il.

C'était son nom de code. Il dut attendre une bonne minute avant que la voix qui lui passait ses commandes lui demande ce qu'il voulait sur un ton qui lui aurait bien fait comprendre, s'il ne l'avait déjà su, que de tels appels devaient être solidement motivés. Il fit un bref compte rendu des événements.

— *[…] I am sure she's a policewoman. […] No doubt. I remember I saw her in the paper. Half short brown hairs, glasses, not really pretty, a bit fat […] She's with my neighbour right now, but there's nothing there to care about. […] Sure, yes, I'll disapear as soon as… […] Allright !*

Now. Of course I will… but I'm quite short, these days, so, if you could just send me… *

On lui raccrocha au nez. Pourtant, il ne voulait pas demander grand-chose, quelques centaines de dollars, ce n'était rien pour eux. Hélas! la consigne ne pouvait être plus claire : il devait disparaître, toute affaire cessante. Facile à dire! Où dormirait-il ce soir? Dans la rue? Alors qu'il avait acquitté le loyer jusqu'à la fin du mois?

Il était parfaitement conscient du problème qui se posait, sinon il ne leur aurait pas téléphoné. D'un autre côté, le feu n'était pas pris! Il avait tout de même besoin d'un moment pour se retourner! Comme s'il se réveillait pour la deuxième fois de la journée, il prit une des coupures de journal et la lut. Oui! on était le treize! Cela changeait tout! Dans quelques jours, il aurait assez d'argent dans les poches pour se payer une suite au Grand Hôtel! Il vérifia encore : en effet, c'était bien ce week-end que Stewball courait à l'hippodrome de la Capitale! C'était son cheval préféré, pas tellement beau à voir, comme lui d'ailleurs, mais quel ambleur! Pleau avait tout perdu avec lui la dernière fois, mais il avait tout de même fallu recourir à la photo d'arrivée pour trancher. Peu d'amateurs croyaient que ce « mulet manqué » finirait par gagner une course. C'était parfait ainsi puisqu'il n'en rapporterait que davantage!

Gerry Pleau réévalua sa situation personnelle avec la seule grille qu'il connaissait et qui se fondait sur l'énoncé suivant : la chance et la malchance sont des forces opposées, mais égales. Ni l'une ni l'autre ne peut dominer indéfiniment. Or, il avait immédiatement derrière lui la série de revers la plus longue qu'il eût connue, et cette détective de ses fesses était le dernier en date. Forcément, la loi de la moyenne préparait un grand revirement. Le corollaire de sa logique était que, plus les choses allaient mal, moins il fallait s'inquiéter!

---

* Je suis sûr qu'elle est policière. […] Aucun doute. Je me souviens de l'avoir vue dans le journal. Cheveux bruns mi-courts, lunettes, pas vraiment jolie, grassouillette […] Elle est avec ma voisine en ce moment, mais il n'y a pas à s'en inquiéter. […] Oui, bien sûr. Je vais disparaître aussitôt que… […] D'accord! Maintenant. Bien sûr que je vais… mais je suis un peu serré, ces jours-ci, si vous pouviez m'envoyer…

Fort de cette pensée, il se releva et ramassa la monnaie sur son bureau. Après s'être assuré que les bonnes femmes avaient libéré le passage, il sortit.

Dans la rue, il s'arrêta quelques secondes pour jouir, visage levé et yeux fermés, de ce soleil qu'il fréquentait si peu, puis entra dans le casse-croûte d'à côté. L'établissement, en sus du *junk-food*, offrait à sa clientèle des gobe-sous d'une légalité incertaine, que le pseudo-obstétricien connaissait plutôt bien. Ce dernier acheta un May-West et un café ainsi que deux cigarettes que le tenancier vendait à l'unité aux habitués. Il s'installa devant une machine dans laquelle il risqua le tout pour le tout. Après de longues secondes durant lesquelles tout un étalage de fruits défila à toute vitesse devant ses yeux fatigués, trois cerises rigoureusement alignées s'immobilisèrent dans la fenêtre de l'appareil. Gerry Pleau battit des mains : il venait de gagner suffisamment pour tenter sa chance au casino. L'argent qu'il gagnerait au black-jack, il le miserait au complet sur Stewball !

Du bout des doigts, Julie Juillet fouillait dans une montagne de crosses de fougère. Quand elle en sortait une à son goût, elle la déposait délicatement dans un sac transparent. Elle raffolait de ces primeurs, familièrement nommées « têtes de violon », qui arrivaient juste avant l'asperge et dont le goût vert annonçait la fin de la domination insipide des légumes importés. Quand elle eut rempli son sac et payé, elle alla à un autre kiosque pour acheter des plants de fines herbes.

Elle plaça ses achats sur la banquette arrière, puis s'installa au volant. Ayant d'ores et déjà décidé de rentrer par le chemin le plus long afin de permettre à ses impressions de décanter, elle quitta le stationnement du marché. Elle repassa devant le bureau de Gerry Pleau, espérant remarquer, d'un point de vue plus éloigné, quelque détail de la façade qui lui eût échappé. Elle aperçut plutôt le pseudo-docteur lui-même, debout sur la chaussée. Elle ne pouvait éviter de passer devant lui, alors elle essaya d'incliner la tête pour ne pas être reconnue. Elle se rendit vite compte qu'il n'y avait aucun risque, puisque le petit homme, aveuglé par une incontrôlable agitation, levait le bras pour héler un taxi qui venait en sens inverse. Dans son rétroviseur, Julie Juillet vit le taxi s'arrêter et le manteau de cuir de Pleau s'y engouffrer avec la vivacité d'un jeune homme. Elle renonça à l'idée de le filer : le temps qu'elle puisse changer de direction, il aurait déjà pris une avance considérable. De toute façon, elle n'était pas entraînée pour ce genre de sport.

Que rapportait-elle de cette première démarche? Peu de chose, vraiment, mais quelque chose tout de même. Elle avait eu la chance de rencontrer du premier coup le docteur Gerry Pleau. Sans l'ombre d'un doute, il n'avait pas la conscience tranquille. Quant à déterminer si le réseau qui avait permis à Chantal d'adopter Léa existait toujours, c'était une autre affaire. Intuitivement, Julie Juillet penchait pour l'affirmative. Les grossières dénégations de Pleau n'étaient peut-être qu'une façon de filtrer la clientèle. Pourtant, Julie Juillet avait nettement eu l'impression que Pleau réagissait à sa personne même! Se pouvait-il qu'il l'eût reconnue? Ce n'était certainement pas le genre d'homme à suivre l'actualité culturelle, encore moins quand il s'agissait de livres pour enfants. Les aventures de Carma Vida, alors? Peu probable : au faîte de la gloire de l'espionne, Julie Juillet gardait jalousement l'anonymat, utilisant le pseudonyme presque éponyme de Karma Vida. Non, s'il l'avait reconnue, ce ne pouvait être qu'en tant que policière. Elle, elle ne se souvenait pas de l'avoir croisé lorsqu'elle exerçait cette profession. Cela n'empêchait pas la réciproque. Plus elle y pensait, plus elle en arrivait à la conclusion qu'en effet, il l'avait reconnue. Cela était évidemment très mauvais pour la poursuite de l'enquête, justifiait même qu'elle s'en retirât. Comme ça tout le monde serait content. Chantal ne pourrait pas lui en vouloir, et ses difficultés conjugales s'amoindriraient. Les événements lui indiquaient la voie de la sagesse, mais… Pour éviter d'affronter ce « mais », elle reporta tout de suite ses pensées sur Loulou Sky.

Tout le temps de leur bref entretien, Julie Juillet avait dû réprimer une grande envie de rire. Le bureau, d'abord! Dans le genre kitsch/nouvel-âge/ésotérique, on ne pouvait imaginer mieux. Il y avait sur les murs, sur le plancher, au plafond, l'inventaire complet de tout ce qui existe en matière de symbole, de figure ou de signe associés à la voyance, tout ça peint avec une touchante naïveté. Dès l'antichambre, dans laquelle elles ne s'étaient heureusement pas attardées et qui n'était séparée de la pièce principale que par un rideau, on était assailli par un éclairage douteux et des relents d'encens bon marché qui vous prenaient à la gorge.

Loulou Sky s'était assise derrière un bureau encombré, dominé par une énorme boule de cristal. Elle avait proposé de faire du thé, dans les feuilles duquel elle prétendait pouvoir lire. Julie Juillet avait refusé, de crainte surtout d'être obligée d'en boire, car bien qu'on n'y vît goutte, on sentait que l'endroit était malpropre.

Que dire de Loulou Sky! Elle ne cessait d'agiter ses cils et ses boucles blondes à travers un babil intarissable qui avait quasiment fini par hypnotiser Julie Juillet. Plus on l'entendait, moins on était sûr d'avoir affaire à une femme, d'autant plus qu'elle portait assez de maquillage pour camoufler une barbe de cinq jours. Sa voix n'était pourtant pas désagréable; elle rappelait même, par moments – la comparaison tenant du sacrilège! – les volutes du violoncelle dans un passage allègre d'une suite de Bach!

— Qu'est-ce tu veux savoir, ma belle? avait-elle demandé.

— Rien de spécial, avait répondu Julie Juillet.

— Tu voudrais pas savoir si tu vas avoir un enfant, par hasard?

Cette question plus pointue avait ramené d'un coup Julie Juillet à son enquête. Elle n'était cependant pas le résultat d'un don de divination: il était évident que la détective sortait de chez Gerry Pleau.

— Oui, je voudrais savoir.

La voyante s'était mise à passer et à repasser les mains au-dessus de sa boule qui avait commencé à luire (mais Julie Juillet avait deviné la petite ampoule, au centre).

— Oui, oui! Je vois quelque chose de bon! Un beau bébé!

— Un garçon ou une fille?

— Attends un 'tit peu, chérie! Ça s'en vient... Une fille, une fille sûr sûr!

La boule s'était éteinte d'un coup.

— Ah! J'vois plus rien! La boule, c'est toujours limité, faut dire. Si tu veux, je te fais ta carte du ciel et là, ta vie n'aura plus de secret. C'est quatre-vingts piastres. Elle va être prête demain.

— Non merci!

— Soixante-dix…?

— Non, ce n'est pas une question d'argent, je… je ne veux pas tout savoir.

— Ah! c'est comme tu veux, mon trésor. Mais t'es sûrement intéressée, avec l'enfant qui s'en vient, de voir venir tes finances, non? J'te lis ça dans le tarot, pour dix piastres!

— D'accord!

Loulou Sky avait commencé à brasser le jeu de longues cartes.

— Vous connaissez bien le docteur Pleau? avait demandé Julie Juillet, profitant du moment de silence.

— Pantoute. Pourquoi?

— Allons, vous savez bien que je sortais de son bureau!

— Ah oui? Je croyais que t'étais venue pour me consulter.

« Pas fort comme voyance! » avait songé Julie Juillet.

— Il a beaucoup de clientes? avait-elle relancé.

— J'espionne pas mes voisins.

Elle avait fait mine d'être blessée.

— Bien sûr que non… quand même, depuis le temps que vous cohabitez…

— Qu'est-ce qui te dit que ça fait si longtemps?

— Vos deux étiquettes, sur le tableau d'entrée, elles sont jaunies.

— Hum… C'est-y toi ou moi, la voyante? avait répliqué Loulou Sky en rigolant.

— C'est vous, voyons. Avouez que comme bureau de médecin, ce n'est pas très rassurant, alors on ouvre les yeux.

— Bon… je vais t'dire. Il a pas beaucoup de clientes, et quand il en a, il les reçoit pas souvent, en tout cas pas ici, mais… 'sont riches!

— Comment le savez-vous?

Loulou Sky avait mis son jeu de cartes de côté, montrant qu'elle avait compris qu'elle n'était pas en présence d'une naïve à exploiter.

— On est extralucide ou ben on l'est pas! Il a même traité des célébrités! Par exemple, il y a quelques années, une journaliste bien connue à la télévision – j'te dis pas son nom! – une sacrée belle femme, je manque jamais ses émissions. Elle a eu une grossesse en or, à ce qu'il paraît. On l'a vue avec son bébé dans *MéloVedettes*. Elle était resplendissante. J'te jure, c'était à nous rendre jalouses!

Elle avait prononcé ces dernières paroles en plaçant ses lèvres en cœur et en faisant, de la main, une caricature de geste féminin digne du meilleur burlesque.

— Fais-toi-z'en pas, fille, reprit-elle, fie-toi pas à son allure. J'sais pas comment il fait, mais tu peux pas être en de meilleures mains. Parlant de main, montre-moi donc la tienne! M'en vas te dire combien d'enfants tu vas avoir, même si tu y crois pas... Pour cinq piastres, OK?

Cette dernière proposition était une façon de sauver la face. Julie Juillet avait tendu sa main. Loulou Sky s'était penchée au-dessus avec un sérieux qui lui avait fait penser à Carl quand il s'appliquait à dessiner.

— Ah! Tu y échapperas pas, beauté! Il y a une fille qui s'en vient... et ce sera tout.

La voyante avait fait une pause, puis, levant la tête pour plonger ses yeux dans ceux de la détective avec un air terriblement dramatique, elle avait ajouté, narquoise:

— Avec ton garçon, ça va faire deux... pis avec ton homme, t'en fais pas, ça va s'arranger.

Julie Juillet était restée bouche bée.

Au volant de sa voiture, elle avait beau repasser encore et encore le moindre moment de l'entretien, elle n'arrivait pas à voir quand elle avait pu révéler l'existence de son fils, moins encore les aléas de sa vie de couple. Quoi qu'il en soit, elle ne regrettait pas les vingt-cinq dollars que lui avait finalement coûté cette visite: elle avait passé un bon moment! Et elle avait obtenu indirectement la confirmation que Gerry Pleau n'avait pas cessé son répugnant commerce. Elle jongla un moment avec l'hypothèse que l'obstétricien et l'astrologue fussent de connivence, qu'il l'eût avertie au moyen d'un signal quelconque dissimulé dans son bureau, mais elle n'avait pas flairé la moindre trace de rouerie chez son interlocutrice. Bien sûr, pour avoir un tant soit peu de succès, il faut qu'une voyante soit rompue en matière de dissimulation et de manipulation. Par contre, de son côté, Julie Juillet avait un sixième sens qui ne l'avait jamais trompée. Elle était convaincue que le manque de pratique ne l'avait pas émoussé. D'ailleurs, cela sautait aux yeux que Loulou Sky, dont le nom lui était inconnu jusqu'à ce jour, ne faisait pas des affaires en or.

Cela dit, que fallait-il faire maintenant ? Relancer Gerry Pleau ? Le harceler jusqu'à ce qu'il accepte sa « commande » et le prendre en flagrant délit ? Pour l'arrêter, il faudrait la police. Tôt ou tard, d'ailleurs, il faudrait la police ! Non, plus elle tournait l'affaire dans sa tête, plus elle lui apparaissait impossible à mener. Peut-être pourrait-elle agir comme médiatrice et négocier un arrangement qui protégerait la vie privée de Chantal ? Oui, c'était cela qu'il fallait faire.

Elle s'engagea sur le pont des Iroquois. Un moment plus tard, complètement sortie de sa réflexion, elle contemplait par coups d'œil la rivière encore grosse de sa crue printanière, qui coulait, large et resplendissante, à la conquête irrésistible du lointain. Elle vécut cette vision comme un appel. La perspective changea radicalement dans sa tête et dans ses tripes. Elle ne pourrait pas, au sortir de ce pont, reprendre froidement la voie de la sagesse. Au-delà de tout, elle avait soif d'impossible ! Oui, en continuant, elle mènerait le bonheur de sa famille au bord de la chute, avec le sien propre, par osmose, mais cela valait mieux que de descendre une à une, jour après jour, les marches de la morosité jusqu'au tréfonds du désespoir.

Encore une fois, la quête et l'enquête allaient se confondre. Ainsi était faite Julie Juillet. Elle se jura de nouveau que ce serait la dernière !

Chapitre III

Rencontre d'un troisième type

— LA DERNIÈRE, tu dis… Vas-y! Vas-y! Fais ce que tu penses que tu dois faire. Quand tu reviendras, ce sera mon tour.

La voix de Philo, au bord du cri, résonnait dans la mémoire de Julie Juillet qui avait la mort dans l'âme… La mort? Elle vivait pourtant à l'extrême, dans toutes les zones de son être souffrant! Comment cela était-il possible? Comment cet état qu'elle avait délibérément provoqué pouvait-il lui faire du mal et du bien à la fois? Pourquoi le bien-être n'arrivait-il jamais à la combler, alors que la souffrance, elle, la prenait tout entière?

Derrière, la Capitale disparaissait dans le matin fuyant. L'avion survolait la campagne où les champs encore bruns alternaient avec ceux que coloraient les rayures vert tendre du jeune maïs. En se concentrant, Julie Juillet aurait pu situer avec exactitude la ferme où sa famille allait passer quelques jours chaque été, lorsqu'elle était enfant, jusqu'à ce début d'août fatidique où son oncle l'avait violée. Août… Elle seule savait pourquoi elle avait changé son nom de famille, Simard, pour Juillet. Le mois de juillet de ses neuf ans était le dernier où elle avait été une personne entière, le dernier de son enfance. Elle croyait avoir définitivement clos ce dossier quand elle avait appris que son oncle violeur avait péri d'inanition, abandonné à la poutre à laquelle elle-même, sa nièce, l'avait attaché. Elle devait bien admettre, aujourd'hui, que cette blessure n'était pas de celles dont on guérit. Cela voulait peut-être dire qu'elle ne serait jamais vraiment heureuse. Comment, alors, rendre ses proches heureux ? Elle détourna la tête du hublot, retira ses lunettes et se frotta les yeux. Elle ne voulait pas pleurer dans l'avion. Elle se cala dans son fauteuil et essaya de reprendre un peu du sommeil qui lui avait échappé la nuit précédente.

Ce fut l'agent de bord qui la réveilla pour lui demander d'attacher sa ceinture. En bas, la mer et la forêt translucide étaient séparées par la route, parallèle à la voie ferrée, encastrée entre deux rangs de bâtisses qui ne faisaient en réalité qu'une unique agglomération. Dans une baie, telle une plaie en train de sécher, il y avait la petite ville de Middleton et son aéroport, vers lequel penchait déjà l'avion. Le port de mer était joli avec ses bateaux de pêche multicolores dont même les plus gros, vus d'en haut, lui faisaient penser aux jouets de baignoire de Carl.

Sitôt descendue, Julie Juillet loua la Chrysler Neon qu'on lui proposa sans alternative, puis roula vers le centre-ville qui surgissait de la mer gorgée de ciel.

Les premières rues avaient conservé un air rustique avec leurs maisons à pignons et à clins de bois ou de vinyle aux couleurs délavées, quelque chose de cette Angleterre d'où étaient venus les premiers citadins, après que les militaires eurent méchamment arraché les Acadiens à leur pays florissant pour les éparpiller jusqu'en Louisiane.

La saison était un peu moins avancée que dans la Capitale. Julie Juillet se sentait un brin dépaysée. Cela lui faisait le plus grand bien. Plus elle pénétrait dans la ville, plus elle ressentait la fébrilité ambiante. La cause de celle-ci était évidente : des affiches par centaines montraient un crustacé écarlate, portant toque et tablier, qui vous adressait un clin d'œil complice et vous saluait amicalement de sa grosse pince.

Elle descendit à l'hôtel Central, sans doute le plus vieil établissement de Middleton, préférant l'anonymat d'un centre-ville à la visibilité des motels de la périphérie qui annonçaient la vue sur la mer.

– Nous n'avons plus qu'une chambre, s'excusa le préposé. C'est le festival du homard en fin de semaine.

La chambre était convenable. Son bagage posé sur le lit, Julie Juillet s'assit, décrocha le combiné et commença à composer. Mais elle suspendit son geste, en proie à de cruelles tergiversations. Elle décida finalement d'attendre la fin de la journée pour appeler à la maison.

Après une douche bien chaude qui lui avait redonné de l'assurance, elle descendit dans le hall, se procura une carte de la région, puis s'installa à une table du restaurant. Elle commanda le sandwich au homard qu'on proposait en grande vedette.

La carte n'était pas vraiment nécessaire. East-Middleton, comme il fallait s'y attendre, se trouvait plus à l'est. Il suffisait de suivre la côte pour y arriver. Selon les souvenirs de Chantal, une fois que l'on avait passé l'usine de transformation de poisson, il fallait rouler une dizaine de minutes jusqu'à l'Auberge de l'Eider noir. Il y avait ensuite quelques kilomètres d'une campagne désolée avant d'arriver à la clinique, située sur la gauche, juste avant une courbe ascendante au-delà de laquelle le peuplement se faisait plus dense. La prétendue clinique n'était évidemment pas annoncée, sauf sur la porte d'entrée.

Elle était là! Une maison blanche à deux niveaux, plus haute que large, typique avec son toit à pignons, sa lucarne qui fixait la mer, son grand cèdre abîmé à côté, isolée et dressée sur un renflement du terrain, comme si elle montait la garde pour protéger le bâtiment de ferme transformé en garage, juste derrière.

Julie Juillet attendit dans la voiture, attentive à un quelconque signe de vie qui ne vint pas, puis descendit.

Derrière la maison, l'allée de gravier devenait un sentier fermier qui se perdait dans un jeune boisé. De l'autre côté de la route, un chemin un peu plus praticable, dont la présence était signalée par un poteau électrique et une pancarte de maison à vendre, franchissait les quelque trois cents mètres qui séparaient la route de la berge. Il menait à une grande maison de construction récente apparemment inoccupée. Plus à l'ouest, elle apercevait les toits de quelques chalets. Cette sorte de *no man's land* entre deux agglomérations constituait l'endroit idéal pour se livrer à des activités illicites.

Elle approcha de la maison, monta les marches. Toutes les fenêtres étaient masquées par des stores, la porte vitrée aussi. Il y était inscrit en lettres blanches le nom de la clinique et, juste en dessous, à l'intérieur, on avait accroché une pancarte : *Closed for undetermined period.* Elle sonna quand même. Rien.

Elle redescendit, puis scruta la façade. Elle aperçut, sous la corniche, la forme sombre d'une caméra de surveillance. Fonctionnait-elle ? Julie Juillet essaya de prendre un air anodin et remonta dans la voiture. Elle dut s'y prendre à deux fois pour la faire démarrer. Quand ce fut fait, elle tourna en direction de l'est, histoire d'aller voir à East-Middleton si elle n'y trouverait pas quelque intuition.

En haut de la côte, le paysage changeait radicalement. La route redescendait avec la douceur d'une grève jusqu'au cœur du village, dont on distinguait nettement l'église imposante et le quai de pêcheurs. D'ici là, il y avait une multitude de bâtiments, des habitations qui se répandaient dans les terres par des rues transversales, des commerces... Bref, un beau gros village côtier, clair et joyeux, lui aussi décoré à l'effigie de bonshommes homards, à laquelle s'ajoutaient de très nombreuses représentations des couleurs acadiennes, c'est-à-dire le bleu, le blanc et le rouge avec une étoile jaune. Autre signe de cette présence : à peu près tout l'affichage était en français.

Julie Juillet avisa un casse-croûte, la *Cantine à Julienne*, devant lequel plusieurs véhicules étaient stationnés, surtout des camionnettes. Elle s'y gara.

À l'intérieur, il y avait une douzaine de tables et un comptoir avec des tabourets. Elle y prit place, à gauche d'un gros homme barbu à l'odeur peu invitante, vêtu d'un t-shirt qui laissait voir sur son bras une collection de tatouages de mauvais goût. Il engouffrait un énorme plat de frites arrosées de sauce brune dans laquelle nageaient des morceaux de fromage. Le menu était affiché au mur et Julie Juillet déplora qu'ici aussi, on appelât « poutine » cette indigeste composition.

Une jeune serveuse se pointa. Avec ses joues rondes et ses yeux de mer, elle dégageait une impression de santé qui n'était certainement pas l'effet de la cuisine du chef. Pour la forme, Julie Juillet lui demanda une frite et un cola diététique.

En attendant, elle essayait d'analyser la clientèle sans avoir l'air de fouiner. C'était en majorité des hommes, pêcheurs, fermiers ou manœuvres… La serveuse revint presque aussitôt et posa la commande avec un sourire.

— Je peux vous payer tout de suite ? Je suis un peu pressée, demanda Julie Juillet.

— C'est comme que vous voulez, madame, je m'en vas faire la facture.

Elle prit son bloc et son crayon dans son tablier et griffonna.

— Dites-moi, demanda encore Julie Juillet, la clinique East-Middleton, par là, tout juste avant la côte, ça fait longtemps qu'elle est fermée ?

La serveuse leva de grands yeux surpris. Julie Juillet remarqua le coup d'œil qu'elle jeta à l'homme assis à côté d'elle, qui utilisait ses dernières frites pour racler le fond de son assiette avec une minutie d'avaricieux.

— Ben… franchement, si vous avez besoin d'un docteur, vous êtes ben mieux de chercher ailleurs.

À peine la serveuse avait-elle prononcé la dernière syllabe et posé la facture sur le comptoir qu'elle tournait la tête en baissant les yeux. Elle voulait faire croire que son ouvrage l'appelait d'urgence, mais il était évident qu'elle cherchait à fuir. Julie Juillet fut plus rapide qu'elle. Sa main, telle une féline, bondit sur la sienne pour la retenir.

— Vous n'avez pas un numéro de téléphone ou une adresse où je pourrais me renseigner ? Cette clinique m'a été fortement recommandée. Je viens de très loin…

Elle fut coupée par une voix à la fois sèche et grasse.

— Sont farmés, madame !

Julie Juillet tourna la tête : c'était l'homme à la poutine qui venait de parler. Il la fixait d'un regard de canon. Rarement avait-elle vu un visage aussi effrayant : enfoncé dans une hirsute pilosité, la peau était tannée, boursouflée, parsemée de points noirs énormes et striée de cicatrices. On devinait la bouche dans un croissant flou dessiné par le jaunissement des poils. D'ailleurs, l'odeur de tantôt, que Julie Juillet n'arrivait pas à identifier, lui apparaissait maintenant comme un mélange où dominaient le tabac et le fond de cale – pour le peu qu'elle en savait – avec une base d'huile à moteur. L'homme était obèse, mais sa stature était de celles qui font reculer les plus braves.

– Vous, vous les connaissez? insista Julie Juillet en sortant de la brève syncope dans laquelle l'avait plongée l'intervention de son voisin de table.

Avant de répondre, l'homme joignit ses deux énormes battoirs et se fit craquer les jointures.

– Non, personne les connaissons, z'étions fermés depuis toujours. La 'tite vous l'avons dit, vous faisez mieux d'aller voir ailleurs, pis moâ, j'vous disons de même.

Le ton avait durci encore.

– Bon. S'il en est ainsi…

Julie Juillet chercha dans son sac l'argent pour régler la courte addition. Tout à coup, elle se sentit minuscule, très loin de tout! Elle paya tandis que le monstre se levait pour quitter les lieux. Elle prit une frite et la croqua avec une feinte désinvolture.

Par le biais d'un miroir installé derrière des tablettes chargées de desserts colorés, elle suivit tant bien que mal la masse de l'homme se dirigeant vers la sortie. Quelqu'un le salua :

– Ben du houmard à matin, le Shark?

– Pas si pire, répondit laconiquement l'homme en poussant la porte sans prononcer un mot de plus.

Mais Julie Juillet vit nettement qu'il tourna la tête dans sa direction. Leurs regards se croisèrent dans le miroir. Elle ne broncha pas.

« Le Shark, songea-t-elle. Le requin! Un surnom qui a du mordant! »

Julie Juillet fut de retour à l'hôtel vers dix-sept heures. La soirée s'annonçait douce. Elle consulta le calendrier de table placé près du téléphone. Conformément à ce qu'elle avait pensé, on était tout près de la nouvelle lune, ce qui, dans les circonstances, constituait un avantage certain.

Elle avait fait quelques achats. D'abord un chandail, des gants de laine à pointure universelle et un foulard noirs. Elle avait trouvé tout cela facilement parce que, en mer, il peut faire froid même au cœur de l'été. Ensuite, dans une quincaillerie, elle s'était procuré quelques outils, du ruban à conduits et des vis pointues courtes. Elle avait aussi acheté une demi-bouteille de porto.

Par téléphone, elle commanda un plat de pâtes. En attendant, elle se versa un verre et ferma les yeux, résolue à réfléchir.

Mais quand l'horloge marqua dix-sept heures trente pile, sa tête n'était plus dans cette chambre d'hôtel : elle était à Saint-Bertrand, où il n'était que seize heures trente. Elle était chez elle, dans sa maison, elle errait, descendait au sous-sol, remontait, passait par la cuisine, regardait dans la cour, allait dans la chambre de Carl… Personne ! Elle ne voyait personne.

Trois coups délicats à la porte annoncèrent l'arrivée de son repas. Elle se nourrit par nécessité. Comment goûter un plat quand il y a mille kilomètres de distance entre lui et votre conscience ?

Elle revint au téléphone, décrocha et, hésitant entre chaque touche, comme pour retarder le moment où son pressentiment deviendrait réalité, elle composa son numéro. Après cinq coups, le déclic de la boîte vocale se fit entendre. Elle écouta sa propre voix lui dire qu'elle-même ni Philo n'étaient disponibles et, à tout hasard, laissa ses coordonnées après le bip. Elle appuya sur le neuf, puis composa son mot de passe. *Votre boîte vocale ne contient aucun nouveau message*, énonça la voix cybernétique d'une autre femme. Elle resta un moment à fixer le clavier, à la recherche désespérée d'un numéro qui la relierait à son fils. Ce numéro n'existait pas.

Prise d'un accès de fatigue, elle s'étendit sur le lit. Tout d'un coup, elle en voulut à Philo, se surprit même à le détester. Il aurait pu répondre ou lui laisser un message afin qu'elle sût où Carl et lui étaient allés. Il ne retournerait au travail que dimanche. Elle se souvint qu'il avait caressé le projet de les amener pêcher à Val-des-Cèdres, le village où il avait grandi, chez son « cousin » Guillaume qui y exploitait une pourvoirie. Bien sûr, Philo n'avait pas de véritable cousin au pays. Ses parents, enseignants au collège local, gens cultivés ayant fait leurs études supérieures en France, s'étaient parfaitement intégrés à la communauté et, comme l'autorise une certaine culture populaire, ils ne s'étaient jamais opposés à ce que leur fils appelât « oncle » ou « tante » leurs amis intimes et, conséquemment, « cousins » et « cousines » les enfants de ceux-ci. Sans doute avait-il décidé d'y aller quand même avec Carl, comme elle le lui avait d'ailleurs suggéré, car elle n'aimait pas la pêche. Elle ne voulait surtout pas délaisser son projet de livre, même pour deux jours – ne venait-elle pas pourtant de le faire ? Voilà ! Il se vengeait parce qu'elle avait accepté de faire pour Chantal quelque chose qu'elle avait refusé pour eux. Il ne pouvait pas comprendre la différence.

Elle essaya de dormir.

Elle avait réglé le réveil à vingt-deux heures. Quand elle ouvrit les yeux, elle était couchée sur le dos. Elle ressentit une humidité chaude et déplaisante entre ses cuisses. Elle eut la fâcheuse surprise de découvrir que son jean était imbibé de sang : elle était menstruée – elle qui ne l'avait jamais été avant la naissance de Carl, elle se faisait toujours surprendre. Heureusement, dans sa trousse de voyage, il y avait des tampons ainsi qu'un second jean. En général, elle n'était guère incommodée par ses règles. Celles-ci n'allaient pas l'empêcher de mener son projet à terme.

Elle sortit donc, à vingt-trois heures, fraîchement douchée et vêtue. Il y avait plus de monde qu'elle ne s'y attendait dans le hall de l'hôtel. Des notes de jazz s'échappaient en sourdine quand les portes du café s'ouvraient pour laisser entrer ou sortir quelque spécimen de la jeunesse « branchée » du coin. Elle s'étonna, en jetant un œil sur l'affiche, d'y lire le nom d'un des rares ensembles qu'elle connaissait, puis se reprocha cet étonnement qui n'était que la manifestation d'un préjugé. Pourquoi, en effet, les habitants de la région de l'Atlantique écouteraient-ils exclusivement de la musique country ? Quoi qu'il en soit, cette activité humaine servait bien son projet car, vêtue comme elle l'était, dans un autre contexte, elle aurait pu se faire remarquer.

Dans l'espoir sans illusion que Philo lui téléphonerait, elle laissa un message au comptoir d'accueil, disant qu'elle serait de retour dans deux heures au plus.

Dans la voiture, profitant de la lumière du stationnement couvert, elle fixa, à l'aide de lanières de ruban à conduits, trois vis sur son index, son majeur et son annulaire gauches, de manière à ce que leurs pointes saillissent à l'intérieur de sa main, comme trois bagues qu'elle aurait portées à l'envers. Ensuite, avec précaution, elle enfila un gant et vit avec satisfaction briller les pointes des courtes vis à travers les mailles. C'était un truc qu'elle avait souvent suggéré aux filles de son école, dans le temps, pour se débarrasser des voyous qui les harcelaient quand elles rentraient à la noirceur. Elle n'avait jamais eu connaissance que quelqu'une s'en fût servi. Quant à elle, elle inspirait déjà assez de crainte aux garçons en général.

Dans un étui qu'elle portait autour de la taille, elle mit le rouleau de ruban, puis s'assura une dernière fois qu'elle n'avait pas oublié le tournevis, le fer de marteau, la lampe de poche ainsi que quelques fines tiges de métal.

Fin prête, elle démarra la voiture, qui fit encore la capricieuse, puis quitta le stationnement.

Julie Juillet fut soulagée de reconnaître enfin la silhouette blanchâtre de la pseudo-clinique, car un léger brouillard, qui s'était installé sur toute la côte, donnait aux choses une allure bien différente de celle qu'elles avaient dans l'après-midi.

Par chance, au moment précis où elle arrivait, elle était pour ainsi dire seule sur la route. Elle put ralentir à son aise, virer prestement dans l'allée, puis monter jusque derrière la maison, où elle éteignit tout. Elle attendit un nouveau creux dans la circulation pour replacer la voiture de manière à pouvoir repartir sans reculer, se disant qu'elles étaient bien peu pratiques pour les espionnes, ces voitures modernes qui ne pouvaient rouler tous feux éteints.

Elle assura le rythme de sa respiration avant de passer aux actes. Sans ce tampon qui n'était pas aussi facile à oublier que le prétendait la publicité, elle n'aurait même pas pensé à ses menstruations, peut-être à cause de l'adrénaline que lui prodiguait toujours généreusement son organisme en de telles circonstances. L'air frais et humide descendait bien dans ses poumons. Elle entendait au loin le chuchotement du ressac. Il faisait un noir de néant. Elle avait le sentiment de ne plus courir le moindre danger, mais elle se morigéna intérieurement pour ce léger relâchement de sa méfiance. Elle se devait de ne jamais oublier qu'elle allait, en territoire inconnu, commettre un acte dangereux et outrageusement illégal.

Il y avait une porte derrière, comme elle l'avait supposé, à laquelle on accédait en montant cinq marches. Elle alluma sa lampe et y alla. La porte avait des carreaux. Elle en examina soigneusement tous les contours : il n'y avait pas de système d'alarme. Pour les occupants, les gendarmes représentaient sans doute un plus grand péril que les voleurs.

La porte était verrouillée de l'intérieur. Elle prit le ruban et en une grosse minute, un des carreaux fut complètement masqué. Avec le fer de marteau, elle se mit ensuite à frapper méthodiquement, par coups secs. Quand elle sentit que le carreau était réduit en morceaux, elle le tira par un bout de ruban et les éclats suivirent sans tomber. Elle jeta tout ça par-dessus la rampe et introduisit la main dans l'espace qu'elle venait d'ouvrir. Elle trouva deux verrous qu'elle fit glisser sans aucune difficulté, puis elle tourna la poignée et entra.

Une protection si sommaire annonçait de maigres découvertes. Elle promena le faisceau de sa lampe dans ce qui avait été autrefois une cuisine. L'espace pour la cuisinière et le frigo était vide. Elle ne trouva rien dans les armoires blanches aux poignées de chrome. L'évier était propre. L'eau froide coula tout de suite du robinet, l'eau chaude, après quelques secondes. Le chauffage était assuré par des plinthes électriques et le thermostat mural était réglé à quinze degrés. Malgré un air général d'abandon et un aspect vieillot conféré par les cloisons en lambris, tout paraissait propre et fonctionnel, comme dans une maison à vendre.

Au fond de la cuisine, un escalier étroit montait à l'étage. Julie Juillet préféra d'abord visiter l'avant. La cuisine donnait sur un court passage qui traversait la maison en son milieu. De chaque côté, il y avait une porte. L'une ouvrait sur une salle de bain moderne et entièrement blanche, l'autre, sur une pièce exiguë contenant enfin quelques éléments un tant soit peu instructifs : un lit de bébé, une table à langer et une étagère avec des langes, de la ouate, des serviettes… S'il y avait eu plus qu'un lit, on se serait cru dans une crèche.

Une porte battante avec une fenêtre longiligne mettait fin au couloir et donnait sur la pièce avant. Celle-ci prenait toute la largeur de la maison et avait été complètement rénovée. Julie Juillet se dépêcha d'en faire le tour, car la lueur de sa lampe aurait pu attirer l'attention. De toute façon, il y avait peu à voir : un bureau de réceptionniste avec un appareil téléphonique combiné à un télécopieur et à un répondeur automatique – la ligne était morte – quatre fauteuils pour les clientes ainsi qu'un classeur qui n'était même pas verrouillé et qui ne contenait que des dossiers vides.

Tout cela concordait avec les descriptions de Chantal, sauf qu'il n'y avait personne. Mais tout était prêt ! Un nourrisson pouvait séjourner quelques heures ici sans problème. Dès le rendez-vous fixé avec la cliente, la clinique pouvait ouvrir le temps nécessaire à la transaction et refermer aussitôt. L'illusion était parfaite.

Restait l'étage. Julie Juillet revint vite dans la cuisine et monta l'escalier. Elle avait hâte de quitter cet endroit sinistre.

L'étage était plus vide encore. Les cloisons avaient été enlevées et il ne subsistait qu'une sorte de grand grenier avec des combles en bois rond qui témoignaient de l'âge de la construction. Le pied encore posé sur la plus haute marche de l'escalier, elle aperçut un voyant lumineux rouge, au fond. Elle braqua sa lampe vers ce point et découvrit une table sur laquelle était disposé du matériel électronique. Elle supposa que c'était un système de surveillance. Il fallait voir ça de plus près.

Bien qu'elle marchât avec grande précaution, le plancher craquait abominablement. Elle avait l'impression tout d'un coup que toute la maison ouvrait sur elle des yeux invisibles. Elle frissonna.

Elle ne s'était pas trompée : c'était bien un écran cathodique posé sur un quadruple magnétoscope d'où partaient autant de fils qui grimpaient le mur pour sortir ensemble par un trou grossièrement colmaté. Cela voulait dire qu'il y avait quatre caméras. Julie Juillet fit jouer les derniers mètres de la première cassette. Elle assista à l'arrivée de sa voiture. Elle supposa que la quatrième cassette filmait l'arrière de la maison. Elle se vit en effet descendre de voiture. L'image n'était pas très claire, mais comme elle avait oublié de se masquer avec le foulard qui lui couvrait cependant la tête, elle était reconnaissable. Elle décida de prendre les cassettes et de disparaître au plus coupant, car elle se sentait de moins en moins à l'aise, comme si ces caméras continuaient à l'épier.

Mais avant de retirer les cassettes, elle succomba à un nouvel accès de curiosité. Elle revint à la première et la fit reculer encore, s'arrêtant au hasard. Elle cherchait à voir si quelqu'un n'était pas venu avant elle. Juste comme elle allait laisser tomber, elle aperçut, sur le bout de film qu'elle faisait jouer, une grosse camionnette noire qui disparaissait sur le côté de la maison. L'écran donnait l'heure de l'événement : vingt heures trente-sept. Elle fit reculer la cassette numéro quatre jusqu'à la même heure, et vit la camionnette rouler et disparaître derrière le garage.

Quelques secondes plus tard, elle vit un personnage s'avancer. Elle le reconnut tout de suite : c'était l'homme de la cantine, le gros barbu répugnant qui se faisait appeler le Shark ! Très intéressant ! Il se dirigea vers l'avant. Fébrilement, comme si elle avait peur de le perdre, Julie Juillet retourna à la caméra un et le repéra de nouveau. Il montait les marches pour accéder à la porte avant. Un moment, tandis qu'il s'affairait sans doute à déverrouiller, elle ne vit plus, de la position aérienne de la caméra, que son dos couvert de cuir à moitié caché par sa chevelure hirsute, garnie d'une casquette de capitaine pêcheur. Il disparut, ce qui voulait dire qu'il était entré.

Qu'était-il venu faire ? Elle n'avait pas noté la présence de caméras à l'intérieur, il était donc impossible de le savoir. Tout au plus pouvait-elle découvrir la durée de sa visite. Elle poussa le bouton d'accélération. Ce n'était que par les sautillements de l'image qu'elle savait que la bande magnétique défilait à haute vitesse, car rien ne se passait sur l'image... rien. Ce fut alors que Julie Juillet fit une déduction qu'elle regretta de ne pas avoir faite plus tôt : il n'était pas ressorti ! Il n'était pas ressorti !!!

Elle eut brusquement la sensation que la maison rapetissait et l'écrasait. Son cœur se mit à battre à grands coups. Elle appuya sur les boutons marqués « EJECT » et les cassettes jaillirent au milieu des cliquetis caractéristiques. Elle n'eut pas le temps d'en prendre une seule.

Jaillissant des ténèbres, une voix gutturale et dégoûtante frigorifia son système nerveux :

— Touche pus à ça, fille.

Julie Juillet, au prix d'un effort violent, brisa la catalepsie qui l'avait frappée. Elle se retourna vivement, la lampe braquée, prête à foncer en direction de l'escalier. Une clarté soudaine l'aveugla.

À mesure qu'elle clignait des yeux, elle vit se dessiner la forme oblongue du Shark qui la fixait, la main encore posée sur l'interrupteur.

— J'te l'avions ben dit que c'était farmé, fille !

Julie Juillet ne trouvait rien à dire et ne cherchait même pas, trop occupée à évaluer les distances. Le Shark se tenait à côté de la descente d'escalier. La retraite était coupée ! Or, devant un agresseur, la fuite est toujours la meilleure option. Sa compétence en arts martiaux lui était d'ailleurs peu utile devant une énorme masse immobile. Il fallait qu'il bouge, de toute façon.

— A' s'étions faite prendre, la 'tite voleuse, hein ! persifla le monstre.

— Appelez la police ! défia Julie Juillet, tout en cherchant un moyen de le faire bouger.

— Par icitte, on dérange pas la police quand on peut s'arranger toute seul. Ça tombe ben ; j'haïssons pas ça les femmes ben bâties.

— Va falloir que tu viennes me chercher, mon gros !

La flèche atteignit son but. Le regard du Shark se plissa.

— J'étions pas pressé. Quand t'avons ferré une grosse morue, tu faisons attention de pas casser ta ligne...

Le mot « ferré » alluma une lumière dans le cerveau de Julie Juillet. Lâchant la lampe, devenue inutile, elle plongea la main dans l'étui ouvert sur son ventre, y saisit le fer de marteau et le lança de toutes ses forces en visant la tête. Surpris, le Shark eut néanmoins le réflexe de bouger. Le fer le toucha quand même entre la joue et l'oreille avant de frapper le plafond oblique et de dévier sur le plancher.

— Fuck ! hurla l'homme en portant la main à sa joue.

Il saignait. Son visage prit aussitôt une expression de fureur incontrôlable. Entre ses lèvres tremblantes, il réussit à articuler une sombre menace :

— Quand j'allons avoir fini, ma 'tite criss, même les mouettes voudront pas d'toâ.

Mais il ne bougea pas. Alors Julie Juillet, recula d'un pas, saisit l'écran et tira pour l'arracher.

— Wo!

Cette fois, le Shark amorça un mouvement. Elle lui jeta l'écran à la tête. Sans se préoccuper de voir si elle faisait mouche, elle se rua dans l'espace qui s'ouvrait vers l'escalier. Hélas! l'autre ne mordit pas à l'hameçon. Il tendit un bras, qui frappa Julie Juillet en pleine poitrine. Elle eut la sensation que son sein gauche venait d'éclater. Sa tête percuta le mur de côté et elle confondit un moment le fracas des appareils qui basculaient sur le sol avec celui de son crâne qui craquait.

À travers un feu d'artifice de points lumineux, elle vit les deux énormes bras du Shark la saisir par les épaules et la faire virevolter. À peine ses pieds avaient-ils retouché le sol qu'elle reçut un formidable coup sur le côté du visage qui la projeta par terre, au pied du mur opposé.

Elle n'avait qu'une vague idée de sa position. Elle savait qu'elle saignait quelque part. Elle entendait le Shark qui grognait comme une bête. Elle le voyait à peine, debout devant elle.

— Personne, personne a faite saigner le Shark sans payer. Reprends ton souffle, ma belle, qu'on s'*enjoy* un brin.

Julie Juillet n'avait pas perdu ses lunettes. Elle les replaça. Elle put voir un peu mieux le bandit: il lui parut tel un ogre affamé. Elle pensa au tournevis dans l'étui. Il y était toujours. Elle s'en saisit et entreprit de se relever. Mal remise des coups reçus, elle avait la sensation que tout tournait dans la pièce, mais le Shark était tellement massif qu'elle ne pouvait le perdre de vue. Il ricanait. Elle essaya d'oublier la douleur à sa poitrine pour inspirer profondément. Sans plus attendre, elle leva la main droite armée du tournevis et se jeta sur son opposant.

Jamais la pointe n'approcha de la cible: des serres invincibles agrippèrent son poignet en plein vol. Le Shark éclata de rire en tenant bien haut le bras de Julie Juillet comme les pattes d'une volaille qu'il se fût apprêté à abattre. Il riait toujours et la secouait, tout en gardant bas son bras gauche pour se protéger des coups de pied que sa victime lui envoyait sans conviction en direction des parties génitales.

Mais les coups de pied n'étaient, comme le tournevis, qu'une nouvelle diversion. Elle voulait, pour tenter le grand coup, profiter du bref moment où il croirait avoir définitivement vaincu ses résistances et laisserait la voie libre entre sa grosse face rebutante et sa main gauche à elle. L'ouverture espérée se fit. De toutes ses forces, la paume ouverte, elle rabattit sa main armée de vis au-dessus de l'œil du monstre. Elle sentit les vis pénétrer, augmenta la pression un instant et, d'un mouvement vif, descendit jusqu'à ce que sa main glisse dans la barbe.

Le Shark la lâcha aussitôt pour porter les deux mains à son visage. Comme s'il avait découvert à retardement les dégâts, il poussa un interminable hurlement qui fit trembler la maison.

Julie Juillet, elle, dévalait déjà l'escalier et courait dehors. La Neon n'avait pas bougé. Sage précaution, elle ne l'avait pas verrouillée et avait camouflé la clé sous le pare-soleil. Elle s'engouffra dans la voiture, prit la clé, l'introduisit dans le démarreur et tourna. Le moteur hoqueta, vibra, toussa, mais refusa de démarrer. Elle essaya encore. Rien. La machine haletait, ahanait mais retombait dans un silence de mort, qui permettait aux hurlements du Shark, portés par le brouillard, de remplir la nuit.

Julie Juillet eut soudainement l'impression qu'il se rapprochait. Sans trop savoir ce que cela donnerait, elle plaça le levier au neutre, ouvrit la portière et entreprit de pousser la voiture. Elle parvint à la faire bouger. Le hurlement du Shark prit une autre dimension. Elle tourna la tête et l'aperçut, debout sur le perron, le visage en sang, qui la cherchait de son œil valide.

Julie Juillet résista à l'envie de partir à la course et poussa plutôt avec davantage de vigueur, actionnant le volant pour tourner vers la descente de l'allée, vers la route. Elle jugea que la voiture avait pris suffisamment d'allant. Elle monta, referma la portière et verrouilla. Elle jeta un coup d'œil sur son poursuivant qui, croyant sans doute que la voiture était en marche, courait vers le garage.

Julie Juillet actionna encore le démarreur, toujours sans résultat. La voiture approchait maintenant de la route. Que devait-elle faire ? La réponse s'imposa. Des phares arrivaient à toute vitesse de l'est. Elle dut freiner.

Les mains crispées sur le volant inutile, elle essayait de réfléchir quand une grande lueur vint de derrière. Dans le rétroviseur, elle vit deux phares bien hauts qui fonçaient sur elle. Elle poussa de toutes ses forces sur le volant pour compenser le choc, mais ne réussit qu'à demi. Heureusement, elle eut le réflexe de lâcher le frein. La Neon fut propulsée de l'autre côté de la route.

Le visage de Julie Juillet heurta le volant. Elle goûta le sang dans sa bouche. Par chance, le chemin de la propriété d'en face s'ouvrait vis-à-vis l'entrée de la clinique et la voiture, aidée par la pente, continua de rouler. Dans le rétroviseur, elle vit les phares qui approchaient de nouveau. Elle ouvrit la portière et plongea dans le vide juste à temps, car elle entendit l'impact et fut effleurée par les grosses roues de la camionnette.

Elle roula cinq ou six tours sur elle-même, puis demeura immobile le temps de regarder ce qu'il y avait autour d'elle. Elle vit de la végétation sauvage assez haute pour s'y tapir. Elle se leva et, malgré un genou qui lui faisait mal, fit plusieurs enjambées avant de s'étendre dans une éclaircie.

Elle ne voyait plus sa voiture, mais la forme noire de la camionnette se distinguait à cinquante ou cent mètres dans le brouillard. La lumière de la cabine s'alluma. La silhouette du Shark apparut pour disparaître presque aussitôt. Julie Juillet entendit la camionnette bouger. La végétation autour d'elle s'illumina comme dans une aube blanche. Le Shark avait placé la camionnette perpendiculairement au chemin et les phares éclairaient presque directement l'endroit où elle se terrait.

Jugeant qu'elle était bien dissimulée, elle rampa très lentement, profitant de chaque espace pour se déplacer sans remuer les plantes. Le Shark hurlait d'infectes injures. Sa voix venait toujours de la camionnette, signe qu'il n'avait pas aperçu celle qu'il cherchait. Enfin, Julie Juillet retomba dans la pénombre. Alors seulement, elle leva la tête. Le Shark avait quelque chose comme un pied de biche à la main, il sauta du marchepied et se mit à fouetter la végétation avec cet instrument en vociférant. À un moment, il lui tourna le dos et Julie Juillet en profita pour s'éloigner encore. Ce fut une bonne idée, car il vira peu après dans sa direction et s'approcha dangereusement. Tant qu'il se tenait dans le faisceau des phares, elle pouvait l'observer sans être vue.

Il s'arrêta, demeura immobile, haletant. Les rayons des phares éclairaient la partie gauche de son visage. Il n'était pas beau à voir. Il était couvert de sang. Julie Juillet eut l'impression que l'œil qu'elle lui avait arraché pendait.

— On va se revoir! hurla-t-il à la ronde.

Puis, sans transition, il retourna à sa camionnette. Elle profita de ce qu'il lui tournait de nouveau le dos pour s'enfoncer davantage dans la nuit. Encore une fois, ce fut une judicieuse décision, car la camionnette fit un grand tour dans le champ. Les faisceaux passèrent au-dessus de Julie Juillet sans l'éclairer. De toute façon, le Shark ne devait plus voir très clair et avait sûrement compris qu'il avait besoin de soins urgents.

Le soulagement que Julie Juillet ressentit quand elle vit disparaître les feux arrière de la camionnette lui fit presque oublier les douleurs multiples qui sévissaient dans tout son corps.

Elle se recroquevilla, ferma les yeux, s'appliqua à faire le vide. C'était tout de même mieux que d'éclater en sanglots, comme elle aurait très bien pu le faire si, même dans cette nuit du bout du monde, elle n'avait conservé un minimum vital d'orgueil. Elle avait toujours le goût du sang dans la bouche, mais elle n'éprouvait pas le besoin de cracher ni d'avaler : la blessure était bénigne. Les lunettes avaient tenu le coup. C'était son nez qui avait absorbé le choc. Elle le tâta du bout de l'index et sentit une bonne écorchure. Le reste de la tête lui faisait mal de manière générale, mais obéissait encore à ses ordres. Le pire, c'était l'articulation de son genou gauche et son sein, bien sûr, qui continuaient d'élancer.

Soudain, elle eut froid. L'inventaire de ses blessures l'avait rassurée. Elle s'assit et essaya de se masser la jambe. La douleur était trop vive. Quoique le brouillard continuât de se lever, elle ne voyait guère plus loin tant la nuit sans lune était noire. Elle regretta d'avoir perdu la lampe. À dire vrai, elle se sentait parfaitement démunie. Sans doute pourrait-elle revenir à la voiture, mais à quoi lui servirait-elle ? À supposer que le moteur finisse par démarrer, le dernier impact l'avait-il laissée en état de reprendre la route ? Sans doute le Shark avait-il des complices qu'il s'était empressé d'alerter! La Neon serait facile à reconnaître sur l'unique route qu'elle pouvait emprunter. Pas possible non plus de faire du stop. Encore moins de rester là à attendre qu'il revienne avec des renforts.

Il restait la mer. Si elle pouvait marcher, elle pourrait s'éloigner un peu en direction de Middleton. Les rochers épars lui fourniraient des cachettes. Il ne viendrait tout de même pas la chercher en hélicoptère!

Elle se traîna jusqu'au chemin. Le sol était dur pour les os, couvert de cailloux plats détachés des strates sédimentaires par la mer. Elle attendit un moment, tous les sens aux aguets, afin de s'assurer que le Shark n'avait pas conçu une ruse pour la surprendre, ce qui l'aurait bien étonnée car, de par la manière dont ils avaient fait connaissance, elle s'était fait une opinion plutôt défavorable de son intelligence... et de sa personnalité en général.

Elle essaya de se lever. La douleur dans son genou lui arracha un bref cri. Il fallait pourtant qu'elle marche! Elle enleva son foulard et, avec un mélange de délicatesse et de fermeté, elle se banda la jambe. Elle essaya encore de se lever. Elle y parvint. C'était souffrant, mais supportable. Toutefois, il était hors de question de recommencer avant longtemps à pratiquer le genre de sport extrême qui l'avait mise dans cet état.

En butant sur une bande de varech sec, au-delà de laquelle les cailloux laissaient la place à du sable grossier, elle s'aperçut qu'elle avait atteint la grève. Le brouillard flottait désormais derrière elle, par un phénomène naturel qu'elle ne comprenait pas mais qui faisait bien son affaire, puisque le ciel étoilé laissait tomber une faible lueur.

À peine avait-elle parcouru quelques mètres que la Providence mit sur sa route un amoncellement de bois de grève comme les gens du lieu en constituent chaque printemps, en nettoyant les berges, et qu'ils allument au cours de l'été à l'occasion de diverses fêtes. En fouillant, elle dénicha une branche bien polie qui lui faisait une canne presque idéale. Cet outil compensa pour une bonne part la déficience de sa jambe blessée.

Elle progressa jusqu'à l'aube, ne s'accordant que de brefs répits. Ce n'était pas tellement pour gagner du temps ; c'était plutôt parce que, quand elle s'assoyait, ses pensées s'envolaient vers Carl et Philo, si loin maintenant qu'elle n'était plus certaine de les revoir un jour. La précarité de sa situation lui apparaissait alors avec l'acuité parfaite de la désillusion totale. Le découragement montait en elle telles les grandes marées, suivi d'une impitoyable culpabilité. N'était-elle pas la première responsable de son infortune ? Quand elle sentait venir les larmes, elle plantait sa canne dans le sable et s'extirpait de sa torpeur morbide. « La dernière ! Sainte-poche que c'est la dernière ! » se répétait-elle sans cesse rageusement.

L'aurore la révéla aux oiseaux maritimes, goélands, cormorans, eiders… qui tous clamaient leur droit à la vie. Elle avançait toujours, à la pointe d'une trace qui se perdait derrière elle. Magnifique et brève aurore ! Julie Juillet, qui pouvait enfin lever la tête, s'appliqua à nommer chacune des couleurs qui venaient tour à tour, telles des âmes diaphanes de vierges épargnées par les ténèbres, se fondre dans le triomphe de la lumière : indigo, mauve, vieux rose, corail… Ce fut son air de marche, sa prière… Et le soleil parut !

Elle arrivait à une pointe rocheuse qu'elle dut contourner. La marée montante ne laissait qu'un passage d'un mètre. À la prochaine pointe du genre, elle devrait se mouiller les pieds. De l'autre côté, elle aperçut un creux dans les rochers. Le soleil y plongeait ses rayons. Elle s'y installa pour réfléchir. À l'abri de la brise, elle sentit vite une bonne chaleur s'insinuer entre les fibres de son chandail. Elle appuya la tête sur la paroi, ferma les yeux…

— Bonjour ! [...] Bonjour ! [...] Bonjour !

Julie Juillet ouvrit les yeux et sursauta. À une distance respectueuse, un homme vêtu de jaune se tenait debout, bien droit, appuyé sur un bâton de marche.

— Bonjour ! répéta-t-il. Excusez-moi de vous réveiller, mais j'ai l'impression que vous avez eu des ennuis. Vous vous êtes blessée ?

Julie Juillet cligna des yeux, respira profondément, se frotta le cou sans perdre l'homme de vue. Il avait l'air inoffensif. Il était grand, vêtu d'un chapeau de pêche garni de mouches, de bottes de caoutchouc et d'un imperméable jaune. Il portait des lunettes et une barbe grise. Il la regardait avec de petits yeux curieux.

— Oui, répondit Julie Juillet. J'ai eu un accident de voiture, par là, j'ai été frappée par un camion, j'ai perdu le contrôle, j'ai roulé dans le champ, puis j'ai perdu connaissance. Quand je me suis réveillée, il y avait un gros brouillard. J'ai voulu rejoindre la route, mais j'ai abouti au bord de l'eau, alors j'ai marché…

Elle avait eu toute la nuit pour inventer un scénario crédible.

— Ils n'ont même pas pris la peine de s'arrêter ? s'indigna le vieillard. Ils devaient être en boisson. Vous n'êtes pas de par ici, hein ?

— Je suis venue pour manger du homard. J'ai loué une auto pour visiter la côte. Je me suis fait prendre par la noirceur.

— La nuit tombe vite, au bord de la mer. Êtes-vous bonne pour marcher encore ? C'est mon chalet, là-bas, où il y a un drapeau. Vous pourrez prendre un café, manger un morceau, puis on appellera la police, ou bien on vous amènera à l'hôpital.

— Je ne voudrais pas vous déranger. Si je pouvais seulement appeler un taxi…

— Bien voyons donc ! Allez, prenez mon bras, il est plus jeune jeune mais il est encore bon !

Il s'était avancé en lui tendant son bras libre. Elle lui tendit le sien, elle qui avait toujours été rébarbative à la galanterie.

— Vous êtes religieuse ? demanda l'homme.

— Religieuse ? répéta Julie Juillet qui ne comprenait pas d'où il sortait cette question étonnante.

— Je demande ça à cause des médailles.

— Les médailles…!?

Julie Juillet suivit le regard de l'homme qui visait sa main gauche, celle qui venait de prendre le bras salvateur (et elle se rappela par la même occasion de faire attention de ne pas déchirer l'imperméable avec les vis qui étaient toujours en place). En effet, deux médailles étaient accrochées à son gant. Plus précisément, c'était l'anneau des médailles qui était accroché dans une maille, sur le revers de sa main, au niveau de la jointure. Julie Juillet regarda un long moment les objets, incapable de comprendre comment ils étaient arrivés là.

— Oui, dit-elle finalement, je suis religieuse… je veux dire que…

— … que vous pratiquez. Vous n'êtes pas sœur.

— Non, vraiment pas, rigola Julie Juillet.

— En tout cas, je suis sûr qu'elle vous a aidée.

— Qui ça?

— La Madone! La Madone de vos médailles.

— Oh! sûrement, oui, excusez-moi, je suis tellement fatiguée, je n'ai pas toute ma tête.

— C'est bien compréhensible.

Ils commencèrent à marcher. Après les premiers pas, il ajouta:

— Ça se peut que ma femme paraisse contrariée en vous voyant, mais ne vous en faites pas, c'est juste une apparence. Au fond, elle va être bien contente de vous aider elle aussi, madame…?

— Julie Simard.

— Aurélien Boudreau, retraité. Je suis né par ici. Pas ma femme. On passe nos étés au bord de la mer. L'hiver…

Julie Juillet connaissait à peu près tout de son bon Samaritain quand elle entra dans son chalet. Il y faisait une chaleur étouffante grâce à un poêle à bois qui achevait de consumer ses bûches. Elle ne s'en plaignit point. L'endroit était modeste, décoré sans goût, mais confortable. Elle accepta l'invitation de s'asseoir dans un fauteuil moelleux installé pour permettre de regarder, à travers une fenêtre panoramique, la mer striée de vaguelettes turquoise. De la conjointe, elle n'avait aperçu qu'une silhouette courte et ronde qui, les ayant vus arriver, s'était dérobée, sans doute pour aller s'habiller convenablement. Aurélien Boudreau se levait toujours aux aurores. Sitôt pris un copieux petit déjeuner, il faisait une longue promenade, ramassant tout objet intéressant susceptible d'enrichir une collection qu'il appelait son « musée de la mer ».

— Je vais vous faire un bon café.

— Merci, c'est gentil, répondit Julie Juillet qui avait compris qu'il n'y avait rien à faire pour empêcher le brave homme d'exercer sa générosité.

— Et puis, je vais vous faire goûter mes crêpes de pêcheur. Non non, ce n'est rien, il me reste justement du mélange. C'est la crêpe que je mange quand je m'en vais pêcher. Vous allez voir, ça va vous remettre d'aplomb.

— Vous êtes trop bon, vraiment. Est-ce que je peux utiliser vos toilettes ?

— Certainement ! Il doit même rester assez d'eau chaude pour prendre une douche !

— Merci, je vais attendre d'être à mon hôtel.

— Vous n'irez pas à l'hôpital ? Votre genou a l'air drôlement amoché.

— Je ne pense pas qu'il y ait grand-chose d'autre à faire que d'y appliquer de la glace.

— Votre nez, là ? Il faudrait peut-être quelques points de suture pour éviter une mauvaise cicatrice.

— Je vais voir ça. Ne vous en faites pas. Je… je ne suis pas douillette.

Julie Juillet, qui se déplaçait encore fort péniblement, arriva à la porte accordéon des toilettes, qui ne contenaient que le strict nécessaire.

Elle baissa son pantalon, s'installa sur le siège et alla voir ce qui se passait dans le bas de son corps. Elle retira le tampon qui était en train de coller à ses entrailles. Elle n'avait pas saigné pour la peine, mais cela n'allait pas tarder à reprendre. Il y avait une grosse corbeille en osier pour ce genre de déchet. Elle enroula le tampon dans du papier hygiénique, le jeta et agita la corbeille pour le faire descendre au plus profond. Il y avait une boîte de papiers mouchoirs entamée, elle en prit quelques-uns et s'en fit une serviette sanitaire de fortune.

Ensuite, elle retira ses gants. Le gauche était tout raide du sang coagulé du Shark. Elle arracha les rubans qui maintenaient les vis à ses doigts. Les pointes des vis étaient garnies de miettes de chair rouge. Elle les jeta comme le tampon.

Elle eut peine à se lever, mais y parvint et commença à se laver les mains.

— Il y a des serviettes propres ! lui cria Aurélien Boudreau en entendant l'eau couler.

Julie Juillet se sentit mal à l'aise, comme s'il avait été là pour la regarder.

— Qu'a prenne pas mes belles serviettes! maugréa en sourdine la voix rauque de la femme.

— Prenez les serviettes roses! cria encore Aurélien Boudreau.

Les serviettes roses étaient usées, mais elles sentaient propre. Julie Juillet enleva ses lunettes et examina son nez. L'écorchure était superficielle, causée par la monture de ses lunettes.

— Il y a de l'alcool et des diachylons dans la pharmacie! cria encore Aurélien Boudreau.

— Merci! répondit Julie Juillet, se demandant un moment s'il ne l'espionnait pas par un trou de serrure.

Il y avait aussi des tampons d'ouate. Elle en imbiba un et l'appuya sur la blessure. En quelques secondes, la douleur devint si vive que de grosses larmes lui tombèrent des yeux. Quand le feu fut calmé, elle appliqua un pansement de manière à bien rabattre la peau.

En ressortant, elle tomba face à face avec une vieille femme qui semblait de méchante humeur.

— Vous êtes-t-y correcte? demanda sèchement celle qui devait être madame Boudreau.

— On ne peut mieux dans les circonstances, répondit Julie Juillet.

— Hein? Qu'est-ce ça veut dire, ça?

Julie Juillet, décontenancée par cette réplique, resta bouche bée.

— C'est pas à votre goût? renchérit la bonne femme.

— Non… oui…, balbutia Julie Juillet, tout est parfait, je veux seulement dire que…

— Venez manger une bonne crêpe de pêcheur, coupa Aurélien Boudreau. Je suis sûr que vous n'en avez jamais goûté de meilleures.

— Ah! Toé pis tes maudites crêpes! bougonna sa conjointe en cédant le passage à l'invitée.

Julie Juillet prit place.

— Il y a du lait et du sucre pour le café.

— Merci, je le prends noir.

— Vraiment? Faut pas vous gêner. Mettez du sirop sur vos crêpes… mettez-en encore…

Julie Juillet n'était pas trop portée sur le sucre. Si les crêpes étaient bien bonnes, le sirop l'écœurait un peu.

— Je vais appeler un taxi, dit-elle, quand elle eut fini.

— Non non! objecta Aurélien Boudreau. Un taxi, ça va coûter une fortune. J'ai mon neveu, Roger, qui doit justement descendre en ville…

— Lâche donc Roger! chicana sa femme. Y travaille aux homards, y'a pas le temps…

— Tais-toi donc! invectiva le vieil homme. Tu ne sais pas de quoi tu parles. Je le sais, moi, qu'il doit aller en ville à matin, puisque je l'ai appelé tantôt. Il va être ici dans cinq minutes.

La vieille grogna, prit un chiffon et se mit à essuyer la cuisinière. Gênée par cette scène, Julie Juillet se tint coite et se contenta de digérer les crêpes, surtout le sirop.

Cinq minutes plus tard, tel que son hôte l'avait annoncé, une vieille camionnette noire s'arrêta devant le chalet. Il en descendit un homme d'âge mûr qui correspondait exactement à l'idée que l'on se fait d'un pêcheur de métier: une barbe longue, lisse et bien fournie, des épaules solides, un abdomen proéminent, des bottes de travail et, bien sûr, l'indispensable chapeau. Quand il fut plus près, Julie Juillet ne manqua pas d'enregistrer dans sa mémoire d'autres détails, tels la peau brunie et les yeux marine. Elle se servirait volontiers d'une tête si pittoresque dans une de ses histoires.

— J'espère que ça ne vous dérange pas, je peux très bien…

— Pan toute, faut que j'allions en ville *anyway*. Pouvons même aller voir votre char, si vous voulez.

— Non, c'est inutile. C'est une voiture louée. La compagnie s'arrangera pour la récupérer.

— Vous êtes sûre que vous voulez pas aller à l'hôpital avant?

— J'ai surtout besoin de repos. Je suis descendue à l'hôtel Central.

— Parfait. C'est dans l'boute que j'allons.

Un moment plus tard, après que Julie Juillet eut dûment fait ses remerciements et refusé l'une après l'autre toute sorte d'offres d'aide, la camionnette, qui grinçait de partout, prit la route de Middleton. Julie Juillet voulut s'attacher.

— Cherchez pas la ceinture, y'n'avions pas dans ces années-là. C'est un vieux *truck*, mais y marche ben. Comment c'est arrivé, l'accident?

— Il y avait du brouillard et je n'étais pas sûre d'aller dans la bonne direction, alors j'ai fait la folie de m'arrêter au bord de la route. Après, je ne me rappelle plus. Je me suis réveillée dans le champ.

— Ouan… Ç'aurait pu être pire.

Il conduisait lentement, attentivement, jetant souvent des coups d'œil de côté, comme le font tous les conducteurs qui traversent leur patelin.

— Vous avez toujours habité le coin? demanda Julie Juillet pour meubler le silence.

— Ouan… Comme mon père, ma mère, mon grand-père pis ma grand-mère, aussi loin en arrière que le village existe.

Julie Juillet réfléchit un moment, puis décida d'essayer quelque chose.

— Vous devez connaître tout le monde dans la région.

— Tout le monde, c'est dur à dire, mais ceux que je connaissons point font pas une ben grosse gang, c'est sûr.

— Alors dites-moi, est-ce que vous ne connaîtriez pas quelqu'un qui se fait appeler le Shark?

— Le Shark? fit-il en tournant vers elle un regard inquiet.

— Vous le connaissez?

Il se renfrogna.

— Non… répondit-il enfin, mais j'savons c'est qui.

— C'est qui?

Il observa encore un silence angoissant. Sa façon de regarder autour changea, comme s'il se méfiait.

— C'est quelqu'un… pis c'est personne. Je savons pas quelle affaire vous avez avec lui, pis j'voulons point le savoir. Je vas vous mener à l'hôtel comme j'ai dit, c'est toute.

Il se cala dans son siège, fixa la route droit devant et accéléra.

— Excusez-moi, dit Julie Juillet, je ne voulais pas…

— C'est correct, coupa Roger. J'allons vous dire rien qu'une affaire: si le Shark est après vous, vous faisez mieux de pas rester par icitte.

— Mais…

— Restez pas par icitte, renchérit Roger sur un ton qui n'admettait plus de réplique.

Julie Juillet fut réveillée par la sonnerie du téléphone. Elle décrocha vivement l'appareil dans l'espoir que ce fût quelqu'un qu'elle aimait. C'était la préposée au comptoir d'accueil qui lui annonçait qu'un policier voulait lui parler. Julie Juillet demanda qu'on le fît patienter quelques minutes, le temps de s'habiller.

Elle raccrocha, regarda le réveil : on approchait dix-sept heures.

Elle avait dormi toute la journée. Dès qu'elle avait été de retour dans sa chambre, elle s'était fait monter des glaçons et des comprimés d'ibuprofène. Elle s'était immergée dans un bain brûlant, en gardant la jambe gauche appuyée sur le bord de la baignoire, le genou entouré de glace. Elle était restée comme ça une bonne demi-heure, durant laquelle elle avait tenté de réfléchir à la suite des événements. Elle n'avait réussi qu'à se culpabiliser davantage.

Une fois séchée, elle s'était mise au lit avec de nouveaux glaçons et trois comprimés, avalés avec l'aide d'un verre de porto.

Elle glissa la main sous les couvertures : la glace n'était plus qu'une gelée tiède, mais son genou la faisait moins souffrir. Il n'en allait pas de même de son cou et de sa nuque, qu'elle arrivait à peine à bouger. Elle se leva tant bien que mal et se dirigea vers la commode. Sa tête, dans le miroir, la fit sursauter. L'écorchure sur son nez avait saigné durant son sommeil, sa lèvre inférieure était enflée et, surtout, la région entre la pommette et l'oreille était d'un beau bleu sombre. Elle avait une trousse de premiers soins dans ses bagages. Elle eut vite fait de nettoyer et de panser à nouveau sa blessure. Elle traînait aussi quelques produits de maquillage, mais pour faire disparaître ce bleu, il lui eût fallu se déguiser en abaisse de tarte. Tant pis ! Elle avait eu un accident et elle n'avait pas à le cacher. Elle se dénuda. Elle avait un sein coloré qu'elle tâta délicatement. Elle ne décela pas de dégâts majeurs.

— Madame Juillet ?

Un homme court et carré, aux cheveux de neige et au visage rougeaud et ridé, lui tendait une main énorme.

— Moi-même, répondit-elle en posant sa main dans le creux de l'autre.

— Bond, lieutenant Jack Bond, de la Gendarmerie nationale, secteur de Middleton.

Julie Juillet fit un sourire sceptique.

— Bond est un nom très courant par ici, et Jack aussi. Je suis venu au monde en quarante-deux, expliqua-t-il sur le ton de quelqu'un qui en avait marre de répéter la même explication depuis un demi-siècle.

Il parlait avec un très fort accent anglais, sans trop d'erreurs de vocabulaire. Il enchaîna :

— Vous avez de la misère à rester debout. Voulez-vous qu'on s'asseye ici ? Je peux aussi vous amener à la clinique. On pourrait parler en attendant. Si vous voulez faire une réclamation à votre assurance...

— Est-ce que ce sera long ?

— Ça ne devrait pas.

— Alors, si ça ne vous gêne pas, j'aimerais manger un morceau en même temps. Je meurs de faim.

Ils prirent place dans le bistrot de l'hôtel. Julie Juillet commanda un grand verre de lait et un sandwich au jambon tout ce qu'il y a de plus ordinaire.

— Votre char... c'est-à-dire l'auto que vous avez louée, a été retrouvée dans un champ, à environ sept kilomètres du village d'East-Middleton, pas mal maganée.

— J'ai eu un drôle d'accident, en effet. Vous m'apprenez où j'étais rendue exactement. J'étais, c'est le cas de le dire, complètement perdue dans la brume !

Et Julie Juillet raconta la version des faits qu'elle avait mise au point, sans oublier la partie véridique : sa rencontre avec Aurélien Boudreau. Le policier l'écouta sans détacher d'elle un regard bleu rigoureusement impassible.

— Ce qu'il y a d'étrange, commenta-t-il quand elle eut terminé, c'est qu'on dirait que le char a été frappé plusieurs fois dans le derrière, comme si on avait fait exprès pour le pousser dans le champ.

— Je vous répète que j'ai perdu conscience tout de suite. Je ne me rappelle pas l'impact. Cela me reviendra peut-être. Pour le moment, je ne vois rien.

— Je comprends ; ça arrive souvent aux victimes. Ce que je trouve bizarre aussi, c'est que, si on vous avait accrochée sur le bord de la route, les dommages auraient dû être plus portés sur le côté, comprenez-vous ?

Au lieu de ça, il n'y a aucun doute que vous avez été frappée directement derrière, comme si l'autre véhicule vous suivait!

— C'est bizarre en effet. Peut-être bien qu'il roulait sur l'accotement!

— Pourquoi?

— Comment le saurais-je? Le conducteur — ou la conductrice — était peut-être sous l'effet de l'alcool!

— Mais il a fait exprès pour vous enfoncer dans le champ!

— En êtes-vous sûr?

— Ils ont laissé des traces de pneus. En fait, je peux même vous dire que vous avez été frappée par un GMC Sierra noir!

— Bravo! Cette camionnette doit être assez abîmée. Ça vous donne une chance de la retrouver.

— En effet… mais, une fois qu'on l'aura, de quoi allons-nous accuser le propriétaire? D'un *hit and run* ou bien d'une tentative de meurtre?

À voir comme il regardait Julie Juillet, il était évident qu'il ne posait pas la question en l'air. Julie Juillet, qui mastiquait péniblement son sandwich, put à peine feindre qu'elle ne comprenait rien de ce qu'il disait.

— Voyons donc, sainte-poche! Pourquoi voudrait-on me tuer? Je ne connais personne par ici! Par ailleurs, si on avait voulu me tuer, on l'aurait fait. J'étais à leur merci.

Jack Bond hocha négativement la tête pour signifier qu'il avait fini de jouer à cache-cache.

— Des blessures comme les vôtres, madame, j'en ai vu souvent, trop souvent… quand je prenais des dépositions de femmes battues! Un accident d'auto, ça ne fait pas ça. Vous savez, les gens qui viennent des grandes villes, comme la Capitale, par exemple, s'imaginent souvent que nous autres, dans l'Atlantique, on est un peu arriérés…

— Pas moi!

— Laissez-moi finir. C'est vrai qu'on a un mode de vie plus tranquille, plus traditionnel, mais ça ne nous empêche pas d'être bien équipés et vites sur nos patins. Vous savez comme moi qu'aujourd'hui, pour joindre la Capitale à partir d'ici, ça prend quasiment pas plus de temps que d'allumer une lumière. J'ai fait mes devoirs et je sais que vous n'êtes pas une touriste ordinaire, « lieutenant » Julie Juillet !

Julie Juillet avala de travers.

— Je ne suis plus dans la police depuis des années, essaya-t-elle.

— Je sais ça aussi, mais la police, c'est un peu comme la pègre, on n'en sort jamais définitivement. Et d'une police à une autre, je vous demande de collaborer. Qu'est-ce que vous êtes venue faire par ici ?

Julie Juillet avait fini son sandwich, vidé son verre de lait, elle n'avait plus rien pour s'occuper les mains et la bouche. Elle regretta un instant d'avoir à tout jamais cessé de fumer. Elle se sentait comme une petite gueuse prise dans ses menteries. Elle demanda du café et sortit un comprimé d'ibuprofène, car les douleurs recommençaient. Jack Bond ne la quittait pas des yeux. Il avait l'intention de ne plus rien dire avant qu'elle se décide à parler.

— Je vais collaborer, bien sûr, mais est-ce que je peux vous demander de patienter un peu ? Croyez-moi, je ne suis pas ici pour mon bénéfice personnel. J'ai accepté, à tort sans doute, de rendre service à une… connaissance, qui s'est mise dans une situation extraordinairement délicate — mais je ne protège pas des criminels, croyez-moi. Dès mon retour dans la Capitale, je vais parler à des gens et… à la police, parce que là-bas aussi, il y a une enquête à mener. C'est une grosse affaire, bien plus grosse que je ne le pensais.

— Quel genre d'affaire ?

— Je vous en prie, soyez patient. Je vous promets que d'ici deux jours, vous saurez tout… enfin, tout ce que je sais. Je vous demande cela pour des raisons… des raisons humanitaires.

Le lieutenant Jack Bond conserva son mutisme un long moment, puis, après avoir passé la main dans sa chevelure blanche et rajusté sa position sur sa chaise, il dit :

— Nous pourrions exiger que vous demeuriez à notre disposition, à Middleton.

— Pourquoi donc ? C'est peut-être un drôle d'accident, n'empêche que je reste la victime. Si je ne porte pas plainte, sur quoi pouvez-vous enquêter ?

— C'est encore un peu plus compliqué que vous pensez. Ce n'est pas la police qui a trouvé votre char, mais les pompiers !

— Les pompiers!?

— Oui. Vous avez eu votre « accident » juste en face d'une clinique médicale, la East-Middleton Clinical. En tout cas, c'est ce qu'il y avait d'écrit sur la porte, parce que personne dans la région n'est jamais allé là. Toujours bien que cette drôle de clinique vient de passer au feu.

— Quoi!

— Rasée! Il ne reste rien. C'est sans aucun doute un incendie criminel.

— Vous ne pensez quand même pas que j'ai...

— Vous? Non. Mais convenez que vous êtes au moins un témoin important!

— Oh! sainte-poche! soupira Julie Juillet.

— Ouan... Maintenant, écoutez: nous ne voulons pas vous retenir. Vous êtes peut-être en danger, ici. Nous allons même vous accompagner à l'aéroport. Vu que vous êtes quand même une collègue, je vais vous faire confiance pour la suite, à la condition que vous répondiez tout de suite et franchement à une dernière question.

— Vous avez ma parole.

— Ça fait longtemps qu'on court après un homme, et si on avait juste un témoignage, le vôtre, comme quoi il pourrait être impliqué dans l'incendie criminel, ça nous aiderait beaucoup.

Il sortit de sa poche une photo et la déposa sur la table.

— Avez-vous déjà rencontré cet homme?

Julie Juillet fit une moue de dégoût.

— Je l'ai rencontré, en effet.

— Vous êtes formelle?

— Que oui! Comment avez-vous établi le rapport?

— C'est simple. Tout le monde sait, dans le coin, que c'est lui qui entretenait la clinique, et le Sierra lui appartient.

— Vous l'avez arrêté?

— Non. Il est sorti en mer de bonne heure à matin. Son *truck* est au quai, bien magané sur le devant. C'est un homme très dangereux; il se fait appeler le Shark, ce qui veut dire...

— Le requin, je sais...

Debout sur le pont de son bateau, le Shark protégeait son œil de sa main pour bien voir le canot à moteur qui s'approchait.

Il était épuisé et en même temps enragé, pris à attendre les ordres alors qu'il n'avait qu'une envie, attraper la salope qui lui avait fait ça et en faire de l'aboite à homard. Quand il s'était résigné à laisser la bonne femme dans le champ, il avait roulé en vitesse et d'une seule main jusque chez lui. Sa blonde, rendue sourde aux méchancetés qu'il lui crachait sans répit tout au long de l'opération, grâce aux vertus d'un cocktail vodka-cocaïne, lui avait appliqué des compresses avec une douloureuse maladresse. Il avait ensuite téléphoné à ses patrons qui lui avaient donné l'ordre de les attendre au point habituel. Après, sa blonde l'avait conduit à l'urgence de l'hôpital où il avait raconté qu'il s'était accroché dans une cage à homards. On avait replacé son œil et cousu les plaies. On n'avait pas pu lui dire, par contre, ce que vaudrait cet œil une fois guéri. Lui qui avait imposé sa loi à coups de batte dans toute la région, se faire éborgner par une femme ! Il enrageait. Et cette attente qui n'en finissait plus ! Sans oublier que ses cages à homards restaient au fond de l'eau. Il perdait de l'argent ! Le pire, il avait une soif du maudit ! Il n'avait pas eu le temps de prendre de la bière et n'avait rien d'autre à boire que l'eau plate de la réserve.

Enfin, ils arrivaient. Dans deux heures, il serait à terre.

Ils étaient trois à bord d'une embarcation rapide, bien différente de son bateau de pêche à moteur diesel. Il reconnut tout de suite Smith, avec qui il faisait toujours affaire, ainsi que le pilote. Il voyait le troisième homme pour la première fois.

Quand les deux bateaux furent à un mètre l'un de l'autre, le Shark lança un câble au pilote, qui l'attacha. Smith lui signifia qu'il désirait monter à son bord. Le Shark laissa tomber une échelle. Seul le pilote demeura dans le canot.

Smith était un homme grand, solide mais osseux, à demi chauve. Il portait toujours des lunettes de soleil. Malgré le temps doux et clair, il se serrait dans l'imper que le Shark lui avait toujours connu. Le troisième homme était attifé comme Smith. Il était plus court, plus large et portait un chapeau, de même qu'un foulard qui lui cachait le bas du visage. Il avait des yeux noirs que le Shark n'aima pas. Dépourvus de cils et de sourcils, ils avaient quelque chose d'inhumain. L'homme montait peut-être dans un bateau de pêche pour la première fois de sa vie, car il ne faisait que scruter la mer, les mains dans les poches, complètement indifférent au Shark, qui s'en offusqua un brin.

— Qui c'est, lui? demanda-t-il en anglais à Smith.

— C'est Greifen... un stagiaire! répondit Smith dans la même langue, en dévoilant, par un large sourire, sa dentition jaunâtre.

Le Shark ne saisit pas la plaisanterie. Il enchaîna:

— Alors, qu'est-ce qu'on fait?

— Toi, rien, répondit Smith, et nous, tu es mieux de ne pas le savoir.

— Vous ne m'avez pas fait attendre toute la journée rien que pour me dire ça!

— Le temps que tu attends n'est comptabilisé nulle part. Par ailleurs, quand on fait une gaffe, on est mal placé pour se plaindre du temps que les autres mettent à la réparer.

— J'ai fait une gaffe, moi?

— En fait, non... plusieurs gaffes. D'abord, tu étais chargé de protéger la clinique, et tu laisses quelqu'un entrer...

— Eh! Je ne pouvais quand même pas...

— Ta gueule quand je parle!

Smith savait se montrer tranchant.

— Pour compléter le tableau, tu la laisses s'échapper. Heureusement, on a récupéré les bandes vidéo. L'image n'était pas très nette, mais on a trouvé dans nos dossiers une photo qui lui ressemble.

Smith tira ladite photo de la poche intérieure de son imper.

— Est-ce que c'est elle?

Il y avait deux femmes sur la photo, assises face à face. L'une était blonde et très jolie, l'autre, avec des lunettes, plutôt quelconque.

— On parle de celle de gauche, précisa bien inutilement Smith.

— C'est elle, affirma le Shark.

— Tu es sûr?

— Oui. Qui est-ce?

— Nous n'en savons rien encore, mais nous connaissons l'autre. De toute façon, tu n'as plus rien à voir avec elle.

— Je pourrais l'attraper, si elle est encore dans le coin.

— Non. Tu vas disparaître pour un certain temps.

— Oh! Combien de temps? J'ai d'autres affaires, moi, les homards…

— Ne t'en fais pas. Tu avais la responsabilité de la clinique. Il n'y a plus de clinique. Tu peux donc partir tranquille.

— Partir où? Combien de temps?

— Tu as des couchettes sur ton bateau?

— Oui.

— Cette porte?

— Oui…

Smith montrait une porte basse à l'intérieur de la cabine de pilotage, à côté du siège du capitaine. Il l'ouvrit et pencha la tête. Il y avait en effet quatre couchettes rivées aux parois internes de la coque.

— Oh! Qu'est-ce que c'est que ça? fit-il, brusquement étonné.

— Quoi donc! répliqua le Shark.

— Regarde!

Intrigué, le vilain personnage qui avait voulu tuer Julie Juillet se pencha dans l'ouverture. Il ne vit pas le troisième homme s'approcher subrepticement derrière lui. Avec la vitesse d'un prestidigitateur, Greifen sortit la main droite de sa poche, la passa sous le menton du Shark et la retira vivement. À peine le Shark s'apercevait-il qu'il se passait quelque chose qu'il ressentit une violente brûlure à la gorge. Il voulut crier, mais l'air lui manqua. Il se mit à avaler et à cracher en même temps. Ses poumons s'obstruèrent. Il eut l'impression de vomir sa vie en plongeant dans le vide.

Il tomba lourdement et s'agita encore un moment, comme un poisson, dans son sang qui se répandait au fond de la cabine. Peut-être entrevit-il, en se retournant une dernière fois, le troisième homme qui apparut dans l'ouverture. Il essuyait, avec un mouchoir foncé, une énorme griffe courbe qui constituait l'essentiel de son majeur et qu'il brandissait comme s'il adressait une ultime injure à sa victime agonisante.

Greifen descendit ensuite quelques marches et, indifférent au pêcheur qui achevait de crever, sortit un pistolet et vida le chargeur dans la coque. Aussitôt, des jets d'eau jaillirent comme d'une fontaine. Pendant ce temps, Smith ouvrait les soutes attendant des homards qui ne viendraient jamais, et tirait dedans de la même manière, avec le même résultat.

Quand son chargeur fut vide, il fit signe à l'autre de quitter le bateau.

Le pilote de leur embarcation n'avait pas arrêté les moteurs. Dès qu'ils furent à bord, ils s'éloignèrent puis s'immobilisèrent.

Ils s'assirent et s'armèrent de patience. Le bateau calait lentement. Le soleil déclinant était magnifique. Il n'y avait pas la moindre embarcation indésirable en vue.

Quand les dernières bulles indiquèrent que le Shark avait coulé dans son dernier repos, Smith dit, partiellement satisfait :

— Bon, une chose de réglée. Maintenant, qu'est-ce qu'on va faire avec ces femmes ?

— Tu devrais peut-être en parler au docteur, dit le pilote.

— Pas pour le moment. J'aime mieux qu'il reste dans ses laboratoires. On va avoir beaucoup de travail : il faut remettre le système en état de fonctionner dans les plus brefs délais. Une chose est certaine, on va continuer plus que jamais à suivre les clients après les ventes, parce que ce coup-là, on ne l'a pas vu venir. Au moins, on sait d'où il vient. Le rapport avec la femme qui a rendu visite à Gerry Pleau est évident. Sa description concorde. Il a eu raison de se méfier mais, malheureusement pour lui, il est brûlé maintenant.

— Penses-tu qu'elle va laisser tomber ?

— Oh oui ! Nous allons l'aider. Nous allons lui faire comprendre qu'il faut toujours respecter scrupuleusement ses engagements. Aux dernières nouvelles, le bébé que nous lui avons vendu se portait très bien…

Chapitre IV

Différentes manières de
se débarrasser de témoins gênants

L E DIMANCHE, le premier vol en direction de la Capitale décollait de Middleton à neuf heures et, par le jeu du décalage horaire, arrivait à destination presque à la même heure. Julie Juillet était à bord. Chemin faisant, l'avion rencontra une dépression qui venait de l'ouest et le monde entier disparut dans des limbes grisâtres, en harmonie parfaite avec l'humeur de la passagère.

La veille, elle avait téléphoné à Thui. Carl était avec elle. Philo l'avait amené le matin même et lui avait demandé de le garder jusqu'à ce que sa mère revienne. De la bouche de Carl, elle avait appris qu'ils étaient bien allés à la pêche, comme elle en avait eu l'intuition. Carl lui avait raconté en détail comment ils avaient attrapé deux perchaudes. Il ne comprenait pas pourquoi on les appelait comme ça car elles étaient bien froides. Son père n'avait pas pu le lui expliquer parce qu'il riait trop. Il n'était pas offusqué de l'avoir fait rire parce que le reste du temps, papa avait l'air triste. De toute façon, ils avaient remis tous les poissons à l'eau. La seule chose que le garçon n'avait pas appréciée, c'étaient les maringouins. Bien sûr, il s'ennuyait de sa mère. Elle eût sauté en parachute pour arriver plus vite à Saint-Bertrand quand l'avion survola la banlieue sud avant de descendre sous le couvert de nuages et de se poser, dans une pluie abondante, à l'aéroport régional. Il fallait pourtant qu'elle parle d'abord à Chantal, qui l'attendait.

Il arrive que le mauvais temps soit providentiel. S'il avait fait beau, Thui aurait été dans le jardin avec les enfants, avec sa mère aussi, qui n'aurait pas trompé la monotonie en amputant les ramures improductives des plantes suspendues devant la fenêtre panoramique. Elle n'aurait donc pas remarqué cette voiture inconnue avec deux hommes dedans, arrêtée juste devant la maison. La vieille femme avait suffisamment vécu de malheurs dans sa vie pour que sa méfiance ne s'endorme jamais. Elle alla immédiatement fermer et verrouiller la porte coulissante. Ensuite, elle revint vers l'avant. Sa méfiance disparut presque. Les deux hommes, qui empruntaient l'allée, portaient complet et cravate, avec imperméable, et tenaient un porte-documents à la main. Elle ne les connaissait pas, mais leur allure lui était familière : c'étaient des Témoins de Jéhovah en devoir. Bien que rien n'indiquât que le temps allait s'éclaircir, la pluie venait de s'interrompre. La mère de Thui, dont ce n'était pas dans les manières de se montrer aux fenêtres, les observait en retrait derrière les rideaux ajourés. Au lieu de tourner sur le sentier de pierres plates qui menait de l'allée à la porte, ils continuèrent et disparurent sur le côté, comme s'ils voulaient se rendre dans le jardin. Cela ne surprit la vieille qu'à demi, car les Témoins de Jéhovah avaient leurs entrées chez elle.

Vieille et affaiblie, isolée dans la banlieue, elle ne sortait guère, encore moins depuis « l'accident » qui avait rendu sa fille paraplégique. Dans ces conditions, la visite des Témoins de Jéhovah constituait une sorte de collation spirituelle. Elle n'avait nulle envie de se convertir. Toutefois, sa culture bouddhiste l'avait habituée à prêter respectueusement l'oreille à tous les messages religieux. Elle les écoutait donc et il était bien malaisé de savoir si elle approuvait, désapprouvait ou même comprenait. L'été, ils venaient directement frapper à la clôture du jardin. Mais aujourd'hui, avec ce temps, fallait-il qu'ils soient bêtes !

Elle cria pour prévenir sa fille que les Témoins allaient sonner à la porte. Thui, à ce moment-là, travaillait dans sa pièce au sous-sol, son domaine. Elle y faisait tout sauf dormir (il y avait même une salle de bain complète adaptée à sa condition). Là étaient installés sa bibliothèque et ses ordinateurs, de même qu'un banc de musculation. Elle s'entraînait plusieurs fois par jour pour fortifier ses muscles valides. Elle avait une patience d'univers et une inébranlable conviction : tôt ou tard, elle vaincrait l'entropie et l'énergie vitale déferlerait à nouveau dans ses jambes.

Thui cria une réponse à sa mère, puis se concentra sur son clavier. Quand elle travaillait, elle devenait comme un bibelot ; parfaitement immobile, on ne voyait, en contre-jour de la lueur de l'écran, que sa longue et lisse chevelure de jais retenue par une large broche en imitation de nacre. Grâce à l'Internet, elle avait pu reprendre ses études et son travail – dans son cas, les deux se confondaient. Le matin même – pas de dimanche pour les chercheurs ! – un collègue de l'université lui avait transmis une équation à propos de laquelle il voulait au plus tôt un avis préliminaire. Elle était en train de le rédiger, tandis que Carl et Léa, habitués à ne pas la déranger quand elle travaillait, jouaient tranquillement, assis à leur table d'enfants, avec les animaux d'une ferme miniature. Quatre ou cinq fois la minute, Thui entendait un beuglement de bovin qui indiquait que la porte de la grange venait de s'ouvrir. Sans regarder, elle savait que tout se passait bien.

En haut, sa mère vit les deux hommes revenir et s'engager sur le sentier de pierres plates. Une intuition ranima sa méfiance. Elle cria à sa fille de jeter un coup d'œil.

Comme on entendait le carillon, Thui déplaça son fauteuil roulant jusque sous les fenêtres, par lesquelles elle voyait les visiteurs en contre-plongée. En fait, elle ne voyait qu'un visiteur et demi, celui qui sonnait étant coupé de moitié par le châssis. Ce fut suffisant pour établir hors de tout doute qu'il ne s'agissait pas de Témoins de Jéhovah puisque, d'humaine mémoire, on n'avait jamais vu de Témoin mâle portant une queue-de-cheval ! Or, celui des deux hommes qui attendait en retrait en avait une qu'il avait maladroitement dissimulée dans son imperméable. Cette hypocrisie n'annonçait rien de bon. Thui cria à sa mère d'attendre. Elle l'entendit qui manœuvrait la serrure. Son inquiétude devint de la crainte.

Quand elle passa les tourniquets et rejoignit Chantal, qui lui faisait de grands signes bien qu'il n'y eût que fort peu de monde, Julie Juillet ne savait toujours pas comment lui présenter les choses. Elle n'eut cependant pas à chercher : pour le genre d'exposé qu'elle avait à faire, son visage tuméfié et sa démarche de guingois constituaient une excellente entrée en matière.

Elles se dépêchèrent de se rendre à la voiture, plus ou moins à l'abri sous le parapluie de Chantal, puis quittèrent l'aéroport rapidement. Julie Juillet, méfiante, tourna plusieurs fois la tête pour s'assurer que personne ne les suivait. Elle se sentait un peu ridicule : comment aurait-on pu la retracer ? Elle avait pourtant bien l'intuition d'un danger.

Elles s'arrêtèrent au *Pickel's* de Saint-Bertrand, installé dans une aire de divertissement qui comptait un cinéma, une salle de quilles, des bars… et un exemplaire d'à peu près tout ce qui se fait comme chaîne de restauration. Bref, un endroit parfaitement anonyme où les seuls risques qu'on y courait refroidissaient dans les assiettes.

Il y avait beaucoup de monde. La journée, qui s'annonçait perdue pour les activités extérieures, était propice à cette mode qui sévissait depuis quelques années : profiter du dimanche matin pour amener la famille s'empiffrer à peu de frais. D'abord plutôt agacée par l'insignifiance de ce monde d'enfants gâtés, Julie Juillet apprécia bientôt cet entracte. De toute façon, elle n'aurait pas pu goûter pleinement la joie de retrouver Carl sans avoir réglé la question avec Chantal. Elle commanda même des œufs au bacon.

Chantal se sentait coupable de ce qui était arrivé à son amie. Rien de ce que celle-ci pouvait lui dire ne soulageait sa conscience. « Si j'avais su… » répétait-elle constamment, à mesure que Julie Juillet lui rapportait les faits marquants de son voyage, en évitant pourtant de s'attarder sur les péripéties les plus violentes.

— Quelle force, quel courage il t'a fallu pour marcher toute une nuit, avec une jambe amochée, sans savoir ce qui t'attendait au bout du chemin ! Jamais je n'aurais pu faire ça.

— C'est à voir ! Il ne faut pas autant de courage qu'on pense... c'est-à-dire qu'il en faut, mais il vient par la force des choses. Oui, tu es toute seule, perdue, blessée, découragée, bref, dans la merde jusqu'au menton. Par contre, il n'y qu'une seule chose que tu puisses faire et que tu doives faire : te relever et marcher. C'est pour ça, je pense, qu'ils me cassent les pieds, tous ces escaladeurs d'Everest, avec leurs « exploits » : la vie est facile quand tu n'as que deux choix, monter ou descendre. Ça me rappelle une phrase que j'ai lue dans une « défense et illustration » du masochisme : « Tu ne te poses plus de questions quand tu es toi-même en question... » ou quelque chose comme ça. Non, crois-moi, le vrai courage, Chantal, c'est d'avancer même si on n'est jamais sûr de faire ce qu'il faut, quand ce n'est pas seulement soi-même qui est en question, mais le bien ou le mal qu'on peut faire aux autres, quand il n'y a ni sommet ni rivage à atteindre, rien que d'autres montagnes encore et d'autres mers... De ce courage-là, c'est maintenant qu'il va nous en falloir, et pas rien qu'un peu.

Julie Juillet disait tout cela en mangeant ses œufs, et le fait même de manger à ce moment-là était une illustration de son propos. Il fallait prendre des forces pour continuer. Chantal, les yeux dans son café, n'affichait aucune intention de parler.

— Je ne rapporte pas grand-chose comme information. Tout de même, nous savons qu'il s'agit bien d'une organisation puissante, prête à tout. Déjà, la fausse clinique a été détruite. Les décombres ne révéleront pas le moindre indice. Ce Shark, lui, par contre, n'est qu'un tâcheron. Il est évident que, au-delà de la revente de drogue, il n'a pas d'aptitudes pour le commerce, surtout pas celui d'enfants. Je ne serais pas surprise qu'il ne connaisse même pas ses vrais patrons. La justice de là-bas va peut-être réussir à le coffrer pour incendie criminel, ou même pour tentative de meurtre, mais il ne nous mènera certainement pas à l'échelon supérieur. On aura peut-être de meilleurs résultats avec ce dégénéré de Gerry Pleau. Il faudra cependant employer l'artillerie lourde, tu comprends ?

— Je pense que oui...

— Je suis coincée! J'ai promis — est-ce que j'avais le choix? — à ce Jack Bond de collaborer. Il faudra bien que je lui explique ce que je suis allée faire dans la région de l'Atlantique!

— Il n'y a pas que ça. D'abord, tu as déjà trop donné. Je ne veux plus que tu coures de risque. Tu as fait pour moi infiniment plus que ce que mérite notre amitié. Jamais je ne pourrai te rendre la pareille, je suppose.

— Tu ne me dois rien, Chantal, compris? Ne te sens jamais redevable envers moi, c'est la seule façon de me remercier.

— Je vais essayer. Ce qu'il y a surtout, c'est que je dois tout révéler à la police. Je ne peux plus vivre avec un tel secret. Tu as risqué ta vie et il y en a d'autres en jeu. Ça va être extrêmement difficile pour moi, mais c'est secondaire. Si je n'avais pas accordé tant d'importance à ma carrière, je n'en serais pas là. Ce ne sera qu'un juste retour des choses. C'est de Léa d'abord et avant tout dont je me préoccupe. J'ai réfléchi. Quelle que soit son histoire, c'est une enfant mineure. La divulgation de son identité est interdite par la loi, la mienne aussi par conséquent. Si quelqu'un du milieu découvrait le pot aux roses, il n'aurait pas le droit de le dire. Les journalistes d'ici se conforment volontiers à cette exigence de la loi, jusqu'à maintenant du moins. Le risque est moins grand que je ne l'avais d'abord évalué. Par contre, si on n'arrête pas ces criminels, qui sait si une autre copie de ce maudit film ne refera pas surface un de ces jours? Suppose que Léa en ait connaissance! Tu imagines le choc, et la douloureuse explication que je lui devrais! Non, je dois renoncer à laisser Léa croire que je suis sa mère biologique. J'ai du temps pour chercher la bonne manière de lui révéler la vérité. Pour le moment, elle n'a pas à être ennuyée; elle ne peut rien apprendre à personne.

— Peut-être faudra-t-il prélever un peu de son sang, s'il y a des analyses d'ADN à effectuer. C'est désagréable, mais c'est peu de chose.

— J'aurais dû faire comme ça tout de suite. Quand je pense à ce qui t'est arrivé…

— N'y pensons plus, justement. D'ailleurs, dis-toi que la décision d'entrer par effraction dans cette clinique, je l'ai prise toute seule, en pleine connaissance de cause. C'était une décision imprudente, imputable à des pulsions que j'ai et que je ne comprends pas toujours très bien.

— Je t'en prie, Julie! Ce n'est pas en t'accablant que tu vas me faire sentir moins coupable.

Chantal se tut d'un coup, fixant le vide d'un regard plein de tristesse.

— À quoi penses-tu? demanda Julie Juillet.

— À ce qui me fait le plus peur. Crois-tu qu'on pourrait me retirer Léa?

— Sans être avocate, je ne vois pas pourquoi on ferait ça. On retire un enfant à sa mère quand son intégrité physique ou morale est en jeu, ce qui n'est évidemment pas le cas. D'ailleurs, si tu veux, je vais m'occuper de négocier les conditions avec Duchaussois. Il a l'air formaliste, comme ça, mais il est humain et il a un bon jugement. Avant d'entreprendre quoi que ce soit, il faut cependant que tu sois bien certaine de ce que tu veux, parce qu'une fois le processus enclenché, il n'y aura plus moyen de l'arrêter.

— Oh oui! Si j'avais eu encore des réticences, je les perdrais rien qu'à te regarder. Qui nous dit qu'ils ne vont pas se mettre à tes trousses pour te faire du mal? Moi-même, je me sens nerveuse. Ce matin, après avoir laissé Léa chez Thui, je me suis mise en tête que j'étais suivie par une voiture.

— Quoi?

— Oh! ce n'était qu'une illusion. Quand j'ai tourné le coin, j'ai vu dans le rétroviseur une voiture avec deux hommes dedans. J'ai vraiment eu l'impression qu'elle était arrêtée et qu'elle s'est remise en marche comme j'allais tourner le coin suivant. En tout cas, je les ai eus dans le rétroviseur jusqu'à l'autoroute. Quand j'ai accéléré, ils n'ont pas réagi, je les ai perdus.

— Tu es sûre?

— Oui. Dans le dédale qui mène à l'aéroport, je les aurais aperçus dix fois s'ils avaient été là.

— Sans doute, en effet. C'est drôle quand même, tantôt, j'ai ressenti quelque chose, mais nous n'étions pas suivies, j'en suis certaine. Pourtant, cette sensation de danger…

— À moins que…

— Mon Dieu, Chantal! Si…

Chantal réagit promptement. Elle prit son téléphone dans son sac et composa le numéro de Thui. Son visage se crispa dans une angoisse grandissante puis, écartant le téléphone, les lèvres tremblantes, elle articula :

– La communication n'a pu être établie !

– Allons-y vite !

Les êtres qui se savent vulnérables compensent souvent par la vitesse de réaction. Le premier réflexe de Thui fut de mettre les enfants à l'abri. Où ? La salle de bain. Ce n'était certes pas l'idéal, mais c'était mieux que le placard. Elle leur chuchota l'ordre de cesser leur jeu et de faire très exactement ce qu'elle leur demandait. Bien qu'elle n'élevât jamais la voix, n'utilisât jamais ni menace ni contrainte physique, elle savait se faire obéir.

– On joue à cache-cache ! leur répéta-t-elle en les faisant asseoir sur le siège installé dans la cabine de douche pour qu'elle puisse s'en servir sans aide.

– Ne bougez pas tant que je ne viendrai pas vous chercher, même si vous entendez du bruit.

Pas tellement convaincus qu'il ne s'agisse que d'un jeu, les enfants se serrèrent en gardant le doigt sur la bouche.

Thui tira la porte de la cabine et ferma celle de la salle de bain, des opérations qu'elle était habituée d'effectuer aussi aisément qu'une personne sans handicap. Elle entendit sa mère parler en haut de l'escalier. Pour la rejoindre, ce qu'elle aurait bien voulu faire, il lui aurait fallu prendre une béquille, sortir de la pièce puis, s'agrippant à la rampe, se hisser de marche en marche – c'était toujours comme ça qu'elle passait d'un niveau à l'autre (elle avait deux fauteuils roulants) – mais elle aurait été plus nuisible qu'utile si ces gens étaient vraiment animés de mauvaises intentions. Se résignant à abandonner sa mère, elle ferma doucement la porte de la pièce et roula à pleine vapeur décrocher le téléphone. La ligne était morte !

Le rythme de son cœur passa au mode Alerte ! L'ordinateur ! Il était branché sur le câble. Vite, elle tapa : « SOS - SUIS EN DANGER - MATHIEU, APPELLE POLICE SVP ! », ajouta son adresse civile et envoya le message. Mathieu était le collègue avec lequel elle était en communication. Il y avait bon espoir qu'il fût à ce moment même en train d'attendre sa réponse. Des bruits préoccupants provenaient d'en haut. Elle fit à toute vitesse l'inventaire des ressources défensives dont elle disposait.

En haut, sa mère avait ouvert, sans toutefois retirer la chaîne de sûreté, qui était d'une confection particulièrement robuste.

« Avez-vous peur des aliments transgéniques ? » lui demanda celui des deux hommes qui avait sonné.

Déjà, c'était suspect. Ses Témoins à elle la connaissaient et l'abordaient directement. Quand on lui en envoyait des nouveaux, on les mettait au parfum. Ceux-là n'étaient pas aussi propres, aussi bien rasés que de coutume. La vieille femme fit non de la tête et poussa la porte. Un pied l'empêcha de la fermer. Cette fois, aucun doute, c'étaient des imposteurs.

– Laissez-nous entrer ! Nous voulons seulement vous parler du Royaume des Cieux ! insistait l'homme tandis que la vieille poussait de toutes ses menues forces.

La chaîne ne cédait pas. L'imposteur à la queue-de-cheval jugea alors que c'en était assez. Après s'être assuré que la rue était déserte, il fourra la main dans son porte-documents.

– Acceptez au moins qu'on vous laisse de la lecture !

Sa main ressortit aussitôt, non avec un dépliant, mais armée d'un énorme pistolet prolongé d'un silencieux. Il appliqua le canon sur la chaîne et tira. La chaîne claqua, la porte s'ouvrit, projetant durement la mère de Thui dans l'escalier.

Les deux hommes entrèrent dans le vestibule, qui était aussi le palier intermédiaire, face à l'escalier en deux parties, une qui montait vers la cuisine, le salon et les chambres, l'autre qui descendait vers le sous-sol. Un des malfaiteurs referma la porte avec le pied, l'autre saisit la vieille par le bras et serra.

– Où est la petite fille ?

– Attention à ton *gun* ! lui enjoignit son complice. Ils ont dit qu'ils voulaient pas de sang !

– Où est la 'tite fille, câlice !

La vieille faisait la sourde. Le premier homme leva la tête. En haut de l'escalier, derrière la rampe en bois verni, il y avait, juste à côté du second fauteuil roulant de Thui, un tricycle. Il en déduisit que la fillette était en haut.

— Tiens bien la vieille, dit-il à son complice. Je vais chercher la petite.

— On devrait plutôt lui donner un coup de chloroforme, pour l'endormir, non ?

— Pas tout de suite, tu feras ça quand j'aurai la marchandise en main. Fais gaffe de pas lui faire sauter la patate !

— Fais attention, toi aussi.

— Hé ! une handicapée ! Du bonbon !

Il monta et avança sur la pointe des pieds dans la direction des chambres. Il sursauta quand la mère de Thui cria quelque chose en vietnamien que seule sa fille fut en mesure de comprendre. Une grosse main s'abattit aussitôt sur la bouche de la vieille femme et y demeura. Le kidnappeur revint bientôt, bredouille. Il descendit l'escalier et passa sans rien dire devant son complice, jugeant inutile d'interroger de nouveau la vieille femme. Si l'enfant et la gardienne n'étaient pas en haut, elles étaient forcément en bas !

Au sous-sol, justement, Thui n'avait pas perdu une seconde. Elle connaissait l'ampleur du danger, car la balle qui avait fait sauter la chaîne de sûreté avait ensuite défoncé la cloison et écorché le plafond de sa pièce pour enfin s'incruster dans une des solives apparentes. La jeune Asiatique, prévenue par sa mère qu'il y avait deux ravisseurs et que l'un s'en allait en haut, avait pu suivre au son les déplacements de celui-ci à travers la maison, tandis qu'elle se préparait dans une précipitation parfaitement contrôlée.

Quand le ravisseur arriva à la porte de la pièce, elle l'attendait de l'autre côté, contre le mur et de pied ferme, si l'on peut dire. Elle avait bloqué les roues de son fauteuil et tenait dans ses mains, posé sur ses cuisses insensibles, un carré de métal pesant neuf kilogrammes, qu'elle avait pris dans la réserve de poids de son banc de musculation. Elle inspirait et expirait avec une rigoureuse régularité et concentrait ses forces.

Elle entendit la poignée tourner et la main s'agiter vainement. La porte était calée avec la table d'enfant renversée.

— *Shit!* fit distinctement le truand. Ouvre ou bien je défonce !

Thui ne modifia pas le moindrement le rythme de sa respiration. Le sol étant recouvert d'une moquette rase, la table en plastique recula à chaque poussée et, comme l'homme eut la présence d'esprit de refermer un peu entre chaque coup d'épaule, au quatrième, la table, qui était ronde, roula sur le côté. Thui leva les bras.

Entraîné par sa dernière poussée, l'homme fit irruption dans la pièce, la main sur la poignée de porte pour se retenir. Thui avait tiré les rideaux et, dans la pénombre, l'intrus ne l'aperçut pas tout de suite. En fait, il ne la vit pour la première fois qu'un peu plus tard car Thui, elle, la tête penchée, discerna clairement dans la lumière provenant du vestibule le pied qu'elle visait. Elle projeta le poids avec toute la force de ses bras, décuplée par la gravité. Un effroyable craquement annonça qu'elle avait atteint son but, fait confirmé par un hurlement à faire éclater les vitres.

L'homme leva le pied et bascula contre la porte, sans cesser de hurler. Avant qu'il eût compris ce qui lui arrivait, Thui amorçait la phase deux de son plan. Elle saisit sa béquille et s'en servit comme d'une pique pour frapper l'homme à la fourche dans un premier temps puis, l'ayant ainsi fait se pencher, visa la gorge, sans interrompre le mouvement, de manière à le repousser au pied de l'escalier, d'où il venait. Il ne hurlait plus : il émettait, en se tordant sur le sol, une sorte de gargouillis.

Thui n'avait pas de temps à perdre à contempler les fruits de son ingéniosité. Elle débloqua les roues de son fauteuil et recula pour se placer face à la porte qu'elle avait refermée d'un coup de béquille. Elle prit sa seconde béquille, au bout de laquelle elle avait fixé, avec du ruban adhésif, la pointe de son compas, un Staedler haut de gamme qui lui avait coûté vingt-cinq dollars. Elle aurait pu recourir à cette arme dangereuse pour contrer le premier assaut, mais son bricolage n'était pas garanti pour beaucoup plus qu'un coup.

Elle entendit d'abord des éclats de voix. Quelques grossièretés qu'elle saisit clairement ne laissaient aucun doute sur la violente frustration de ceux qui les proféraient. Cela dura un moment d'une longueur qu'elle n'essaya pas d'évaluer, durant lequel elle s'appliqua à se détendre, les yeux rivés à la poignée de la porte, prête à réagir dès qu'elle bougerait, c'est-à-dire prête à frapper, sans s'affoler, avec précision, sans haine, sans colère, sans peur, prête à frapper pour la seule raison que c'était ce qu'il fallait faire pour se protéger, pour protéger les enfants qui lui étaient confiés et qu'elle aimait, pour protéger sa mère si elle était toujours vivante, frapper comme on frappe sur un clou.

La poignée tourna. Elle leva aussitôt les yeux, car cette fois c'était le visage qu'elle devait viser. Ses mains se crispèrent sur le tube d'aluminium, la pointe se dressa comme celle d'un missile, la porte commença à s'ouvrir. Thui inspira profondément, ses bras s'armèrent en reculant.

Elle retint son geste juste à temps. C'était sa mère qui apparaissait lentement dans l'embrasure, le bras du deuxième homme lui enserrant le cou.

— On se calme! On se calme, tabarnak!

Thui ne broncha pas. L'homme la craignait, c'était évident. Il était intimidé par son masque impassible de chasseresse devant la proie qu'elle s'apprêtait à harponner et, sans doute aussi, par ce qu'elle avait fait à son comparse. Il était sûrement armé. Et il tenait sa mère. Thui aurait pu attaquer: l'homme était plus grand et son visage bien dégagé, mais il aurait fallu peu de chose pour qu'elle atteigne plutôt sa mère. Son détachement n'allait pas jusqu'à prendre un tel risque.

Elle jeta tout de suite sa béquille, plutôt que de s'embarquer dans un bluff qui aurait poussé l'ennemi dans ses derniers retranchements.

— Bon! dit l'homme. Enfin raisonnable! T'es chanceuse, ma petite Chinoise, que c'est moi qui ai le *gun*, parce que si c'était lui, je donnerais pas cher de ta peau!

En effet, son complice, assis par terre, le dos au mur, se tenait le pied en regardant Thui avec des yeux déments, la bouche déformée par la douleur. L'homme s'activa tout de suite. Sans lâcher la vieille, il s'approcha de Thui, agrippa le bras de son fauteuil et, d'un geste brutal, le renversa sur le côté. Thui roula par terre en poussant un cri de douleur vite couvert par celui de sa mère. Puis il s'empara de la béquille, la leva et frappa durement le plancher jusqu'à ce que le compas ne représente plus aucun danger.

— Tiens! Essaye de te lever! dit-il à son comparse en jetant la béquille à ses pieds.

Puis, sans lâcher sa prise, il força la mère de Thui à se coucher à plat ventre. Il posa une main sur sa tête et amena son poignet dans son dos.

— Nos ordres sont de pas faire couler de sang, mais un bras cassé, ça saigne pas! C'est tellement difficile à réparer, à cet âge-là! Deux handicapées, ce sera pas facile à vivre!

La vieille femme retint un cri de douleur et dit quelque chose dans sa langue maternelle, probablement une incitation à sa fille de ne pas s'occuper d'elle.

— Où est la petite fille? On lui fera pas de mal, c'est promis. On veut seulement l'emmener faire un tour.

— Lâche ma mère! Elle ne sait pas!

— Toi, tu sais! Ou tu me le dis, ou je la démanche morceau par morceau.

Les cheveux défaits, le souffle court, les larmes aux yeux, Thui haletait de désespoir, comme une sirène arrachée à son élément. L'homme remontait, un centimètre à la fois, le bras de sa mère qui serrait les lèvres pour ne pas se plaindre. Thui souffrait sans doute plus qu'elle. Si l'homme s'en était pris à elle-même, elle aurait pu se défendre, elle avait encore une arme cachée, sa broche à cheveux, ouverte et enrobée de ruban adhésif, glissée dans le passant de son pantalon. Deux mètres la séparaient du tortionnaire, deux misérables mètres, ce qui représente pourtant une distance énorme quand on en est réduit à se traîner. Une rage profonde la submergea.

Et tout à coup, on entendit une voix claire qui appelait.

« Thui? »

Les enfants avaient été incapables de respecter la consigne jusqu'au bout! La clarté de la voix indiquait qu'ils avaient quitté la cabine de douche et qu'ils étaient derrière la porte. Qu'avaient-ils entendu? Allaient-ils ouvrir? Leur appel timide n'avait pas échappé à l'homme. Il sourit, puis repoussa la vieille.

— Tu bouges pas et ça va bien se passer, compris? lui dit-il, considérant que Thui était définitivement confinée dans un rôle de spectatrice.

Pour se rendre à la porte de la salle de bain, il évita tout de même de s'approcher d'elle et il fit bien, car elle l'aurait attaqué d'une manière ou d'une autre dès qu'il aurait été à sa portée. Il arrivait à la porte. En désespoir de cause, Thui fit tourner le bas de son corps, se planta sur les paumes de ses mains. Sans y avoir pensé, elle avait réussi à prendre la position d'une tigresse. Alors, puisque c'était tout ce qu'elle pouvait faire, elle se mit à rugir! Elle cria à l'homme qu'elle allait le tuer s'il touchait à un cheveu de Léa. Elle le fit avec tant de force que ce dernier, plutôt que de se moquer comme il aurait été en droit de le faire, tourna vers elle un regard apeuré. Consciente de l'effet qu'elle produisait, Thui en rajouta en feulant et en montrant les dents. Même sa mère se demanda si elle n'était pas en train de se métamorphoser en bête sauvage!

En effet, en une dizaine de secondes à peine, quelque chose d'extraordinaire se produisit! Thui, qui n'avait jusqu'alors pas le moindre souvenir du moment où on avait tiré sur elle, revit tout à coup, très clairement dans sa tête, la silhouette de Maryù Lassivilèch qui pointait l'arme. Elle revit l'éclair de la détonation. Elle revit la fenêtre volant en éclats. Elle sentit la première balle pénétrer sous son sein droit et ressortir. Elle sentit la deuxième arracher une côte et passer près du cœur. Elle sentit la troisième, surtout, s'enfoncer dans son ventre et percuter le bas de sa colonne vertébrale. Elle hurla à cette dernière explosion de douleur juste avant le néant, elle la sentit cingler à travers son corps, dans ses jambes, ses jambes… Ses jambes! Elle sentait ses jambes! Elle sentait ses jambes!!!

Elle bondit sur l'homme, bras devant, et le frappa en pleine poitrine. Complètement décontenancé, il perdit l'équilibre et se heurta violemment la nuque contre la bibliothèque. S'accrochant à son vêtement, Thui saisit sa broche et frappa d'un geste ascendant, sans trop savoir ce qu'elle visait.

L'homme poussa un cri dégoûtant. Thui se sentit projetée dans le vide. Elle aboutit au pied de son bureau. Sans se demander si elle avait quelque chose de cassé, elle essaya de se relever, mais ses jambes ne répondaient déjà plus. De toute façon, une vision stupéfiante l'arrêta net.

L'homme se tenait la gorge à deux mains, hurlait en crachant du sang et dansait comme un possédé. La broche avait pénétré sous la mâchoire, transpercé la langue et s'était plantée dans le palais.

Ainsi ferré, le bandit se démenait comme un brochet au bout d'une ligne.

La mère de Thui était déjà à la porte de la salle de bain, la main sur la poignée, prête à mourir plutôt que de laisser quelqu'un ouvrir. Heureusement, un cinquième personnage apparut pour mettre fin au danger : un agent de police qui, l'arme au poing, roulait de gros yeux incrédules.

La première chose que firent Julie Juillet et Chantal Mignonnet fut de rejoindre les enfants dans leur cachette où l'on voulait les confiner jusqu'à ce que les bandits fussent emmenés. Entre de longues et multiples embrassades, les mères durent improviser de laborieuses explications. Des voleurs poursuivis par la police avaient essayé de se cacher dans la maison. Ils s'étaient fait prendre. Les enfants avaient eu peur, mais ne paraissaient pas traumatisés, étant donné qu'ils n'avaient rien vu.

D'autres policiers, appelés par leur collègue, étaient arrivés presque tout de suite, avec les ambulances. Le premier policier avait été alerté grâce au courriel envoyé par Thui. Mathieu attendait en effet sa réponse et il avait lu l'étrange message. Connaissant assez la jeune scientifique pour savoir qu'elle n'aurait pas fait ça pour s'amuser, il avait aussitôt composé le 9-1-1. Par chance, une voiture patrouillait le secteur. (Intervention en cinq minutes ou moins garantie ! Après, c'est gratuit ! avait plaisanté l'agent.)

Naturellement, tout le monde était étonné de la manière dont Thui avait mis à mal les deux bandits. Elle aussi d'ailleurs. On insista pour l'amener à l'hôpital. Elle ne voulut rien entendre, elle n'avait que quelques contusions. Elle était épuisée. Ses jambes avaient retrouvé leur torpeur. Elle les sentait néanmoins toujours et elle entrevoyait maintenant le jour où elle pourrait marcher comme tout le monde.

On s'installa dans la cuisine pour prendre les dépositions. La mère de Thui, qui prétendait n'avoir même pas mal au bras, prépara du thé et chacun, sauf sa fille, se demandait s'il fallait lui envier son flegme ou la plaindre de son inconscience.

Chantal et Julie ramenèrent les enfants en bas et essayèrent de s'intéresser aux figurines qu'animaient leurs mains graciles. Les deux femmes parlaient peu, s'efforçaient de sourire. Une sorte de honte les habitait. Julie Juillet, surtout, se morfondait. Cette tentative d'enlèvement avait un goût de déjà vu. Elle s'était toujours reproché les balles qui avaient failli tuer Thui, tirées par Maryù Lassivilèch, sur qui elle enquêtait. Elle s'en voudrait plus encore d'avoir compromis à nouveau la sécurité de ceux qu'elle aimait car, cette fois, c'était bien sa propre témérité qui en était la cause. Comment imaginer que son intrusion dans la clinique d'East-Middleton et cette tentative d'enlèvement n'étaient pas directement liées ?

Au moment où elle songeait à la pénible explication qu'elle devait à son conjoint, la porte d'entrée s'ouvrit brusquement. « Carl ! » cria Philo. On entendit son pas qui grimpait l'escalier. « Papa ! » dit Carl en se levant pour aller à sa rencontre. Julie Juillet le retint doucement. Déjà, le pas redescendait à toute vitesse et Philo apparut. Le garçonnet s'échappa et courut dans les bras de son père.

— Papa ! Papa ! Il y a des méchants voleurs qui sont venus !

Philo, soulagé, serra longuement son fils dans ses bras avant de demander, en jetant à Julie Juillet un regard qui n'était pas exempt de reproches :

— Qu'est-ce qui s'est passé ?

Philo portait arme et uniforme. Il avait intercepté un premier message demandant une intervention d'urgence dans le secteur de Saint-Bertrand. Sa curiosité avait été piquée, sans plus. C'est au deuxième message, qui demandait du renfort et une ambulance, qu'il s'était inquiété. Il avait contacté le central pour savoir où, exactement, cette ambulance était demandée et – le choc ! – il avait reconnu l'adresse de Thui. Il avait aussitôt exigé de se faire relever sous prétexte qu'il se sentait mal. Dès qu'on lui avait confirmé qu'il était libéré, il avait foncé au poste et, en violation de la règle, avait sauté sans se changer dans sa voiture et quasiment volé jusqu'à Saint-Bertrand.

— Mais qu'est-ce qui s'est passé ? Veux-tu bien me dire ce qui t'est arrivé ? ajouta-t-il, apercevant avec un moment de retard les marques sur le visage de Julie.

Julie et Chantal avaient l'air de deux adolescentes prises pour expliquer à leurs parents comment elles avaient failli mettre le feu à la maison en fumant de la marijuana en cachette, et c'était bien comme ça qu'elles se sentaient.

– Allez-vous enfin me dire ce que vous tramez depuis trois jours ? insista Philo en haussant la voix.

– Oui ! dit Julie Juillet, se libérant en sursaut de la léthargie qui s'était emparée d'elle. Je vais tout t'expliquer en long et en large, quand nous serons rentrés à la maison.

Carl dormait tranquillement dans sa chambre. Il n'avait pas encore abandonné la sieste de l'après-midi. Ses parents avaient pris tout le temps pour l'apaiser, et s'apaiser eux-mêmes par la même occasion. Il y avait, dans cet accompagnement de l'enfant jusqu'à son sommeil, quelque chose de sacré. C'était un rite de réconciliation avec la vie, car un enfant ne dort bien que s'il se sent en confiance.

Dans la cuisine, cependant, la sourde tension qui défaisait l'harmonie du couple depuis plusieurs jours prit toute la place. Malgré l'heure, Julie avait senti le besoin d'un verre de porto. Philo avait accroché ses outils de travail à la patère de l'entrée, sans retirer son uniforme. Il comptait retourner au poste en fin d'après-midi pour régler les formalités de son départ hâtif. Peut-être recevrait-il une réprimande pour n'avoir pas déposé son matériel. Comme son dossier était par ailleurs impeccable, ce n'était pas si grave. Il avait devant lui un litre de jus de fruits pour faire passer les épisodes les plus durs.

Julie commença par le commencement. Bien que rien n'en fût encore connu du grand public, l'histoire de la mort du juge avait circulé de bouche à oreille dans les vestiaires des postes de police. Les détails que Julie lui révéla révoltèrent évidemment Philo, puis il passa à une multitude de sentiments plus complexes quand il apprit le rapport renversant entre cette affaire sordide et la fille de Chantal. Julie lui raconta, sans rien omettre, sa visite chez Gerry Pleau et même son entretien avec Loulou Sky. Elle lui raconta son voyage à

East-Middleton et comment elle avait eu cette idée indéniablement bête d'entrer par effraction dans la clinique. Elle raconta son combat, sa fuite dans la nuit et toute la suite.

— Tu n'avais pas le droit de prendre un tel risque, lui reprocha Philo.

Et quand il parlait du droit qu'elle n'avait pas, ce n'était pas à l'aspect légal qu'il pensait, c'était à elle et à eux. Quand on a engagé sa vie, elle ne nous appartient plus tout à fait.

— Je sais bien, Philo, mais, comment te dire, toute seule, là-bas…

— Tu ne pensais plus à nous.

— Voyons donc! Au contraire, je pensais à vous constamment, sauf que… j'étais livrée à moi-même, grisée par le défi! C'est une pulsion qui fait partie de moi, une force latente qui éprouvait le besoin de s'exprimer. C'est quoi exactement? Je n'en sais rien. Avant, quand j'étais dans la police, je prenais toujours des risques, tu le sais, je ne me posais pas de questions. Je les calculais quand même un peu mes risques. Cette fois, c'est sorti tout d'un coup. Honnêtement, je ne pouvais pas penser qu'il arriverait ce qui est arrivé ce matin. C'est tellement incroyable que je me demande si, au bout du compte, l'hypothèse de la coïncidence ne serait pas la plus juste.

— Si tu te mets à croire aux coïncidences, maintenant…

— Comment est-ce possible, alors?

— Je ne sais pas. C'est peut-être ce médecin qui t'aura suivie.

— Je suis sûre que non.

— Quoi qu'il en soit, ces ordures se sont attaquées à mon fils et ça, je ne le prends pas.

Le sens de cette dernière expression était parfaitement explicité par celle de son visage. Ses traits s'étaient contractés comme ceux d'un boxeur qui attend la cloche du premier round. Ses mains étaient jointes. Il ne priait pas, il contenait la rage qui remontait en lui. Ses yeux verts étaient immobiles comme des incrustations de métal. Il ajouta:

— Je n'ai pas l'intention d'attendre qu'ils recommencent.

— Maintenant qu'ils savent que nous sommes sur nos gardes, ça m'étonnerait qu'ils tentent un autre coup. De toute façon, qu'est-ce qu'on peut faire?

– Je ne sais pas. Toi? Toi et Chantal, allez-vous enfin agir raisonnablement?

Julie encaissa.

– Nous allons nous rendre au bureau de Duchaussois dès demain matin. J'ai dit que c'était ma dernière enquête, et ce le sera.

Le lendemain matin, il pleuvait encore quand Julie s'éveilla, à neuf heures passées. La nuit avait été raboteuse. Philo et elle cherchaient des positions confortables dans le lit tout en évitant de trop se rapprocher. De toute façon, avec son visage amoché et sa jambe qui s'était remise à la faire souffrir, elle n'avait pas besoin de prétexte pour refuser les avances de son conjoint, ni lui pour ne pas en faire. Officiellement, donc – aux yeux de qui? – leur malaise était couvert par les circonstances. En réalité, il y avait bel et bien quelques fils de rompus dans le tissu de leur intimité.

Elle se tourna sur le dos, referma les yeux et, comme elle le faisait chaque matin, tenta de faire le pont entre ce qu'elle avait fait la veille et ce qui l'attendait dans la journée. Elle dérapa bien vite dans la confusion onirique pour échouer sur un banc de l'école de police, condamnée à refaire ses classes avec un Duchaussois comme professeur qui... Elle se réveilla de nouveau. Philo n'était plus dans le lit.

Sa jambe allait mieux. Elle s'assit. L'air frais qui pénétrait par la croisée ouverte avait une fabuleuse odeur de verdure mouillée. Elle se frotta les yeux et se fit mal au nez. Elle eut envie de se recoucher, mais elle savait d'expérience que ce genre de faiblesse n'apportait jamais un réel supplément de repos.

Philo, dans le séjour, regardait avec Carl, toujours en pyjama, les émissions éducatives du *Canal Enfants*.

– Allô maman! claironna Carl.

– Bonjour, mon lapin!

Elle vint s'asseoir près de lui et l'enfant, sans quitter le téléviseur des yeux, posa tendrement sa tête sur la cuisse de sa mère.

– Bonjour, Philo!

– Bonjour.

— Je me lève tard… Vous avez déjeuné?

— Oui, répondit Carl. Papa a dit qu'il ne fallait pas te réveiller pour que tu guérisses tes bobos.

— C'est gentil, ça. Je me sens mieux, d'ailleurs.

— Maintenant, je comprends pourquoi faut pas laisser traîner des affaires dans l'escalier, ajouta le petit garçon.

La veille, Julie avait raconté qu'elle s'était blessée en tombant dans un escalier et non pas en combattant un méchant comme ceux qui s'étaient introduits chez Thui.

— Oh oui! Il faut toujours être prudent.

Ce disant, elle tourna la tête vers son conjoint et fut saisie: il avait les traits tirés comme elle ne les avait jamais vus, lui qui était d'un naturel quasiment imperméable au stress. Il portait son uniforme comme s'il s'apprêtait à partir, sauf la ceinture, qu'il avait finalement cachée sous le lit avec tous ses accessoires lourds de menaces. Ne sachant trop que dire, elle poussa une évidence:

— Tu n'as pas beaucoup dormi, cette nuit!

— Pas du tout! Je n'ai pas du tout dormi.

Il disait cela sans quitter des yeux cette émission qu'il ne regardait ni n'écoutait, Julie en était certaine.

— Maintenant que je suis levée, pourquoi ne retournes-tu pas te coucher un peu? essaya-t-elle. Tu ne commences qu'à midi, non? Pourquoi t'être mis tout de suite en uniforme?

— Je pars maintenant.

Et pour appuyer son dire, il se leva, alla dans la chambre et revint en bouclant sa ceinture.

— J'ai une affaire à régler, ajouta-t-il.

Il était déjà dans l'escalier. Julie, s'assurant du coin de l'œil que leur fils était toujours absorbé par son émission, le rejoignit.

— Quelle affaire? demanda-t-elle, soudain inquiète.

Philo se tourna vers elle, la regarda dans les yeux, baissa la voix et dit:

— On s'est attaqué à mon fils. Je ne peux pas laisser faire ça.

— Mais…!

— Non! N'essaye pas de me sortir des arguments de police, je les connais tous! Au-dessus de la police et des lois, il y aura toujours que les pères doivent protéger leurs enfants.

— Bien sûr, mais il y a...

— Il y a, il y a... il n'y a surtout que moi qui suis son père. Quand on s'en prend à lui, on s'en prend à moi.

Il tourna les talons et acheva de descendre l'escalier.

— Pour l'amour du ciel, Philo, qu'est-ce que tu vas faire?

— Rien qu'une petite visite, rassure-toi! J'ai pris l'adresse de ce docteur Pleau dans ton sac. Je m'en vais lui parler dans les yeux.

— Mais... Enfin... Pas comme ça, Philo, pas dans ton uniforme! Tu n'as pas de mandat!

Il avait la main sur la poignée de la porte.

— Ceux qui s'en sont pris à Thui, hier, ils en avaient un, tu penses?

Il était dehors.

Julie aurait voulu le suivre, lui dire que c'étaient des bandits, alors qu'eux-mêmes ils n'en étaient pas, qu'il ne pouvait pas agir sans égard à la loi, mais Carl était en haut.

Elle s'arrêta devant la porte refermée, se prit la tête dans les mains et gémit:

— Oh! Sainte-poche! Sainte-poche que ça va mal!

Profondément désemparée, elle remonta vers son fils, imaginant Philo devant le répugnant Gerry Pleau. Elle n'osait pas envisager la suite. Elle ne pouvait cependant pas abandonner Carl. Emmener précipitamment l'enfant chez Thui? Après les événements de la veille, Thui et sa mère avaient plus que droit au repos. Quant à Carl, cela risquait bien de le traumatiser pour de bon. De toute façon, le temps que ça se fasse, il serait trop tard. Elle entendit l'air de flûte qui terminait l'émission. Elle leva les yeux. Carl était debout en haut de l'escalier, le sourcil froncé. Sa mère ravala tant bien que mal les gravats de son angoisse, lui sourit et monta vers lui.

— Ça va, mon lapin, papa est parti travailler.

Elle amena son fils dans sa chambre pour qu'il s'habille. Julie Juillet essayait de se comporter le plus naturellement possible, mais l'essentiel de ses pensées suivait Philo.

Carl possédait une quantité industrielle de briques Lego. C'était son habitude, une fois habillé, de poursuivre la construction d'un improbable château qui sortait pièce par pièce de sa tête. Quand il fut absorbé par son jeu, elle alla dans la cuisine pour téléphoner au chef

Duchaussois. Elle usa de toute sa persuasion pour convaincre la secrétaire de lui passer immédiatement son patron. Heureusement, le nom
de l'ex-détective n'avait pas été complètement oublié et la secrétaire
transmit son appel.

— Julie Juillet! Qu'est-ce que me vaut cette belle surprise en ce
lundi matin plutôt grisant?

Il faisait sans doute allusion à la grisaille, mais Julie Juillet ne disposait de temps ni pour la météo ni pour la sémantique.

— C'est urgent, chef, croyez-moi je vous en supplie. J'ai quelque
chose de très important à vous dire à propos de l'affaire du juge Hunter.

— Quoi? Comment es-tu au courant? C'est Chantal Mignonnet,
je parie!

— Je vais tout vous dire, mais d'abord, il faut empêcher Philo de
faire des bêtises.

— Philo...? Villefranche? C'est vrai, vous êtes... Qu'est-ce...

— De grâce, faites-moi confiance et envoyez vos meilleurs hommes
disponibles de toute urgence au sept mille huit cent soixante-quinze,
rue de l'Alberta, au bureau du docteur Gerry Pleau. Je ne me souviens
pas du numéro de bureau, c'est tout petit, on ne peut pas le manquer.
Phi... l'agent Villefranche devrait y être dans quelques minutes, s'il
n'y est pas déjà.

— Bon... je veux bien. À quoi les agents doivent-ils s'attendre,
là-bas?

— Je ne sais pas! Qu'ils essaient de le calmer... en m'attendant!

— T'attendre!

— Oui. Écoutez, c'est encore plus compliqué. Il faut que vous
envoyiez un agent chez moi, à Saint-Bertrand, tout de suite.

— Wo! C'est pas une pizzeria, ici! Es-tu en danger?

— Non, mais je ne peux quand même pas laisser mon fils tout seul!

— Excuse-moi. Es-tu en train de me dire que tu veux un agent
pour faire la gardienne?

— Oui. Je préférerais une agente, d'ailleurs.

— Sais-tu combien ça coûte à l'heure, un agent?

— Bien sûr que oui, mais si vous ne le savez pas déjà, vous devriez
bientôt apprendre qu'hier matin, on a tenté d'enlever mon fils chez
sa gardienne habituelle. Je vous en prie, chef, croyez-moi, les ren-

seignements que je vais vous apporter dès qu'on aura calmé Philo vont justifier largement la dépense.

— Eh bien! on n'a pas souvent de tes nouvelles, mais on peut dire que quand tu nous refais la surface, ça brasse!

— Vous me connaissez! Vous savez que je ne vous demanderais pas ça sans de bonnes raisons.

— Ouais… Bon, écoute. Je vais voir ce qu'on peut faire. Bouge pas, je te mets sur attente.

Un déclic se fit entendre et une voix féminine prit la relève de Duchaussois, pour débiter un message sur un fond de musique doucereuse. *La police du district de la Capitale est au service des citoyens et des citoyennes. Votre appel est très important pour nous. Pour toute urgence, faites le 9-1-1. Dans quelques secondes, un préposé sera à votre écoute…*

Julie Juillet n'écoutait pas. Elle avait l'oreille tendue en direction de la chambre de son fils, qui y jouait toujours. Elle tenait à ce qu'il n'entende pas la moindre bribe de cette conversation. Ce serait déjà assez difficile de lui faire avaler que cela n'avait rien d'extraordinaire de se faire garder par un policier, ou même une policière…

— Julie? Tu es toujours là? fit la voix de Duchaussois, sur un ton étrangement tendu.

— Oui, bien sûr!

— Un agent va être chez vous d'une minute à l'autre.

— Merci. Vous ne le regretterez pas…

— Mais pour les autres…

— Il faut aussi, chef, ça presse…

— Eh bien… plus tellement.

— Comment…?

— On vient de recevoir un appel: apparemment qu'il y aurait un mort à l'adresse que tu viens de me donner!

— Oh non!

Philo s'était garé en plein devant l'immeuble sans avoir pris le temps de lire les trois affiches qui énuméraient les multiples restrictions concernant le stationnement.

Sans prendre non plus le temps de consulter le tableau des occupants, il avait monté les marches deux à deux et aussitôt sur le palier, avait repéré la porte du docteur Pleau.

Il avait frappé. Pas de réponse. Obnubilé par sa fureur, il ne lui était pas encore venu à l'idée que le fameux docteur n'était peut-être pas au bureau le lundi matin, ou qu'il aurait pu rester au lit, bien que, en y repensant, Julie lui avait dit qu'il n'avait probablement pas d'autre domicile que ce local minable.

Il avait frappé encore. Rien.

Il avait essayé d'ouvrir la porte… et réussi! Il n'y avait pas le moindre bruit. Julie lui avait raconté comment elle avait réveillé le prétendu accoucheur. Sans doute était-il encore en train de roupiller. Philo s'était avancé, bien résolu à provoquer chez le bonhomme un réveil qu'il ne serait pas près d'oublier.

Gerry Pleau gisait, en effet, affalé sur son bureau, la tête enfouie dans le repli de son bras droit. Le grand policier s'était approché sans faire de bruit, avait saisi le col, malgré sa saleté répugnante, et, d'un mouvement sec, avait redressé le torse. Il était lourd, anormalement lourd, anormalement rigide, anormalement froid. Gerry Pleau était mort!

Philo avait senti ses tripes ramollir et avait relâché aussitôt sa prise en reculant vivement d'un pas. Gerry Pleau était retombé raide en arrière, sa tête avait buté sur le dossier de son fauteuil. Elle était horrible à voir! En plus de la laideur à laquelle Philo s'attendait, les yeux étaient exorbités, fixes et secs. Pas beaux les yeux, mais c'était la bouche qui épouvantait le plus! Au milieu des joues gonflées, elle était grande ouverte, figée dans un interminable hurlement silencieux et bourrée d'une matière brunâtre qu'elle chercherait éternellement à vomir!

Surmontant son dégoût, Philo s'était penché et avait cligné plusieurs fois des yeux avant de se rendre à l'évidence: la cavité buccale était farcie de billets de cent dollars!

Il s'était tourné vers la fenêtre. Il avait tiré sur la cordelette pour lever le store, avait dû reculer vivement à cause des trombes de poussière qui s'étaient aussitôt abattues. Il aurait voulu ventiler un peu cette odeur de mort mêlée à celle du tabac refroidie qu'il percevait désormais avec une impitoyable acuité. Il avait renoncé à la fenêtre et était sorti dans le couloir. L'air n'y était pas plus frais, mais l'endroit était désert. Philo avait pu reprendre son souffle. La première chose à faire était de prévenir la police, sans égard au fait qu'il était lui-même policier.

Revenu dans le bureau, il avait enfilé un des gants de latex inclus dans son matériel et décroché le combiné du téléphone noir, archaïque, en tournant la tête pour ne pas avoir à supporter le regard affolé du mort. Le téléphone fonctionnait. Il avait composé le 9-1-1 et, en évitant tout contact avec l'appareil, avait annoncé qu'il y avait un cadavre au soixante-dix-huit/soixante-quinze, rue de l'Alberta. Il avait refusé de s'identifier et avait raccroché.

Il s'était assis dans l'antichambre pour réfléchir. Quitter les lieux en catimini aurait été un comportement puéril et antiprofessionnel. Il n'avait pas d'affaire en ces lieux, en uniforme, certes, mais c'était une infraction au règlement, pas à la loi. Il n'avait pas commis de crime. Il avait seulement cédé à une impulsion. Comment peut-on exiger d'un homme qu'il demeure impeccablement rationnel quand sa famille est menacée?

Il jonglait ainsi quand ses collègues arrivèrent. Il répondit évasivement quand on lui demanda pourquoi il se trouvait là. Il les aida à effectuer la routine. Au premier coup d'œil, la mort remontait à plus de vingt-quatre heures. Un détective vint bientôt se joindre à l'équipe, suivi du fourgon de la morgue. Enfin, Philo, qui venait de répéter sa déposition pour la troisième fois, entendit, pas autrement surpris, la voix de sa compagne, Julie Juillet.

– Ça va?

Oubliant spontanément tout le reste, elle était allée vers lui et il l'avait reçue dans ses bras pour une étreinte qui, bien que pudique, leur fit à tous deux un bien énorme.

– Où est Carl?

– À la maison, avec un agent. J'ai demandé à Duchaussois une protection spéciale et devine qui il m'a envoyé: ce bon vieux Léveillé!

– On ne pouvait mieux tomber.

– Qu'est-ce qui s'est passé, Philo?

Philo fit un signe de la tête en direction du bureau.

— Il était mort à mon arrivée. C'est dégueulasse. On n'a jamais vu rien de tel. Ils l'ont tué en lui enfonçant du fric dans la gorge jusqu'à l'étouffer. Ça a tout l'air de vrais billets. Il en traînait encore autour du corps.

Pham Pong, l'importateur du bureau opposé, venait d'être cueilli au pied de l'immeuble. Il avait tenté de se défiler, mais un agent avait reconnu la voiture de livraison identifiée au nom de l'entreprise et avait eu la présence d'esprit de l'interpeller.

— Détective Grothé! s'annonça un homme en tendant à Julie Juillet une main potelée. J'ai souvent entendu parler de vous. C'est une affaire à votre mesure, ça!

— Non! Il n'y a plus aucune affaire à ma mesure, je me suis retirée, dé-fi-ni-ti-ve-ment.

— Oui… Il faut que je vous parle un moment… seule. Je ne doute pas de la parole du collègue Villefranche, mais il faut faire les choses dans les normes pour éviter des ennuis, alors je voudrais que vous corroboriez sa déposition.

— Bien sûr!

— C'est une affaire très bizarre, enchaîna Grothé sur un ton de confidence. Le Chinois d'à côté, qui n'a probablement rien à voir avec cette affaire, mais qui a sans doute de bonnes raisons de ne pas beaucoup aimer parler à la police, a tout l'air d'être le dernier à avoir vu la victime vivante, samedi après-midi. Pleau lui a annoncé avec un grand sourire qu'il venait de faire un malheur au casino. Première hypothèse, on pourrait penser à une affaire de jeu. Les assassins ne s'intéressaient cependant pas à l'argent, on n'arrête pas de ramasser des coupures de cent, sans compter celles qu'on lui a fait avaler! Il y en a pour des milliers, peut-être des dizaines de milliers de dollars!

— C'est de l'intimidation, réfléchit tout haut Julie Juillet. Ils auraient pu le tuer simplement. Ils ont voulu montrer qu'ils n'éprouvent aucune pitié et qu'ils disposent de gros moyens. C'est un très sévère avertissement à tous ceux qui voudraient se mettre le nez dans leurs affaires.

— De qui parlez-vous? Vous connaissez ceux qui ont fait ça?

– Vous pensez bien que non. Si je les connaissais...

En poursuivant le dialogue, Julie Juillet et le détective Grothé s'étaient avancés dans le couloir.

– Si vous les connaissiez, vous l'auriez déjà dit, n'est-ce pas?

– Bien sûr, répondit Julie Juillet tout à coup distraite. Mais c'est assez compliqué, lieutenant, et, sans vouloir vous offenser, j'aimerais qu'on en finisse car le chef m'attend...

– Le chef...?

Julie Juillet ne répondait pas. Elle fixait la porte de l'astrologue Loulou Sky et un lugubre pressentiment montait en elle.

– Quel chef? insista Grothé.

– Oh! Pardon! Le directeur, Duchaussois... Mais, dites-moi donc, lieutenant, quelqu'un a-t-il parlé à Loulou Sky? demanda-t-elle en pointant la porte.

– Non. Ça ne répond pas. On essaie de la joindre à son domicile.

– Oh non!

– Qu'est-ce qu'il y a?

– J'espère que je me trompe.

Julie Juillet s'approcha de la porte de Loulou Sky et tourna la poignée: elle n'était pas verrouillée. Toute la pluie qui tombait depuis la veille devint soudainement une gigantesque vague de tristesse qui engloutit le cœur de Julie Juillet: elle n'avait plus de doute quant à la justesse de son pressentiment.

Elle entra presque sur la pointe des pieds dans le bureau sombre, revivant la scène dans laquelle Loulou Sky l'avait entraînée dans son antre avec sa voix grave et chantante. Julie Juillet traversa l'antichambre et, après quelques hésitations, tira la toile.

Elle se retourna aussitôt, la main sur la bouche.

– Qu'est-ce qu'il y a? fit Grothé en se précipitant à son tour.

Il écarta vivement la toile.

– Oh!

Il laissa tomber, syllabe par syllabe, un juron d'origine catholique qui exprimait à la fois le dégoût, la révolte et l'incrédulité.

Loulou Sky était bien là, étendue sur le bureau ainsi que sur une stèle funéraire, le crâne chauve et blanc baigné par le clair-obscur du jour gris qui se glissait à travers les lattes d'un store mal fermé. Elle était morte. Ou plutôt : il était mort, car après avoir surmonté l'effet dévastateur qu'aurait eu, même sur le plus rompu des coroners, la vue de tout le sang qui s'était coagulé sur le bureau, sur les parois du bureau et même sur le plancher, Grothé avait allumé, s'était approché, un mouchoir sur la bouche, et avait aperçu un gros gland brun flétri comme un pruneau, au bout d'un pénis figé dans le repos éternel. Et ce pénis, comme une lavallière grotesque et macabre, était fiché dans une plaie ouverte qui fendait la gorge du cadavre ! Sa jupe à froufrous était relevée sur des jambes viriles et ensanglantées. Loulou Sky avait subi le martyre sur son bureau, émasculé puis égorgé, ou l'inverse. Sa perruque jaune gisait par terre. Sous son crâne glabre, son visage au maquillage décomposé grimaçait comme un cauchemar psychédélique.

Grothé se retourna et aperçut Julie Juillet qui pleurait de rage dans les bras de Philo.

— Pourquoi est-ce qu'ils lui ont fait ça ? répétait-elle sans cesse. Pourquoi ?

Chapitre V

Deux points de vue

C'ÉTAIT UNE PHOTO reproduite par ordinateur, quelque peu floue, de toute évidence prise au téléobjectif. Néanmoins, le visage était suffisamment défini pour identifier la femme sans risque d'erreur. Le nez, court, pas vilain, trop ramassé sur sa base, trop rond à la pointe, la bouche menue, le menton qui ressemblait, en plus gros, à la pointe du nez, les joues pleines, les yeux minuscules derrière les lunettes rondes, les cheveux ni droits ni ondulés, extraordinairement ordinaires, bref, un visage indigne de mention et pourtant, même sur cette photo prise à la dérobée, une présence indéniable ! On la voyait de profil, légèrement tournée vers l'avant. On devinait une parole sur le point de naître au bout de ses lèvres et, contre toute intelligence, on aurait voulu se métamorphoser en image pour s'intégrer à ce monde fixe et entendre cette parole. Même en imagination, on restait suspendu dans le vide, car la parole est essentiellement mouvement.

Elle n'était pas seule. Assise en face d'elle, une autre femme, blonde et radieusement belle, l'écoutait avec une attention complice. Toutes les deux mangeaient à la terrasse d'un café. C'était l'été. La blonde portait un décolleté qui laissait voir les premiers centimètres d'un sillon mammaire susceptible de faire tourner bien des têtes. La brune – du moins la supposait-on brune – était plus modestement vêtue d'une blouse boutonnée.

Le docteur Oh rejeta la photo sur son bureau et se cala dans son fauteuil. Il regarda un moment, sans rien dire, Smith qui se tenait devant son bureau, presque au garde-à-vous. Greifen attendait en retrait.

– Vous êtes certains que c'est elle? demanda-t-il enfin.

– Aucun doute. On peut vous montrer la bande vidéo, si vous voulez.

– Ce n'est pas nécessaire, vous m'avez déjà fait perdre suffisamment de temps.

– Je suis désolé. Je n'avais pas l'intention de vous déranger avec ça, mais l'affaire a mal tourné. Je crains qu'il faille cesser toute transaction dans le secteur pendant plusieurs mois, le temps que la conjoncture redevienne favorable.

– Le secteur… Quel secteur?

– Eh bien… pour ne prendre vraiment aucun risque… le Nord-Est… de l'Amérique.

Smith avait prononcé le dernier mot, le seul qui comptait d'ailleurs, sur le ton agacé de celui qui considère ne pas avoir à subir ce genre d'interrogatoire.

– Le Nord-Est de l'Amérique! Rien que ça!

Toujours monocorde, le ton du docteur Oh devint plus saccadé.

– L'Amérique, répéta-t-il. Est-ce que vous vous rendez compte de ce que cela représente comme pertes?

– Bien sûr que oui, sûrement plus que vous.

– Est-ce que vous vous rendez compte du retard que cela va causer dans mes recherches?

– Je pense que oui.

– Est-ce que vous vous rendez compte à quel point vous êtes minable, Smith?

– Ne me parlez pas ainsi, docteur! protesta Smith avec raideur. Il y a toujours des imprévus dans notre genre de commerce. Nous n'aurions pu agir plus vite…

– Peut-être! Mais vous auriez pu réussir!

– Permettez-moi de vous résumer les événements et je suis sûr que vous comprendrez.

Les yeux de Smith étaient plissés, les ailes de son nez, tendues par l'effort qu'exigeait la concession. Le docteur acquiesça d'un signe du doigt.

— Jeudi, notre agent dans la Capitale nous contacte pour nous prévenir qu'il a reçu la visite d'une femme qui prétendait vouloir acheter. Il est sûr qu'il s'agit en fait d'une policière. Nous donnons alors l'ordre à notre agent de se retirer sans attendre, un ordre qu'il ne respectera pas, malheureusement pour lui. Vendredi après-midi, le directeur de la clinique d'East-Middleton croise une femme qui pose des questions louches. Il a le tort de nous en informer seulement en fin de journée, sous prétexte qu'il a d'abord dû s'occuper de pêcheries. Sa description concorde avec celle de notre agent. Ce n'est évidemment pas un hasard. Nous lui donnons l'ordre d'augmenter les mesures de sécurité à la clinique. Aussitôt, je fais sortir tous les dossiers de la Capitale… C'est un devoir auquel nous n'avons jamais manqué que de bien connaître nos clientes et de nous assurer, sans les incommoder, de leur satisfaction, jusqu'à longtemps après la vente. Ainsi nous savons où elles vivent, qui sont leurs proches, leurs relations… S'il venait à l'idée à l'une d'elles de faire quelque tort à notre réputation, nous pourrions réagir, et c'est bien ce que nous avons fait.

— Félicitations!

— Merci.

— C'est de l'ironie!

— Hum… C'est vendredi soir que les choses ont commencé à déraper. Nous avions vu juste : la femme s'est présentée à la clinique, mais le responsable a été incapable de conclure convenablement l'affaire! Il l'a laissée s'échapper! Chose certaine, cela ne lui arrivera plus jamais. Heureusement, la vidéo de surveillance avait fonctionné. Nous avons obtenu une bonne image de la visiteuse. Nous avons cherché cette tête dans notre banque de photos et nous l'avons trouvée, comme vous voyez. La blonde est notre cliente. C'est une animatrice de télé bien connue là-bas, spécialisée dans les affaires criminelles. Ce n'est donc pas surprenant qu'elle ait une amie dans les forces de l'ordre. On ne pouvait malheureusement rien faire pour rattraper cette tigresse : la Gendarmerie nationale s'est mise en rapport avec elle. Alors, j'ai décidé qu'il fallait agir sur la cliente. C'est forcément elle qui est à l'origine de ces ennuis. Elle fait garder sa fillette par deux femmes asiatiques, une jeune paraplégique et sa vieille mère. J'étais sûr que quelques jours à se demander en quelles mains était tombée sa fille l'auraient amenée à réfléchir et à se rappeler les termes de notre contrat. Cela dit, la Capitale, ce n'est pas à la porte et nous avons dû recourir à la sous-traitance pour ce travail. Malheureusement, comme je vous l'ai dit, l'équipe qu'on nous avait recommandée a lamentablement gâché la besogne.

— C'est le moins qu'on puisse dire. Et maintenant?

— Maintenant, ainsi que j'ai eu le déplaisir de vous l'annoncer, nous n'avons guère d'autre choix que de fermer le secteur pour une période indéterminée. Nous perdrons beaucoup, c'est évident, mais nos actionnaires maintiennent leur appui pour le moment, compte tenu des fabuleux dividendes que nous leur avons versés jusqu'à ce jour.

— En effet! On se demande de quoi ils pourraient bien se plaindre.

— Allons, docteur, vous savez bien que toutes vos recherches n'auraient même jamais pu commencer avec des investisseurs ordinaires. Voyons le bon côté des choses : nous ne sommes plus menacés. Nous nous sommes rendus d'urgence à la Capitale pour congédier notre agent avec, disons, une prime de séparation telle que son silence ne fait aucun doute. Au cas où il aurait échappé quelques indiscrétions autour de lui, nous avons rendu visite à un de ses voisins qui témoignera éloquemment du sérieux avec lequel nous traitons nos affaires, n'est-ce pas, Greifen?

Greifen, qui jusque-là se tenait à l'écart, immobile comme une statue, émit une sorte de grincement qui fit luire ses yeux sans sourcils ni cils, ses yeux de prédateur d'un autre âge. Il sortit la main de sa poche pour montrer la spectaculaire griffe qui se dressait au bout de son majeur et dont le tranchant luisait dans la lumière crue.

— Range ça, je t'en prie, mon ami, dit le docteur avec bonhomie. Un accident est si vite arrivé!

Smith ravala sa salive.

— Il faut simplement être prudents, docteur. Ils ne peuvent pas remonter jusqu'à nous. Les deux idiots qui se sont fait arrêter n'ont aucune idée de qui les avait engagés. Ils avaient simplement la consigne de garder la fillette en sûreté jusqu'à ce qu'on leur dise de la relâcher. La clinique a été rasée. Si la police enquête sur les titres de propriétés, elle n'a pas fini de tourner en rond.

— Et si l'agent avait laissé des papiers?

— Il ne connaissait que les numéros de téléphone. La police ne pourra pas suivre la filière avec ça. Pendant que nous reconstruirons tranquillement un nouveau réseau, nous pourrons augmenter nos activités dans les secteurs non touchés, le trafic d'organes d'abord. Nous n'avons aucun nourrisson à livrer avant quelques mois. Le moment venu, nous les ferons passer par le réseau du Mexique. C'est loin, mais quand elles veulent un bébé… Maintenant, pour ce qui est du cheptel, est-ce qu'on le laisse intact ou bien est-ce qu'on l'allège?

— L'alléger! Avez-vous une idée de la difficulté de se procurer des filles adéquates? Chacune de nos productrices est une perle sélectionnée avec le plus grand soin dans un groupe extrêmement restreint!

— J'en suis parfaitement conscient, docteur.

— J'espère. En tout cas, ces décisions-là relèvent de l'équipe de gestion. Je ne m'en suis jamais mêlé et je n'ai pas l'intention de commencer.

— À la bonne heure! Je reste en contact constant avec les instances décisionnelles.

— Parfait.

— Alors, je crois que nous pouvons mettre fin à cet entretien.

— Non, attendez un peu. Restez aussi, Greifen.

Smith pâlit.

— Rassurez-vous, Smith, dit le docteur Oh. Il ne s'agit que d'une toute petite demande, mais j'y tiens beaucoup.

— Quoi donc?

Le docteur Oh abattit son index sur la photo. Cela fit un bruit sec, comme si le doigt était un clou.

— Je veux cette femme.

Il retira son doigt. Sur la photo, au milieu du visage de Julie Juillet, il y avait désormais une courte déchirure.

— Elle? C'est que…

— Allons, ne me dites pas que vous n'êtes pas capable de me la livrer !

— Il ne s'agit pas de ça, bien sûr que c'est faisable, mais le risque…

— Vous venez tout juste de dire que nous n'étions plus menacés ! Nous le serons encore moins avec elle ici, sous bonne garde.

— Non. N'y pensez plus.

Le docteur se leva, appuya ses deux poings sur le bureau et fixa Smith droit dans les yeux.

— Smith ! Je comprends votre rôle, croyez-moi, je sais qui sont nos actionnaires puisque j'en connais plusieurs personnellement. Nous sommes, vous et moi, embarqués dans le même bateau. Nous traversons une perturbation causée par quelques ratés dans la mécanique, et la mécanique, c'est votre affaire, pas la mienne ! Néanmoins, je garde pleine confiance dans votre compétence – ne faites pas de cas de ma mauvaise humeur de tantôt, s'il vous plaît – et je suis sûr que nous allons reprendre notre vitesse de croisière… ensemble ! Mais… faites-moi plaisir !

Smith maugréa, soutenant difficilement le regard de son interlocuteur, dans un débat silencieux sur l'étendue de leurs pouvoirs respectifs. Smith n'oubliait pas la présence de Greifen, derrière lui, sachant trop bien de quel côté se rangerait cet être hybride s'il avait à… trancher !

— Elle n'est même pas belle ! tenta encore Smith.

— Plutôt ordinaire, en effet. J'ai d'autres raisons.

« Et voilà », dit Julie Juillet. Elle ajusta la position de ses lunettes. Assis derrière son bureau, Duchaussois demeurait muet. Outre Julie Juillet, l'agent Philoclès Villefranche et la journaliste Chantal Mignonnet participaient à l'entretien.

Le grand patron de la police de la Capitale avait peine à croire que tant de choses se soient passées depuis le mercredi précédent, alors que la journaliste s'était évanouie, quinze étages au-dessous, dans la salle de conférences. Il éprouvait un profond respect pour Julie Juillet.

Du temps qu'elle était de la maison, elle n'en faisait jamais qu'à sa tête et le plaçait souvent dans des situations embarrassantes, mais jamais une de ses enquêtes n'avait fini sur une tablette. Son départ avait laissé un vide et tout était devenu presque prévisible dans le service, jusqu'à aujourd'hui. Malheureusement, cette fois, son initiative risquait de s'avérer coûteuse quant au progrès de l'affaire Hunter. L'ennemi, alerté, avait mis en œuvre ses mécanismes de défense et il allait désormais être bien difficile de le débusquer. Si les deux femmes étaient venues le consulter avant de tenter quoi que ce soit, on aurait peut-être pu, de concert avec la Gendarmerie nationale, le FBI et même Interpol, organiser une vaste opération. Duchaussois eût été en droit de semoncer vertement son ex-subordonnée, et même la journaliste, mais il voyait bien que c'était inutile, puisque les événements s'étaient chargés de les rappeler à l'ordre avec une sévérité impitoyable. Par contre, il pouvait comprendre ce qui avait motivé leur action. Chantal Mignonnet pouvait s'attendre à des sanctions. Il décida d'aborder cet aspect du problème.

— Vous me placez dans une position très désagréable, Madame Mignonnet. En tant que directeur de la police de cette ville, je ne peux pas mettre sur le côté une infraction à la loi dont je suis au courant. Je ne suis pas avocat ni juge, mais j'ai l'impression que votre cas va causer une jurisprudence, comme ils disent. Comment vont-ils réconcilier la supériorité de la loi et celle de l'intérêt de l'enfant ? Chose certaine, vous allez devoir passer par là, mais, pour le moment, je peux retarder les procédures tant que l'enquête est en cours, pour ne pas lui nuire. Ça vous laisse le temps de vous préparer. On se comprend ?

Chantal Mignonnet acquiesça de la tête. Duchaussois poursuivit :

— Puisqu'on parle des enfants, je vous conseille tous d'être très prudents, même s'il serait surprenant, maintenant, qu'on tente encore de s'en prendre de nouveau à eux. On vous procurera quand même des téléavertisseurs.

— J'ai décidé, interrompit Julie Juillet, de garder les enfants chez moi pendant quelque temps. Ça fera du bien à tout le monde. Étrangement, cette malheureuse histoire a eu au moins un effet heureux : notre gardienne habituelle est sur la voie d'une guérison complète. Nous allons lui laisser tout le loisir de se réadapter, c'est bien le moins que nous lui devions.

— L'important, ma petite Julie, dit Duchaussois, c'est que tu me promettes de ne plus essayer de jouer à la police…

Ravalant la rage que provoquait en elle l'exécrable paternalisme que venait de prendre le ton du directeur, Julie Juillet répliqua :

— Rassurez-vous, chef, je n'ai qu'une seule envie, c'est de retourner à mes petites affaires, lécher mes petits bobos, m'occuper de ma petite famille. Rien ne me fera sortir de ma petite maison pour un très long moment, si ce n'est la nécessité de faire les petites courses.

Seule Chantal Mignonnet et Philo saisirent la verdeur de la réplique. De toute façon, mis à part la petitesse, Julie Juillet pensait vraiment ce qu'elle venait de dire.

— Fort bien. Pour ce qui est de vous, Villefranche, je crois qu'étant donné la qualité de vos antécédents services, je ne vais pas remettre en question la version selon quoi un soudain malaise vous aurait forcé à quitter subitement votre quart, hier. Vous devrez pour autant vous soumettre à un examen médical. Pour ce qui est de votre présence sur les lieux du crime ce matin, vous expliquerez ça au détective que nous avons mis sur l'affaire. Il vous attend de l'autre côté de cette porte. Dès que vous m'avez annoncé, ce matin, que vous aviez du nouveau à propos de l'affaire du juge Hunter, je l'ai prévenu et il attendait justement l'occasion de te saluer, Julie, et vous aussi, agent Villefranche.

— Je ne comprends pas, dit Philo.

— Vous allez voir. Préparez-vous à une surprise.

De la main, Duchaussois invita tout le monde à sortir.

Julie Juillet considérait qu'elle n'avait plus rien à voir avec cette sordide histoire. Il ne lui restait qu'à soutenir moralement son amie au cours des épreuves à venir. L'identité de l'inspecteur qui prenait l'enquête lui importait aussi peu que le trajet que suit un autobus dont on vient de descendre.

Mais, ainsi que l'avait prédit Duchaussois, elle fut surprise ! Elle n'eut pas besoin de chercher l'inspecteur en question. Elle reconnut d'abord la fine moustache qui ajoutait un peu de prestance à une bouche sans caractère, puis le nez pointu aux reliefs irréguliers, le toupet luisant et surtout, derrière les fines lunettes, les yeux fouineurs.

— Bonjour, Madame Juillet!

— John Liboiron!

— C'est bien moi! dit l'inspecteur en se levant pour tendre la main à son ex-collègue qu'il avait aidée, quelques années auparavant, à déjouer les plans diaboliques d'une meurtrière d'enfants, une enquête fort mouvementée qui aurait dû être la vraie dernière de Julie Juillet*.

— Je ne savais pas que vous étiez rentré d'Europe! dit celle-ci tandis que Liboiron serrait les mains des autres.

— Je suis rentré la semaine dernière et il n'y a pas eu un jour où je ne me suis pas reproché de ne pas être allé vous saluer, mais j'ai été tellement occupé à me réinstaller, dans mon loft comme ici...

— Je le conçois. Notez que je pourrais aussi vous reprocher de ne pas nous avoir donné de nouvelles durant toutes ces années...

— Je l'admets. J'ai été complètement accaparé par la cascade d'enquêtes qu'a déclenchée l'affaire Maryù Lassivilèch. Il faudra que je vous raconte tout ça. Il y aurait de quoi écrire un livre.

— Ça fait plaisir de vous revoir, même si les circonstances ne sont pas idéales.

— C'est la même chose pour moi.

Soudainement, l'expression de Liboiron se fit soucieuse. Sa voix, d'un naturel plutôt aigu, baissa.

— Dites-moi, au fait, cette jeune Vietnamienne...

— Attendez que je vous raconte ce qui s'est passé depuis une semaine. Vous allez voir qu'elle va de mieux en mieux.

— À la bonne heure. Maintenant, occupons-nous de cette histoire, nous aurons bien le temps d'évoquer nos souvenirs dans les jours qui viennent. Vous pourriez venir dîner chez moi, un soir, tandis que c'est encore propre... Pour tout de suite, installons-nous donc dans la salle de réunions.

---

* Voir : *Enquête sur le viol d'un père Noël.*

Liboiron laissa Julie Juillet, un peu lasse, raconter l'histoire et n'intervint que quand elle eut terminé.

— La chose vous paraîtra sans doute incroyable, mais il est tout à fait possible qu'il existe un lien entre ce commerce de fillettes et l'enquête que nous menons à partir de l'Europe.

— Comment? s'étonna Julie Juillet. La société secrète des Gorgones et cette docteure, comment s'appelait-elle déjà...?

— Œgenia Heinzgerber.

— Œgenia Heinzgerber, oui. Elle et ses disciples se proclamaient féministes radicales; comment auraient-elles pu sacrifier ainsi des innocentes?

— Cette ressemblance que madame Mignonnet nous dit tellement frappante entre l'enfant martyre du film et sa fille, ça ne vous a fait penser à rien, Julie? demanda Liboiron.

— La parthénogenèse! murmura Julie Juillet du bout des lèvres.

Chantal Mignonnet porta la main à sa bouche. Elle était parfaitement au fait de l'histoire des Gorgones et d'Œgenia Heinzgerber qui avaient mis au point une technique de reproduction par parthénogenèse, c'est-à-dire sans intervention du mâle, dont le résultat était invariablement une copie rigoureusement conforme de la mère. Si Léa était le fruit de cette technique, cela voulait dire qu'il pouvait exister d'autres sosies d'elle. Combien de Léa y avait-il en ce monde? Combien vivaient? Combien étaient mortes dans d'atroces souffrances? Combien étaient à la merci de monstres sans scrupules?

— La parthénogenèse... répéta Julie Juillet. Mais, encore, comment des femmes qui voulaient éliminer les hommes de la surface de la terre auraient-elles pu monter un tel trafic? C'est l'opposé absolu de tout ce en quoi elles croyaient!

— C'étaient des idéalistes. Or donc, justement, il n'y a rien de plus facile à manipuler que des idéalistes. Ils fermeront les yeux sur bien des contradictions si on peut leur faire croire que c'est objectivement pour le bien de la cause. L'histoire est pleine de tristes exemples à ce sujet. Or donc, pour mettre sur pied un mouvement occulte d'envergure internationale tel que les Gorgones, il a fallu des complicités multiples dont nous n'avons jusqu'à maintenant qu'une mince idée. Sachez d'abord qu'Œgenia Heinzgerber est officiellement morte. Elle s'est pendue dans son laboratoire. Je dis officiellement, car on sait que la dame avait utilisé ses découvertes sur elle-même. Il est possible que le corps soit en fait celui d'un sosie sacrifié. Selon le rapport d'autopsie, c'était le corps d'une femme d'une quarantaine d'années, ce qui est trop jeune pour la Œgenia Heinzgerber « originelle », mais cette dernière n'existe peut-être plus depuis longtemps, puisqu'on n'a jamais vu la docteure à l'âge qu'elle devrait avoir en réalité, à savoir quatre-vingt-seize ans, selon les registres. Malheureusement, le laboratoire avait été vidé d'à peu près tout ce qui aurait pu fournir des renseignements aux enquêteurs. Malgré toute la discrétion dont nous avons entouré notre action, les Gorgones ont été prévenues, probablement par Maryù Lassivilèch elle-même. Toutes les pistes ont été systématiquement brouillées ou détruites, parfois avec autant de délicatesse que celle dont vous avez été témoins ce matin. Néanmoins, nous avons appris certaines choses : d'abord, Œgenia Heinzgerber, la première, pour obtenir les moyens de poursuivre ses recherches, mangeait à tous les râteliers. Elle a probablement commencé ses recherches dans l'Allemagne hitlérienne, on connaît l'intérêt morbide du Führer pour la génétique. Nous avons débusqué un vieux nazi qui jure l'avoir rencontrée à plusieurs reprises dans des réceptions alors que Hitler était au sommet de sa puissance. Cette assertion n'a cependant pu être corroborée. Par contre, il a été établi que l'URSS, tout au long de la guerre froide, lui a accordé un soutien des plus généreux. Le régime soviétique étant plutôt phallocrate, je doute que cette association ait été fondée sur autre chose que des intérêts à court terme de part et d'autre, mais quoi qu'il en soit, elle a pris fin soit en même temps que la démolition du mur de Berlin, soit avant. Il y a tout lieu de croire que notre savante avait prévu le coup, car ses activités n'ont apparemment pas été touchées. Elle avait sûrement des réserves importantes et par ailleurs, vous savez mieux que moi comment elle était arrivée à extorquer des sommes faramineuses à quelques-unes des femmes les plus riches de ce monde. En Suisse, elle avait les coudées franches. Elle s'était gagné des appuis un peu partout grâce à des faveurs sexuelles que dispensaient ses acolytes. Deux ministres et le recteur d'une université prestigieuse ont reconnu, sur photo, la belle Maryù Lassivilèch et ont avoué, sous promesse de non-divulgation, l'avoir eue pour maîtresse.

— Vous parlez de la fille, je suppose? interrompit Julie Juillet.

— On peut le penser, car dans ce cas aussi, on ne peut pas vraiment savoir où a commencé la reproduction ni quand cela s'est arrêté. La Maryù Lassivilèch qui s'est suicidée sous nos yeux, devant chez vous, après avoir tiré sur votre pauvre gardienne, était peut-être elle-même la fille d'une autre. Vous voyez? C'est comme un cancer. On peut repérer et extirper la tumeur principale, mais on ne sait jamais à quel point le cancer s'est répandu dans l'organisme et quand il réapparaîtra sous forme de métastases. Il faut ajouter à cela que pour opérer comme elles le faisaient à l'échelle internationale, les Gorgones avaient dû utiliser les services du crime organisé. Au niveau local, des scientifiques nous ont dit que, après avoir été victimes d'intimidation, ils avaient tu les soupçons qu'ils entretenaient à l'égard de la qualité éthique des expériences de la célèbre docteure. Il y a même eu deux disparitions mystérieuses. Or donc, vous êtes tous bien placés pour savoir qu'on ne fait pas affaire avec la grande pègre comme avec un service de mes-sagerie quelconque. Les découvertes d'Œgenia Heinzgerber ouvraient des perspectives de profits intéressantes pour des organisations indif-férentes aux questions d'ordre moral, plus intéressantes encore dans le contexte de la mondialisation. Les organisations criminelles constatent que la tolérance de plus en plus étendue des sociétés modernes fait en sorte que les États prennent en charge leurs secteurs d'activité tradi-tionnels tels que le jeu, bientôt la drogue, voire la prostitution. Elles recherchent de nouvelles activités lucratives qui soient peu susceptibles de devenir légales un jour et, à cet égard, la fabrication et la commer-cialisation de chair humaine est des plus sûres.

— Grand Dieu, Liboiron, vous en parlez comme si c'était un commerce comme un autre! s'insurgea Philo.

— Ce l'est pour eux, hélas! Vendre une fille à une femme qui veut être sa mère et la rendre heureuse, ou à des salauds qui vont la découper en morceaux, de leur point de vue, ce sont deux opérations comptables identiques. On n'a pas idée de tous les usages qu'on peut faire des enfants. On peut même les vendre en pièces détachées… Selon certaines sources, Œgenia Heinzgerber aurait essayé et peut-être même réussi à produire des êtres atrophiés dont seuls les organes « marchandables » auraient été normalement constitués.

— Je ne vois pas…, dit Philo.

— Imaginez quelque chose d'humanoïde, qui aurait vaguement la forme d'une tortue, entravé et intubé, qu'on ferait croître jusqu'à ce que le cœur, le foie, les reins… puissent être prélevés.

— C'est répugnant.

— Pour le moins! Vous pensez bien que de telles recherches n'auraient aucune chance d'être menées au grand jour. Mais combien seraient prêts à payer un vieux milliardaire, un émir arabe ou un dictateur sanguinaire pour un cœur quasiment neuf? On pourrait même aller jusqu'à fabriquer des organes sur mesure, pour peu que le client soit prévoyant! Ce n'est pas tout! Songez maintenant au pouvoir que détiendraient ces bandits sur leurs clients! On n'a qu'à voir comment vous avez réagi, Madame Mignonnet, sans vouloir vous accabler, quand vous avez vu ce film.

Chantal Mignonnet broncha à peine. Elle avait l'étrange sensation de ne plus exister tout à fait, d'être devenue une autre. Julie Juillet reprit la parole :

— Ne s'agit-il là que de suppositions? Avez-vous des preuves, des pistes au moins…?

— Nous ne disposons que de très peu d'éléments. Beaucoup de morceaux de casse-tête, mais une trop vague idée de l'image d'ensemble, si vous voyez ce que je veux dire. Ils sont très bien organisés, ils couvrent à la perfection leurs arrières et réagissent très rapidement. Quand ils nous voient approcher de la maison, ils se fichent de sauver les meubles, ils rasent tout et nous sommes pris pour fouiller des cendres et interroger des cadavres. Cette affaire et toutes ses ramifications, ma chère Julie, ce sera pour moi, et pour ceux avec qui je fais équipe, bien plus qu'une enquête : ce sera l'œuvre d'une vie!

— Je souhaite de tout cœur que vous réussissiez. Il y a dix ans, j'aurais fait des pieds et des mains pour me joindre à une telle équipe, mais maintenant, la lieutenante Julie Juillet est bien morte en moi. J'ai juré que c'était la dernière enquête et je tiendrai parole. Évidemment, je serai heureuse de vous offrir mes lumières si vous croyez utile de me consulter à l'occasion.

– Je suis content que vous me disiez cela. Votre expérience est une ressource qu'il serait dommage de laisser se perdre.

– Mais nous ne parlons bien que de consultations, n'est-ce pas! s'assura Julie Juillet en jetant un coup d'œil à Philo. Que comptez-vous faire dans l'immédiat?

– Comme d'habitude, décortiquer tous les renseignements que vous nous avez apportés, tout vérifier, tout gratter, même si je suis à peu près sûr que ça ne mènera nulle part.

– Ça ne vous décourage pas? demanda Philo.

– Nous n'avons pas à être encouragés ou découragés, nous n'avons qu'à faire ce que nous avons à faire. Il ne faut jamais lâcher, de manière à être prêts à agir vite le jour où, fatalement, quelqu'un de l'autre côté commettra une erreur.

Chapitre VI

Une commande dûment remplie

JEUDI, EN FIN D'APRÈS-MIDI, dans le coin du sous-sol réservé à cet effet, Julie Juillet, avec l'aide plus ou moins utile de Carl, s'occupait de la lessive. Il était temps. Depuis le lundi où elle et Chantal avaient tout révélé à la police, elle n'avait pour ainsi dire rien fait, sinon soigner ses blessures physiques et morales, et dorloter son Carl chéri.

On aurait dit que l'harmonie était revenue au sein de la famille. S'agissait-il d'un mouvement profond ou n'était-ce qu'un réflexe de survie provoqué par les violentes perturbations des derniers jours ? Julie Juillet n'aurait pu le dire. Pour l'heure, elle ne cherchait qu'à goûter pleinement la douceur de cette espèce de convalescence et à laisser le temps construire entre elle et les « événements » un infranchissable fossé.

Or, Carl tira du panier à linge un jean noir. C'était celui qu'elle portait la nuit où elle s'était introduite dans la clinique et il avait gardé la trace de chacune des péripéties. Heureusement, les taches de sang ne paraissaient guère. Bof ! Un séjour dans la cuve du lave-linge et tous ces mauvais souvenirs allaient être emportés à jamais dans le flux des eaux usées ! Elle fouilla les poches, en retira une boulette de vieux papiers mouchoirs souillés qu'elle jeta prestement dans la corbeille.

Dans l'autre poche, il restait quelques pièces de monnaie qu'elle allait négligemment poser sur une tablette, quand elle remarqua quelque chose d'insolite.

Deux médailles!

Vers six heures, Julie Juillet ouvrit la porte à Liboiron. Philo, en raison de la rotation complexe que subissaient les horaires des policiers, rentrerait tard dans la nuit, mais cela n'avait vraiment rien à voir avec la décision d'inviter Liboiron.

— Entrez donc, inspecteur.

Liboiron jeta autour de lui des coups d'œil aux reflets empreints de nostalgie.

— Ça n'a pas changé, chez vous, dit-il.

— Pas tellement, mais il serait temps de rafraîchir un bon coup. On avait l'intention de s'y mettre pendant les vacances de Philo.

Liboiron fit semblant de ne pas avoir noté l'emploi de l'imparfait.

— Que de souvenirs! Déjà, en tournant le coin, je me suis revu, ce soir de verglas, en train de me glisser dans le véhicule de Maryù Lassivilèch…

— Moi, je revois surtout quand vous avez sauvé mon fils. Je ne sais pas si je vous ai assez remercié…

— C'est moi qui ai une dette de reconnaissance envers vous, vous le savez bien. Où serais-je, que serais-je aujourd'hui, si vous ne m'aviez donné l'occasion de me refaire une dignité?

Ce disant, Liboiron avait posé sur Julie Juillet un regard ambigu. Elle détourna la tête pour ne pas avoir à le décrypter.

— Allons, John, ne nous enlisons pas dans les souvenirs. Venez voir Carl.

Il regardait un dessin animé.

— Oh! le beau garçon! Salut! fit joyeusement Liboiron. Villefranche ne pourra jamais douter de sa paternité, ajouta-t-il en aparté.

— Non, en effet. Ils s'adorent, tous les deux. Vous aimez les raviolis?

— C'est votre spécialité, si je me souviens bien! Ça ira parfaitement.

— Vous prendrez bien un petit apéritif. Porto? Ou alors une bière?

— Oui, une bière! Ça va me remettre au goût du pays.

— Avez-vous avancé un peu dans l'enquête? demanda Julie Juillet en grimaçant pour dévisser la capsule d'une Belle Gueule.

— Oui et non. Nous avons établi un contact très serré avec le lieutenant Jack Bond. Il fait désormais partie de l'équipe. D'après ses recherches, la clinique appartenait à une compagnie « à numéro », mais derrière ce numéro, il y a l'homme avec qui vous vous êtes battue. Vous voyez le genre? Évidemment, impossible de mettre la main sur le bonhomme. Son signalement a été envoyé à tout ce qu'il y a de garde côtière du Groenland au Yucatán. Rien. De mon côté, j'ai fouillé le passé du docteur Pleau. Une histoire classique de vie ratée. Pas de pistes par là non plus.

Julie Juillet, un doigt sur la bouche, lui imposa le silence, en lui signalant des yeux la présence du garçonnet. Liboiron, qui l'avait suivie dans la cuisine, s'assit à la table et but une gorgée de bière.

— Pour ce qui est de l'autre, l'astrologue, ça a tout l'air d'un acte gratuit, comme vous le pensiez.

— Pour en revenir à la clinique d'East-Middleton, elle n'a jamais attiré l'attention des autorités?

— Il n'y a jamais eu aucune plainte d'aucune sorte... D'après Bond, les policiers du secteur ont sûrement été corrompus.

— J'ai l'impression qu'en allant me fourrer les pieds dans leurs plats, je ne les ai pas beaucoup aidés, sainte-poche!

— Pas sûr! À première vue, c'est un beau gâchis, mais supposons que Chantal Mignonnet fût allée directement à Duchaussois, qui eût aussitôt contacté la Sûreté nationale, une taupe quelconque aurait pu faire en sorte que le dossier s'embourbe. Au moins, maintenant, il y a une affaire sur la table. Personne ne peut feindre d'ignorer l'existence d'une organisation criminelle. Je vais d'ailleurs sous peu me rendre sur la côte.

— Ah bon!

Liboiron posa son verre vide sur la table.

— Il y a quelque chose de précis à chercher là-bas. Des bébés pratiquement naissants, cela ne se transporte pas comme des pamplemousses! S'ils ont installé un point de vente dans ce trou perdu, c'est sans aucun doute que l'approvisionnement n'est pas loin. Or donc, il y a eu, dans cette région durement touchée par le chômage, une formidable pluie de subventions, surtout depuis que le gouvernement central a des surplus budgétaires. Vous avez appris comme tout le monde que plusieurs de ces dépenses ont été faites avec une absence quasi totale de contrôle.

— Beau petit scandale, oui!

— Nous allons passer toute la région au peigne fin pour faire sortir tout ce qui s'y est bâti de nouveau comme industrie, hôtel, club de golf...

— J'ai un fond de bon vin. Vous le partagez avec moi?

— Rien qu'un verre.

Julie Juillet déposa sur la table le plat de raviolis qu'elle venait de sortir du four à micro-ondes et la bouteille au tiers pleine avec les verres. Sa recette n'avait pas vraiment changé, si ce n'est qu'à ses traditionnels raviolis en boîte, sur lesquels elle jetait quelques jets d'huile d'olive et du basilic frais haché, elle ajoutait désormais des morceaux de tomates séchées, avant de saupoudrer généreusement de parmesan. Elle avait aussi apprêté une salade de verdure, qu'elle achetait toute lavée et coupée. Elle appela Carl qui vint en courant.

— Mais ne vouliez-vous pas me montrer quelque chose? demanda Liboiron après avoir convenablement entamé son assiette.

— Oui, dit Julie Juillet. Il y a un détail que j'ai oublié de mentionner quand j'ai raconté mon histoire — je vous assure que c'est un authentique oubli. J'ai rapporté un trophée de mon voyage sur la côte.

Julie Juillet tendit à Liboiron un mouchoir de papier dans lequel elle avait enveloppé les médailles.

— Quelles curieuses médailles! s'étonna le policier après les avoir examinées. On dirait bien des madones... des madones à l'enfant, l'une avec une couronne fleurie, mais les inscriptions sont très usées. Je ne peux pas déterminer en quelle langue c'est écrit. Où les avez-vous trouvées?

— Trouvées, c'est un bien grand mot.

— Je peux voir, maman?

— Bien sûr, répondit spontanément Liboiron en tendant le papier mouchoir à l'enfant, mais fais bien attention de ne pas les toucher avec tes doigts.

— C'est sale?

— C'est ça, mon lapin, confirma Julie Juillet.

— Tu les as ramassées à terre?

— Au bord de la mer.

— Au bord de la mer…! répéta Carl, emporté tout d'un coup par la grande voile du rêve.

Puis il se désintéressa de l'objet et se remit à manger. Après avoir terminé son dessert, une gelée garnie de fruits frais, il se rendit dans sa chambre pour revêtir son pyjama. Julie et Liboiron en profitèrent alors pour reparler des médailles.

— Vous ne m'avez toujours pas dit d'où elles viennent, dit Liboiron.

— Je ne peux pas en être certaine, mais elles appartenaient probablement au Shark. Je vous ai raconté comment je lui ai échappé. Je n'ai pas besoin de vous décrire l'état second dans lequel j'étais à partir de ma fuite de la clinique. C'est le vieillard qui m'a réveillée qui a remarqué ces médailles : elles étaient accrochées à mon gant par l'anneau que vous voyez. Depuis quel moment précis? Théoriquement, j'aurais pu mettre la main dessus à une des nombreuses reprises où je me suis traînée par terre dans la nature, mais la probabilité la plus forte, c'est que je les ai arrachées à mon adversaire durant notre amical échange.

— En effet.

— Maintenant, est-ce que ça peut servir? C'est à vous de voir.

— Tout peut servir, Julie, tout, quand on a si peu. Je vais en apporter une au labo dès demain. Je vais vous laisser l'autre, des fois que quelque chose vous revienne en mémoire. C'est tout de même bizarre, ce bandit qui aurait porté des médailles!

— Ça s'est déjà vu… Savez-vous ce que je vais faire? Je vais me la mettre au cou, bien en évidence. On ne sait jamais, un hasard! Je pourrais croiser quelqu'un à qui ça rappellerait quelque chose.

— Pourquoi pas?

Philo, qui avait travaillé de nuit, s'était levé vers onze heures. Julie lui avait amoureusement préparé un énorme petit déjeuner d'œufs et de saucisses. À le voir mastiquer tranquillement, un œil sur Carl, l'autre vers l'extérieur où il faisait un temps de rêve, elle ne pouvait s'empêcher de penser qu'ils venaient tous les deux de franchir une passe dangereuse en montagne et que devant eux s'étendait maintenant une longue vallée tranquille.

Mais elle se méfiait de ce genre d'optimisme. Après ce qu'elle venait de vivre, n'importe quoi d'à peu près normal pouvait bien lui apparaître comme le bonheur. Philo avait un dernier long quart à effectuer cette nuit-là, avant un congé de quatre jours. Ils pourraient enfin s'occuper du potager, du moins si la météo tenait ses promesses. Ce serait un bon test pour leur aptitude à être de nouveau heureux ensemble.

— Liboiron est venu manger ici, hier soir, dit Julie.

— Ah bon! En quel honneur?

— C'est moi qui voulais lui parler. J'avais quelque chose à lui montrer.

— Des médailles toutes sales, papa! dit Carl.

— Oui, deux médailles comme celle-ci.

Elle lui montra celle qu'elle portait maintenant au cou, elle qui n'avait aucun penchant pour les bijoux.

— Je les ai rapportées de là-bas et j'avais oublié d'en parler. Ce n'est pas grand-chose, je te raconterai. Tu connais le métier, il ne faut rien négliger.

— Tu as bien fait.

— Maintenant, il y a plusieurs courses à faire. Est-ce que tu as des projets pour cet après-midi?

— Aucun. J'avais juste envie de profiter un peu de la lumière du jour, peut-être travailler dans le jardin, si le sol est suffisamment sec.

— Alors, c'est moi qui irai faire les courses. Chantal doit amener Léa; ça te dérange?

— Je devrais pouvoir contrôler ces deux petits gangsters, dit Philo en faisant un clin d'œil à son fils.

– Bon! C'est entendu. Je crois que je vais y aller tout de suite. Il y a quelque chose que tu aimerais manger?

– Bah… C'est le temps du barbecue.

– Des brochettes! inscrivit-elle.

Elle n'était pas trop férue de viandes grillées, mais il aurait suggéré un méchoui complet qu'elle n'aurait pas discuté.

Il était plus de quatorze heures quand Julie Juillet sortit, derrière un panier débordant de victuailles, du *Maxi-Mega-Mart* des *Promenades Saint-Bertrand*. Elle cligna des yeux car la lumière du jour était toujours inimitable. Quand elle sortait de ces magasins gigantesques, Julie Juillet avait toujours l'impression de revenir d'un périple dans une sorte « d'intermonde » où on ne savait jamais trop si l'on voulait vous donner un avant-goût du paradis ou plutôt vous faire croire que l'enfer peut être vivable : les limbes, quoi!

Il s'agissait pour le moment de se souvenir où elle avait garé la voiture. Elle reconstitua dans sa tête l'angle par lequel elle était venue, puis commença la traversée du parc de stationnement en faisant grincer les roues de son panier.

Après avoir suivi quelques fausses pistes et juste comme elle commençait à s'inquiéter pour les surgelés, elle repéra sa sous-compacte Mazda vermillon qui l'attendait bien sagement, mais… Quelque chose clochait! La voiture penchait! Après s'être assurée que le panier ne profiterait pas de la loi de la gravité pour se sauver avec la marchandise, elle alla inspecter le côté suspect. Ce qu'elle craignait s'avéra juste : elle avait un pneu à plat!

Ayant jugé que le mieux à faire pour commencer était de ranger les victuailles dans la voiture, elle venait de déposer le premier sac quand une fourgonnette arriva juste à côté, bien qu'il y eût maintes places libres partout. Elle s'inquiéta; il y avait deux hommes à bord qui n'avaient aucunement l'allure de magasineurs. Un signal de danger s'alluma en elle quand elle vit la portière s'ouvrir et le passager en descendre en disant :

– *Need some help, M'am?*

L'homme n'eut pas le temps de descendre complètement car Julie Juillet, par pur réflexe, leva la jambe droite et envoya une bonne savate dans la portière qui frappa durement l'homme.

Elle entendit son grognement de douleur, mais déjà, elle s'était retournée dans le but de fuir en courant. Elle ne put faire un pas et buta contre un troisième homme venu de nulle part qui la frappa violemment dans le ventre. Elle ploya sous la douleur, quelque chose s'aplatit sur sa bouche et la tira vers l'arrière. Une forte odeur de médicament remplit ses narines et sa gorge. Elle essaya de se débattre. Elle était entravée de toute part. Le soleil, dans le fond bleu du ciel, se défit en une nuée d'étincelles. Une silhouette d'homme tournoya dans le vide. Une nuit molle ensevelit toute chose.

☞

— Qu'est-ce qu'elle fait ? se demandait Philo, debout à la fenêtre, tandis que derrière lui, Carl, comme un grand garçon, expliquait à Léa la manière d'obtenir le maximum d'accélération d'une auto miniature dont on remontait le mécanisme en la faisant reculer.

Il allait être seize heures. Quatre heures pour les courses qu'elle avait à faire, c'était beaucoup trop. Avait-elle eu des ennuis ? Elle aurait pu lui téléphoner. Un embouteillage ? Où ça ? Elle n'était pas allée en ville ! Un accident ?

Alors, il vit une voiture qu'il ne connaissait pas tourner le coin, ralentir et s'arrêter. Liboiron en descendit. L'angoisse diffuse jusque-là se condensa tout d'un coup dans sa gorge. Philo se précipita vers la porte d'entrée qu'il ouvrit avant que Liboiron ait pu poser le doigt sur la sonnette.

— Qu'est-ce qui se passe ? Il est arrivé quelque chose à Julie ?

Liboiron baissa les yeux et fit oui de la tête.

— Quoi ? Qu'est-ce qui lui est arrivé ?

Liboiron se souleva légèrement sur la pointe des pieds pour voir si Carl n'était pas à portée de voix, puis parla tout bas.

— J'ai bien peur qu'elle soit en danger.

— Comment… ?

– Nous avons reçu un appel un peu passé quatorze heures : une femme disait avoir été témoin d'un enlèvement dans le stationnement des *Promenades Saint-Bertrand*. Les agents en service ont en effet trouvé une voiture et des sacs d'épicerie abandonnés. La voiture avait un pneu éventré et ce n'était pas par accident, mais à cause d'une lame quelconque, extrêmement tranchante. Par le numéro de la plaque, on a vite retracé le nom de la propriétaire… et c'est bien la voiture de Julie, Philo. Selon le témoin, trois hommes auraient attaqué une femme et l'auraient emmenée dans une fourgonnette. Je suis venu aussi vite que j'ai pu.

Si Philo n'avait pas été noir, il aurait blanchi.

– On a enlevé Julie ? redemanda-t-il. C'est ça que vous êtes en train de me dire ?

– Hélas oui !

Le colosse s'appuya au chambranle de la porte pour mieux encaisser le coup. Il se redressa vite.

– Vous pensez que ce sont les mêmes qui… ?

– Je le pense, oui, forcément. Malheureusement, nous avons très peu d'indices. Le témoin a été incapable de nous donner le numéro de plaque, la marque de la fourgonnette, pas même la couleur exacte, peut-être bleu sombre, ou noire… À la quantité de ces véhicules qu'il y a sur les routes, il ne faut pas espérer que celle-là soit repérée.

– S'ils l'avaient…

Philo ne termina pas sa phrase tant ce à quoi il pensait le plongeait dans le plus profond désespoir. Liboiron vint à son secours :

– Il y avait un tampon imbibé de chloroforme par terre. C'est signe qu'ils la voulaient vivante. Ça permet de ne pas désespérer.

Philo tourna la tête vers l'intérieur de la maison. Il entendait les enfants qui continuaient de jouer innocemment.

– Chantal ! vous savez où est Chantal Mignonnet ? demanda-t-il brusquement.

– Oui. Elle passe l'après-midi en studio. Évidemment, on lui a tout de suite envoyé de la protection.

– Qu'est-ce qu'on va faire ? Qu'est-ce qu'on va faire ? s'interrogea Philo en se passant les mains sur la figure.

— Pour le moment, on ne peut guère qu'attendre. Ils l'ont peut-être enlevée pour marchander quelque chose.

— Voulez-vous me rendre un service, Liboiron?

— Bien sûr.

— Pouvez-vous avertir le poste que je ne prendrai pas mon quart ce soir?

— C'est déjà fait.

— Ah bon! Merci. J'apprécie, vraiment.

— Pour le plus gros, vous savez, c'est mon travail, et le petit surplus, c'est tout naturel.

— Merci tout de même. Maintenant, si vous avez une idée de la manière dont je peux expliquer à mon fils l'absence de sa mère, elle serait fort bienvenue. Sainte-poche! comme elle dirait, on recommençait tout juste à être bien!

Chapitre VII

Un ministre qui fait mauvaise impression

Vers trois heures du matin, apercevant l'enseigne lumineuse d'un restaurant de routiers ouvert, Liboiron exigea d'arrêter un moment. Il restait au plus trois cents kilomètres de route avant Middleton. En début de soirée, Philo et lui avaient laissé Chantal et les enfants à Val-des-Cèdres, chez un ami sûr qui y exploitait une pourvoirie. Ensuite, ils avaient roulé presque sans arrêt, si bien que le détective avait l'impression que les dernières vertèbres de sa colonne s'étaient amalgamées et qu'il ne pourrait plus jamais marcher droit. C'était Philo qui avait conduit tout le long, vite, trop vite, surtout par ici où des bancs de brouillard profitaient de la nuit pour se faufiler hors des bois et hanter les chemins, tels des spectres maléfiques. Ils auraient peut-être mieux fait de prendre l'avion, mais vu l'étendue des moyens dont disposait l'ennemi, ils avaient jugé plus prudent d'arriver discrètement.

— Tu ne veux pas que je conduise le bout qui reste? demanda Liboiron — ils avaient décidé qu'il serait plus simple de se tutoyer — quand les deux hommes furent attablés.

— Ça va aller, dit Philo.

— Tu n'as pas dormi depuis vendredi matin!

— Ne t'inquiète pas. Je ne m'endors pas du tout. Conduire m'occupe l'esprit. Autrement, je vais me consumer d'inquiétude.

– Je comprends.

– J'ai peur, Liboiron, je te le dis franchement, j'ai peur pour Julie. On devrait peut-être appeler pour voir…

– On le saurait déjà s'il y avait du nouveau, coupa Liboiron en montrant le téléphone cellulaire qu'il venait de sortir de sa poche. Faisons confiance à nos collègues. De toute façon, si les ravisseurs avaient eu l'intention de demander une rançon ou quelque chose du genre, ce serait déjà fait.

– Il me semble aussi. Alors, peut-être que…

– Écoute, Philo… Si on veut arriver à quelque chose, il va falloir éviter de se torturer avec des hypothèses tragiques. Oui, malheureusement, il existe une possibilité qu'on l'ait enlevée pour l'éliminer, on ne peut pas se le cacher, mais ce n'est qu'une possibilité et ça ne nous aidera pas le moins du monde d'y penser constamment. Moi, je persiste à soutenir que s'ils avaient voulu la tuer, ils ne se seraient pas compliqué la vie comme ça.

– Pourquoi, alors?

– On le saura quand on l'aura retrouvée! C'est une question de temps, et de chance aussi. Les bébés n'arrivaient pas à cette clinique par téléportation, c'est sûr.

– Alors il faut se dépêcher, voulut conclure Philo en s'efforçant d'avaler ce qui restait de sa pointe de tarte, car l'appétit n'y était pas.

– Tu penses qu'à cinq ou six heures, un dimanche matin, il y aura beaucoup de monde pour nous aider?

– Non, je sais bien, mais je te le répète, j'ai peur.

– Je te répète que je te comprends.

Philo scruta pendant un moment le fond de sa tasse de café. Liboiron se demanda s'il avait bien fait de convaincre Duchaussois, qui n'aimait pas du tout l'idée de prime abord, d'affecter temporairement l'agent Villefranche à son enquête. Il l'avait fait un peu par amitié, bien sûr, mais aussi peut-être pour ne pas avoir à porter seul l'odieux d'un échec.

– Je vais te faire une confidence, Liboiron. Depuis quelque temps, ça… comment dire…?

– Ça marchait moins bien entre vous deux?

– Oui, on peut dire ça. Ça paraissait?

Liboiron venait de finir sa tarte. Il essuya, avec une serviette de papier qu'il tenait du bout de ses fragiles doigts de fille, ses lèvres minuscules en ouïes de violon, mal dissimulées par la moustache. Son regard fuyait derrière les cercles de ses lunettes. Il n'était pas à l'aise sur le terrain de la vie personnelle.

— Non, dit-il enfin, en tout cas moi, je ne m'en étais pas rendu compte. J'ai fait une simple déduction.

— Elle est juste. Note que, depuis qu'elle était revenue, on sentait – moi, du moins – que ça allait s'arranger, mais on n'a pas eu le temps de se réconcilier... officiellement et, vois-tu, ça me fait mal de penser qu'elle est peut-être en danger et qu'elle n'a pas la... certitude que je l'aime, que je l'aime plus encore que je ne l'ai jamais pensé, que je tiens à tout prix à ce qu'on reste ensemble, avec Carl... Ça lui donnerait du courage, à Julie, de savoir ça.

— Tu te sens coupable...

— Bien oui.

— Je suppose que c'est naturel. Mais tu connais Julie, hein! Mieux que moi... et tu sais que la culpabilité, c'est loin d'être son sentiment préféré... Ne t'en fais pas. Elle ressent tellement bien les choses que tu n'auras pas eu besoin de lui expliquer où vous en êtes, elle le sait.

— C'est vrai, dit Philo en esquissant un sourire plein de tristesse. Quelle femme!

Ils demeurèrent un moment sans parler. Quel étrange couple, devaient se dire les quelques clients, la serveuse, et le cuisinier grassouillet et graisseux qui attendait une nouvelle commande dans la lucarne de sa cuisine, quel étrange couple que cet athlétique géant noir et ce frêle moustachu tout pâle qui se regardaient, gênés tout d'un coup, comme deux homosexuels sur le point de se dévoiler mutuellement leur vraie nature.

— Ça ne te manque pas, des fois, dit Philo pour briser un malaise qu'il sentait prendre forme, de ne pas avoir de femme dans ta vie?

Liboiron mit du temps à répondre, se demandant plusieurs fois s'il allait vraiment dire ce qu'il avait envie de dire.

— Tu veux que je te fasse une confidence à mon tour? Je ne suis pas jaloux, parce que j'ai appris à accepter ma vie comme elle est, mais je te trouve chanceux, très chanceux d'être aimé de Julie Juillet.

Ce furent la sensation du tissu sur sa joue et l'odeur de linge propre qui réveillèrent Julie. C'était lisse et doux. Elle consacra, comme elle le faisait quand elle était enfant, la toute dernière portion de sa nuit au plaisir gratuit de fouiller les formes de l'oreiller. Ce n'était pas le sien !

Elle ouvrit brutalement les yeux et cligna plusieurs fois. Elle n'était pas dans son lit ! Elle se trouvait dans une étrange chambre orangée. Seule. Elle se rappela vaguement avoir déjà entrevu cette chambre dans ce qu'elle avait cru être un rêve. Quelque chose la préoccupait cependant de façon plus immédiate. Elle était attachée ! Elle regarda ses bras et vit les sangles qui partaient de ses poignets pour aller se perdre quelque part sur les côtés du lit. Elle eut le réflexe animal de se débattre. Son intelligence reprit vite le dessus et elle se dit qu'elle dépensait de l'énergie en pure perte. Elle manœuvra pour porter les mains à son visage. Elle n'avait pas ses lunettes.

Un raz-de-marée de détresse la submergea. Elle reconnut cette vieille et détestable sensation qu'elle cherchait à bannir de sa vie depuis son enfance, l'insupportable sensation d'avoir été violée. C'était pire encore cette fois ! Elle restait prise ! Elle demeurait victime. Elle sentit venir les larmes. Elle serra les dents, referma les yeux et respira profondément plusieurs fois. Ne pas céder ! Elle était vivante. Reprendre pied ! Analyser. Alors lui revinrent avec une étonnante précision les images de son enlèvement.

Cela n'était pas non plus un cauchemar ! Elle tourna la tête : il n'y avait aucun meuble près du lit sur lequel on aurait pu poser ses lunettes. Il n'y avait qu'un étroit buffet d'un orangé au ton un peu plus ferme que celui des murs. Il était trop loin pour qu'elle puisse distinguer ce qu'il y avait dessus.

Elle se laissa retomber. Elle fut soudainement persuadée de s'être déjà réveillée une fois. Une femme l'avait fait boire. Ce n'était certainement pas que de l'eau, pour qu'elle se fût rendormie si profondément. Donc, on l'avait enlevée dans l'intention de la garder prisonnière un certain temps. Pourquoi ? À moins qu'elle fût devenue folle ? Aurait-elle fait une crise quelconque qui eût justifié une hospitalisation radicale ? Elle se devait d'examiner toutes les hypothèses. Celle-là ne tint pas la route longtemps. Elle n'était pas dans un hôpital… il manquait des choses. D'ailleurs, dans un hôpital, lors de son premier réveil, on lui aurait expliqué ce qui lui était arrivé.

Elle fit l'effort de se redresser. Elle ne se sentait pas trop forte. Elle avait faim et soif, très soif. Elle ne ressentait aucune douleur particulière au corps qui lui eût indiqué une blessure quelconque. Elle portait une ample jaquette, de la même couleur que le meuble. En s'étirant encore, elle parvint, de la main droite, à ausculter tant bien que mal son crâne et ne décela aucun relief suspect.

Elle n'avançait pas d'un centimètre dans son interprétation de la situation : elle avait été enlevée et maintenue en état de sommeil… pendant combien de temps ? Elle tourna la tête ; il y avait une fenêtre derrière. Elle vit un ciel bleu d'après-midi. Il s'était donc écoulé une nuit, au moins.

La porte s'ouvrit alors, et la femme entra.

Philo et Liboiron avaient pris des chambres à l'hôtel Central, celui dans lequel était descendue Julie Juillet lors de son dramatique séjour. Jack Bond vint les rejoindre dans la chambre de ce dernier. Il leur fit une bonne impression, bien qu'il ait dû leur annoncer qu'il ne fallait pas compter trop avancer dans l'enquête ce jour-là. La région de la côte atlantique ne s'était jamais départie d'un fond de conservatisme. Le dimanche, ici, ressemblait encore à un dimanche.

– Ici, dit-il, sans doute pour prévenir les hommes de la Capitale que la moindre trace d'arrogance pourrait être nuisible à l'enquête, les enfants laissent encore leurs bicycles dans la rue sans les barrer !

Pour Liboiron, qui revenait d'un séjour en Europe où il avait dû composer avec une grande variété de cultures, une élémentaire considération pour la susceptibilité locale n'avait rien d'encombrant. Pour Philo, le moindre contretemps devenait un supplice. Le manque de sommeil ne valait rien non plus pour le sang-froid.

Le lieutenant Bond était heureux de participer à cette enquête, lui qui allait bientôt prendre sa retraite d'un métier qu'il avait choisi par vocation. Il avait toujours eu à cœur de protéger son monde et l'avait fait consciencieusement, sans coup d'éclat. Depuis quelques années, il se passait des choses qu'il n'aimait pas. Il ressentait un péril. Toute la région avançait en équilibre instable sur un mince espace entre des gouffres effrayants. Cela avait commencé par l'effondrement des stocks de morues. L'industrie de la pêche avait périclité. Ensuite, le gouvernement avait coupé brutalement dans les prestations sociales et des milliers de gens s'étaient sentis abandonnés. Pour pallier le chômage, les autorités locales s'étaient lancées dans une course aveugle aux investissements étrangers dont le succès, s'il permettait d'afficher des chiffres rentables d'un point de vue électoral, n'avait pas donné, si ce n'est dans la construction, beaucoup d'emplois aux gens ordinaires. Ensuite, quand le gouvernement avait réussi à dégager des surplus budgétaires, au lieu de remettre au peuple ce qu'il lui avait enlevé, il avait plutôt continué à distribuer des centaines de millions en subventions à des entreprises souvent douteuses, scandalisant l'opinion publique. D'ailleurs, l'opposition le harcelait à ce sujet depuis des mois. Au sentiment d'abandon s'était ajouté celui de trahison, et la morale publique avait commencé à s'éroder dangereusement. Une mystérieuse clinique comme celle d'East-Middleton, Bond en était convaincu, n'aurait pas pu opérer comme ça vingt ou trente ans plus tôt. Et bien sûr, il ne parlait pas de la drogue, qu'on pouvait désormais se procurer presque aussi facilement que du pâté de homard.

— Il y aurait bien des enquêtes à mener, avait dit Bond. Ce n'est pas facile, et il y en a de qui ça fait l'affaire de laisser aller.

Il était content de participer à l'enquête parce que enfin, vu la gravité des crimes commis, ce serait impossible d'étouffer cette affaire-là. On allait y mettre encore davantage de ressources du fait qu'elle dépassait le niveau régional. S'il y avait une chose capable de mobiliser la région, c'était bien la perspective de perdre la face devant le reste du pays !

Mais pour ce dimanche, le mieux à faire, c'était de se préparer. Ils se rendirent d'abord à la clinique.

— D'après le rapport de l'inspecteur des feux, avait expliqué Jack Bond, les incendiaires n'ont pas été regardants sur les « accélérants ». Le feu a pris en même temps dans quasiment toute la bâtisse.

La clinique n'était plus qu'un carré de boue noirâtre contenue dans les vestiges de fondations de pierres des champs et dans lequel quelques rares poteaux dressaient encore leurs moignons calcinés.

— On n'a même pas trouvé un restant de téléphone.

— Il faudrait passer tout ça dans un tamis géant, avait badiné Liboiron.

— Oh! On n'a pas ça par ici, avait déploré Bond, un peu piqué dans son orgueil.

— Je disais ça comme ça. Je ne crois pas que ça existe.

Autour des ruines, sur le sol, l'histoire des dernières heures de la pseudo-clinique obstétrique d'East-Middleton demeurait cependant bien lisible dans le gribouillis des traces de pneus. Bond identifia celles de la voiture de Julie Juillet et celles du Sierra du Shark. La camionnette avait été fouillée à la loupe. On y avait décelé des myriades de particules de toutes les drogues commercialisées depuis son année de fabrication.

— Un gars aurait pu se geler rien qu'en sniffant le *dash*! de plaisanter Bond.

À part cela, rien d'instructif. Bond était de plus en plus enclin à conclure que le Shark avait été liquidé.

— Ça lui donnerait quoi de rester caché avec son bateau? Il faudra bien qu'il se montre la face un jour ou l'autre! Bien sûr, il pourrait avoir déguisé son bateau, s'être forgé une nouvelle identité, mais je ne le pense pas, à cause de sa blonde. Ils étaient ensemble depuis des années et, d'après tous ceux qui les connaissaient, ils étaient bien assortis. En tout cas, c'est actuellement la fille la plus surveillée de la côte.

L'équipe se déplaçait dans le tout-terrain de Bond. Ils traversèrent la route pour s'avancer dans le champ. Là aussi, le sol était balafré. Philo arpenta les lieux pendant une bonne heure, la tête baissée, et il était bien difficile de savoir s'il cherchait quelque chose ou s'il ne se recueillait pas tout simplement sur son angoisse.

Ils refirent l'itinéraire de Julie Juillet sur la grève. En un peu plus d'une demi-heure, ils arrivèrent en face du chalet d'Aurélien Boudreau, qui ne put que leur répéter son histoire pendant que sa femme s'agitait en maugréant qu'elle en avait assez d'être constamment dérangée, que si c'était comme ça, il ne faudrait plus que son mari compte sur elle pour venir gaspiller les étés dans ce trou. Sa mauvaise humeur contribua à abréger l'entretien.

Les policiers interceptèrent ensuite Roger, au moment où il partait travailler (la saison de pêche au homard n'était pas terminée). Lui aussi leur répéta ce qu'il avait déjà dit à d'autres, à savoir qu'il connaissait le Shark de réputation. Il savait qu'il ne se vendait pas un gramme de drogue dans le coin qui n'eût passé entre les mains de ce bandit, mais le personnage jouait depuis longtemps dans les « ligues majeures » et ne s'occupait plus du menu fretin.

L'équipe se rendit ensuite au bureau de Bond, qui déploya une carte de la région et qui s'appliqua à tracer des cercles concentriques à partir de Middleton. Bond était d'accord sur le fait que les bébés étaient amenés à la clinique par la route. Il avait envisagé le bateau un court instant, mais l'avait rejeté parce qu'il n'était pas rare que le mauvais temps empêche toute navigation durant plusieurs jours consécutifs. Quant à l'avion, plus encore l'hélicoptère, il posait un évident problème de discrétion.

Combien de temps, au maximum, un nourrisson pouvait-il voyager dans une voiture ? Dans une voiture spécialement aménagée, il n'y avait pour ainsi dire pas de limite. D'après Julie Juillet, la clinique elle-même était équipée au minimum. Les nourrissons devaient y entrer et en sortir dans la même journée. On pouvait penser que le transport de la « marchandise » obéissait aux mêmes règles d'économie. Tout bien réfléchi, un trajet relativement court et sans escale leur apparut l'hypothèse la plus plausible, tout en admettant que cette hypothèse, comme n'importe quelle autre, ne reposait pas sur grand-chose de solide. Il fallait pourtant délimiter un espace pour commencer les recherches. Trois heures de route était une limite raisonnable, disons quatre. Cela donna un cercle énorme ! En éliminant les secteurs peu accessibles, ils s'étaient bientôt retrouvés devant une zone moins vaste, mais qui ressemblait aux pièces d'un casse-tête incomplet.

— Et maintenant, qu'est-ce qu'on cherche ? demanda Philo.

— Une *shop* quelconque, répondit Bond. Évidemment, ce n'est pas impossible qu'ils opèrent dans une résidence privée, mais ce serait plus compliqué pour l'achat du matériel, non? Ils avaient une raison sociale avec la clinique. C'est probablement leur façon d'opérer. En tout cas, il faut espérer que ce soit ça, parce que, autrement, ça va être encore plus difficile.

Bond avait déjà commandé une liste de toutes les entreprises qui s'étaient établies dans les états de la côte depuis vingt ans, avec une sommaire description de leur secteur d'activité.

— Nous commencerons par les plus anciennes et nous procéderons par élimination. Ça devrait aller assez vite. Il y a des usines bien connues, d'autres qui n'ont vraiment pas rapport, comme la transformation de poisson ou le coupage de bois, et puis celles qui ont fermé... À trois, en une couple d'heures, on devrait réduire la liste à une cinquantaine de noms.

— Tant que ça!

— Ben oui... Peut-être plus, quand on y pense. On ne sait pas vraiment ce qu'on cherche. Après, de cette liste-là, on va pouvoir en éliminer plusieurs par quelques coups de téléphone. Le plus long, ça va être de faire la tournée de celles qui vont rester. Oh! j'ai aussi demandé la liste de toutes les cliniques. Ça se peut qu'ils en aient d'autres.

— Ouais, dit Philo, pendant que Liboiron contenait mal un violent bâillement, on est aussi bien de se mettre à l'ouvrage tout de suite. Où sont ces listes?

— Je ne les ai pas encore! On me les a promises pour demain.

— Alors, on ne peut rien faire!

— On peut aller souper! conclut Bond après un instant de réflexion.

Un découragement massif s'abattit sur Philo.

Bond insista vigoureusement pour amener ses deux collègues manger chez lui. Sa femme, disait-il, cuisait le homard comme personne dans le pays. Sans s'être consultés, Philo et Liboiron étaient d'accord sur le fait qu'un repas fastueux, dans les circonstances, était pour le moins déplacé. Bond ne l'entendait pas ainsi, le homard, en saison, étant pour lui un mets quasiment quotidien.

Il habitait un bungalow tranquille dans un joli quartier à la périphérie de Middleton. Madame Bond, sorte de Betty Crocker devenue grand-mère, les accueillit chaleureusement. Toute la maison embaumait la mer. Les homards étaient énormes, tendres et juteux. Philo n'eut d'autre choix que de se montrer courtois et de manger et boire nettement plus qu'il n'en avait envie.

Le lendemain matin, il fut le premier debout. Il téléphona à Liboiron pour le sortir du lit, puis à Bond pour s'assurer qu'il les prendrait bien à huit heures, comme il l'avait promis la veille, en les déposant à l'hôtel.

Le temps se maintenait au beau. Sa chambre donnait sur l'arrière-pays, dont il apercevait un morceau entre deux édifices. Il regardait et essayait de ressentir quelque chose. Ah! s'il avait pu avoir l'intuition de Julie? Comment savoir si elle n'était pas là, quelque part dans cette ville?

Et tout d'un coup, un blues d'Amélyne lui monta au cœur*. Il y avait longtemps qu'il n'avait plus songé à son premier grand amour. Il lui était difficile, maintenant, de redessiner, en pensées, les traits harmonieux, fermes et amples de son visage, son expression sereine et résolue. Amélyne... son amour perdu. Quand il s'était enfin décidé à aller la chercher en Haïti, leur pays d'origine qu'elle avait entrepris de sauver, elle était déjà morte. Il ne laisserait pas un tel malheur le frapper de nouveau. Il délivrerait Julie, il la ramènerait à Saint-Bertrand auprès de leur fils et il l'aimerait comme il ne l'avait pas assez aimée encore.

À la différence de son amour pour Amélyne, venu spontanément, son amour pour Julie était un amour choisi, construit, du moins, c'était ce qu'il avait toujours cru. Or, la menace brutale dont il était l'innocente victime lui révélait que cet amour était tout aussi passionné! Pourquoi avait-il fallu cela?

Liboiron frappa à sa porte.

— J'arrive! cria Philo.

Il prit son blouson sur le dossier du fauteuil et ouvrit.

— Tu as bien dormi? demanda Liboiron, pendant qu'ils attendaient que s'ouvrent les portes de l'ascenseur.

— J'ai dormi. Toi?

---

* Voir: *Enquête sur la mort d'une vierge folle.*

— Comme une bûche. Je ne voudrais pas avoir l'air de... mais il faut être en forme physiquement et mentalement pour avoir les idées claires. On est comme dans une compétition sportive de haut niveau, sauf que les enjeux ne sont pas les médailles, ou l'argent : les enjeux sont la vie, la souffrance... la mort. Les erreurs...

— Je le sais, John.

— Je sais que tu le sais. Mais nous faisons équipe et je voulais...

L'ouverture des portes libéra Liboiron de l'obligation de s'expliquer davantage. Ce fut comme si l'ascenseur descendait plus vite à cause du poids de ce brusque silence.

À peine débarquaient-ils dans le hall qu'ils aperçurent Jack Bond qui leur faisait signe de la main. Sa tête paraissait plus rose encore sous ses cheveux blancs et mal peignés, son nœud de cravate était tout croche, bref, il avait l'air de quelqu'un qui avait quitté la maison précipitamment. Il courut presque à leur rencontre.

— Vous avez les listes ? demanda Philo sans même prendre le temps de dire bonjour, tellement l'autre avait l'air excité.

— Non, mais on n'en aura peut-être pas besoin : j'ai mieux, bien mieux.

Il brandissait un journal au bout de son bras.

La femme portait un plateau qu'elle posa sur une tablette escamotable installée sur le côté du lit.

— Il faut manger, dit-elle simplement.

— Où suis-je ? rétorqua Julie Juillet, sans vraiment espérer une réponse.

La femme ne portait plus de masque, mais c'était tout comme. Son visage était terne, ses traits effacés et ses yeux n'exprimaient rien. Elle souleva le couvercle d'un plat et une fine vapeur s'éleva.

— Où suis-je ? répéta Julie Juillet.

Avec une cuiller, la femme agita une purée beige.

— Il faut manger.

— J'ai soif ! dit Julie Juillet, avisant un verre de jus sur le plateau.

— Il faut manger d'abord.

La femme approcha l'ustensile de sa bouche. Cela sentait plutôt bon. C'était une sorte de gruau avec des morceaux de noix et de fruits.

— Mangez sans crainte, dit la femme, qui parlait le français avec un indéfinissable accent. Cela est bon pour vous.

— Où suis-je? essaya encore Julie Juillet.

— Vous n'avez pas besoin de savoir. Vous ne pouvez pas partir, c'est tout.

— Qu'est-ce que vous allez faire de moi? Vous voulez une rançon?

— C'est le docteur qui décide.

— Le docteur?

Julie Juillet se demanda de nouveau si elle n'était pas folle! Se pouvait-il qu'elle eût rêvé cet enlèvement? Se pouvait-il que l'hypothèse de la crise fût la bonne?

— Quel docteur?

— Le docteur Oh.

— Eau!?

Non. Elle se sentait parfaitement lucide. Il n'y avait guère qu'une explication à ce qu'il lui arrivait: on l'avait prise en otage! L'organisation criminelle qui faisait le trafic des enfants, se sentant menacée… Oui. C'était la seule explication. Ces bandits, se dit-elle, accordaient beaucoup d'importance à sa modeste personne pour présumer que le train judiciaire allait appuyer sur les freins simplement parce qu'ils l'avaient attachée à la voie ferrée! Par contre, ignorant tout de l'affaire du juge Hunter, peut-être n'avaient-ils pas idée de l'ampleur de l'opération visant à les débusquer. Le mieux à faire pour elle, pour le moment, était d'économiser ses énergies.

— Je peux manger toute seule? demanda-t-elle à la femme.

— Bien. Je crois que vous êtes raisonnable. C'est mieux ainsi, car celles qui ne se sont pas résignées l'ont payé très cher.

— Comment? Il y en a d'autres!

— Oui. Mais vous, vous êtes spéciale. Ils vous ont laissé vos cheveux.

— Quoi!? Je ne comprends pas.

— J'en ai assez dit. Mangez.

La femme avait détaché la main gauche de Julie Juillet et lui avait donné la cuiller. Julie Juillet goûta d'abord du bout des lèvres. C'était bon, légèrement sucré… peut-être bourré de drogue! Elle n'avait cependant pas le choix, il fallait qu'elle prenne des forces, et elle mangea. Après, elle but. Elle ne ressentit aucune envie de s'endormir. Bien au contraire.

— Maintenant, vous allez venir dehors. Vous devez seulement marcher, pas parler.

— C'est pire que la petite école, ici! persifla Julie Juillet.

— C'est pire que tout ce que vous connaissez, répondit la femme sur un ton à donner des sueurs froides, un ton faussement glacial, faussement indifférent pour une réponse trop spontanée...

Peut-être elle-même avait-elle subi le pire en question.

— Je peux avoir mes lunettes?

La femme hésita un instant puis, haussant les épaules, acquiesça à la demande de sa prisonnière.

Jack Bond, Liboiron et Philo venaient de s'attabler au restaurant de l'hôtel.

— Alors, qu'est-ce qui vous excite donc tant? demanda Philo, toujours fébrile.

Bond déploya un exemplaire du jour du tabloïd *Coastal Daily Star*. Sur toute la une, la photo couleur d'un homme grisonnant, mince et élégant, la tête penchée comme celle d'un enfant pris en défaut, attirait l'attention.

— Qui est-ce? demanda Liboiron.

— Vous ne le reconnaissez pas? s'étonna Bond.

— C'est un politicien, non? dit Philo.

— Exact. C'est l'honorable Trevor Arsenault, le ministre du Développement régional.

Il y avait de l'ironie dans la façon dont Bond avait prononcé le mot honorable.

— Je rentre d'un long séjour à l'étranger, se justifia Liboiron.

— *Anyway*... C'est un gars du coin: il est député de Chipagunish.

— Chipa... quoi?

— Chipagunish. C'est un nom indien. C'est le comté voisin, au nord. On peut dire que Trevor Arsenault est la personnalité politique la plus importante de la côte depuis plusieurs années.

— Il a fait une bêtise?

La question n'était pas inspirée uniquement par l'allure contrite du politicien, laquelle n'avait d'ailleurs probablement rien à voir puisqu'il s'agissait d'une photo d'archives. La manchette, courte et cinglante comme seuls les journaux anglais savent le faire, était accablante : *Arsenault smears!*

— Probablement plus qu'une, expliqua Bond. Vous êtes au courant de l'affaire des subventions à la création d'emplois?

— Plus ou moins, répondirent ensemble les deux policiers de la Capitale.

— C'est le vérificateur général qui a déclenché l'affaire à l'automne dernier en révélant que le gouvernement ne se donnait jamais la peine de vérifier si les entreprises qu'il subventionnait utilisaient vraiment l'argent reçu aux fins prévues. Il avait relevé une dizaine de cas où les fonds s'étaient perdus dans la nature. Maudit beau cadeau pour l'opposition! Dès la rentrée de l'hiver, ça s'est mis à tirer de tous les bords. Le gouvernement a fait l'innocent : ce n'étaient que quelques erreurs administratives. L'opposition n'a pas lâché. Les journalistes se sont mis à fouiner de leur côté. Les cas bizarres se sont multipliés. Il y a même des compagnies qui avaient reçu de l'argent sans jamais avoir fait de demande. Vous savez comment ça marche, la politique : tant qu'on ne peut pas attraper quelqu'un, mettre un nom sur une affaire, prendre un ministre, c'est comme si on chialait contre le mauvais temps. Là, y'en a un qui vient de se faire pogner.

— Le député de Chinapigouche! conclut Philo. Mais…

— Chipagunish, corrigea Bond. Vous vous demandez en quoi ça nous intéresse? Vous allez voir. Un journaliste du *Daily* a mis la main sur la copie d'une vieille lettre signée par Arsenault, à titre de ministre, et envoyée à un haut fonctionnaire pour lui donner l'ordre d'expédier des chèques à une série de compagnies à numéro sans passer par la procédure habituelle. C'est grave. Surtout que des compagnies à numéro, ça peut apparaître et disparaître très vite. Maintenant, si je vous dis : C-432207, ça vous rappelle-t-y quelque chose?

Philo fit la moue. Liboiron parut vivement intéressé.

— Oui oui! s'exclama-t-il après quelques secondes. C'est le numéro de la compagnie qui possédait la clinique!

– En plein ça! Et ce numéro est cité dans l'article.

Bond ouvrit le journal et posa le doigt sur un paragraphe qu'il avait encerclé au stylo.

– Voyez: c'est une des compagnies qui a profité des cadeaux du ministre.

Le numéro apparaissait en effet dans une liste brève, mais horriblement longue, dans les circonstances.

– Est-ce qu'on apprend quelque chose sur cette compagnie?

– Ni sur elle ni sur les autres, malheureusement. Le pire, selon le journaliste, c'est que la lettre parle de « renouveler » les subventions.

– Ah bon! Ils remontent à quand, les premiers cadeaux de « monsieur le ministre »?

– C'est ce que l'opposition va chercher à savoir. La découverte de cette lettre risque de donner son coup de mort au gouvernement. Le R.R.P.* est au pouvoir depuis une quinzaine d'années. C'est lui qui, après l'élimination du déficit, a créé tous les programmes d'aide, au lieu de baisser les impôts…

– Excusez-moi, coupa Philo, mais pour le moment, il n'y a que le sort de Julie qui m'intéresse. Il faut savoir qui se cache derrière ce numéro au plus sacrant.

– *Of course!* dit Bond un rien brusqué. Nous allons nous rendre au bureau de comté du ministre, pour commencer. Il y a de bonnes chances que quelqu'un soit au courant dans la boîte. Prenez donc le temps de manger, on ne trouvera personne avant neuf heures de toute façon. Et puis, il vaut mieux leur laisser le temps de se débarrasser des journalistes.

– Peut-être qu'en téléphonant…

– Pensez-y même pas. Ils ne répondront pas de la journée. Non, le mieux, c'est de nous pointer là vers dix heures et demie… onze heures. De toute façon, c'est à une bonne heure de voiture.

Le téléphone de Liboiron interrompit la discussion et fit se lever quelques paires d'yeux agacés aux tables avoisinantes. Liboiron répondit et se rendit dans le hall.

Le serveur arriva sur les entrefaites. Philo avait demandé un œuf à la coque avec des rôties et du jus d'orange. Il y avait une cafetière

* *Right and Red Party.*

pour tout le monde. Bond se versa du café fumant tandis que Philo s'attaquait sans conviction à la coquille de son œuf.

— Avez-vous demandé un œuf de mouette? plaisanta Bond.

— Pardon! fit Philo dont les pensées erraient déjà.

— C'est tellement minuscule, cet œuf! C'est tout ce que vous allez manger, un grand homme comme vous? Ce n'est pas assez.

— Si on vous avait enlevé votre femme, vous auriez beaucoup d'appétit?

— Oh! Ma femme... ce serait bien surprenant. Elle n'est pas du genre à courir l'aventure, vous l'avez remarqué.

— Que voulez-vous dire? Que la mienne a mérité ce qui lui arrive?

— Non, bien sûr. Mais enfin, sans vous fâcher... je l'ai rencontrée rien qu'une fois... Vous devez bien admettre qu'elle a pris des risques qu'elle n'aurait pas dû.

Philo allait protester. Bond le retint en levant la main.

— Ça n'a rien à voir, vous avez raison. Sauf que... ma femme, par exemple, elle serait déjà morte de peur, tandis que votre Julie, je suis sûr qu'elle garde bien le contrôle de ses nerfs.

— Facile à dire. Vous ne savez pas plus que moi ce qu'ils lui ont fait.

— Non, c'est vrai.

— J'ai peur, comprenez-vous?

— Bien sûr...

— Non, je ne crois pas. Vous ne comprenez pas, Liboiron non plus, d'ailleurs. Vous ne pouvez pas comprendre. Moi non plus, je ne comprendrais pas, sans doute, parce que, on a beau être policier, tant qu'on n'a pas été du bord des victimes, on n'a rien compris.

Bond baissa les yeux en silence.

— Excusez-moi, dit Philo, se reprenant. Vous êtes un homme de métier, je n'ai pas à vous...

— Ça va, dit Bond. Ce n'est pas grave. Au moins, mangez-le, cet embryon! Moi, tout ce que je voulais dire, c'est que le cerveau a besoin d'énergie pour bien fonctionner.

Liboiron revint s'asseoir. Comme s'il suivait le conseil que Bond venait de donner à Philo, il se mit aussitôt à dévorer ses crêpes.

– L'appel, c'était à propos de ces médailles, dit-il sans s'arrêter de mâcher. J'avais confié celle que j'avais emportée au médecin légiste. Il l'a identifiée.

– Pourquoi au médecin légiste ? demanda Bond.

– C'est vrai que vous ne connaissez pas le docteur De Barros. Son dada, c'est l'Internet...

– Qu'est-ce qu'il a trouvé ? coupa Philo.

– La médaille que je lui ai remise – donc, l'autre de même – provient de Gambal'yo. C'est, paraît-il, une île perdue des Philippines. Vous connaissez ?

– Non.

– Non plus.

– Vous n'avez pas à vous sentir ignorants. Moi-même, je n'avais jamais entendu ce nom. D'après ce que j'ai compris, ce n'est pas le genre de destination touristique qui remplit le cahier « Vacances » des journaux du samedi, loin de là. Très peu de plages, un relief sans attraits sportifs, le minimum de sites historiques, pas de ressources naturelles, aucun intérêt stratégique... bref, un trou. Mais, au centre de l'île, sur un plateau revêche, vit en autarcie...

– En quoi ? fit Bond.

– ... en autarcie, c'est-à-dire à peu près complètement refermé sur elle-même... vit donc, depuis trois siècles, une population issue du croisement des indigènes avec des Européens de passage, plus ou moins colonisateurs ou évangélistes. C'est un monde de quelques dizaines de villages, où l'on parle une manière de sabir ou de pidgin distinct tirant du côté des langues latines, et où l'on pratique un christianisme primaire et idolâtre.

Liboiron se tut.

– Et alors ? insista Philo.

– Et alors quoi ?

– Ça nous amène à quoi ?

– À rien, pour le moment. Julie a rapporté cette mystérieuse médaille de son aventure ici. Nous savons maintenant d'où elle provient. Il se peut que cela ne serve à rien. Quand on enquête, agent Villefranche, on se doit de recevoir également chaque information, sans spéculer sur son utilité.

Philo n'apprécia pas du tout le ton de cette dernière phrase. Il essaya de n'en rien laisser paraître et acheva son œuf.

Julie Juillet respirait à pleins poumons l'air suave que déversait un ciel dans lequel s'étiolaient les dernières brumes du matin. Il y a des moments où les flics aimeraient être vraiment des chiens, plaisantait-elle en elle-même, dans le but avoué de dédramatiser la situation. Ici, ça sentait la forêt, la forêt fraîche des zones climatiques tempérées. Elle ne percevait aucun effluve salin. Elle ne décelait pas non plus de pollution industrielle. Non, rien qu'une forêt qui pouvait pousser n'importe où dans le Nord-Est de l'Amérique, une forêt qu'elle devinait s'étendant de l'autre côté de la clôture opaque qu'on apercevait, courant derrière les épinettes bleues! La région était accidentée et les courbes des collines coupaient toute velléité d'horizon. À en juger par la végétation abondante, on ne se trouvait pas à une altitude très élevée. Sans cette clôture qui gâchait tout, le site eût été enchanteur, idéal pour un centre de ressourcement spirituel.

Il en avait quelque peu l'air, d'ailleurs, avec toutes ces femmes à la tête rasée, qui marchaient en silence dans leurs amples robes aux teintes pastel, les yeux baissés. Il n'y avait pas que la clôture qui apportait une note discordante, il y avait surtout ces gardiennes, habillées comme des infirmières et bâties comme des réfrigérateurs (et tout aussi chaleureuses).

Julie Juillet suivait le groupe à quelques pas derrière. Elle se sentait mieux, alerte même. Elle était certaine de ne pas rêver, de ne pas être folle, même si elle ne comprenait rien! Une seule chose lui apparaissait évidente: elle n'avait pas été amenée en ce lieu pour être assimilée au groupe. Sa gardienne ne lui avait-elle pas dit qu'elle était « spéciale »? Il était évident qu'on ne voulait même pas qu'elle s'approche des autres. Si on l'avait prise en otage, pourquoi ne pas l'avoir simplement enfermée dans un fond de cave? Tant de questions faisaient la ronde dans son esprit!

Le circuit de la promenade – qui ne variait probablement jamais du moindre degré – était tout entier inclus dans une sorte de parc situé à l'arrière d'un complexe imposant. C'étaient des édifices à un étage, parfois deux, tous reliés, certains avec des fenêtres alignées, d'autres sans, aux lignes rudimentaires, des « boîtes à savon », comme on disait. Si le parc faisait penser à un centre de villégiature, il n'en était pas du tout de même des bâtiments vers lesquels les femmes redescendaient maintenant.

On les dirigea vers une aile cubique percée seulement d'une porte aveugle. Elles entrèrent une à une. Julie Juillet fut surprise de découvrir une piscine de bonne taille, peu profonde, sans plongeoir, sans lignes au fond, sans chaise de sauveteur. Son regard fut vite détourné de l'eau turquoise par un des spectacles les plus étonnants qu'il lui eût été donné de voir dans sa vie – qui n'en avait pourtant pas manqué!

Toutes les femmes avaient retiré leurs robes et les avaient accrochées. Puis, nues, tournant à peine un regard perplexe vers une Julie Juillet béate, courbées dans la résignation, elles s'étaient dirigées vers le fond de la salle où étaient alignés des pommeaux de douche. Les corps de ces femmes ne révélaient pas clairement leur âge. Certes, toutes semblaient en bonne condition physique, les seins et les fesses contenus, les mollets solides mais, par la lenteur de leurs mouvements ou par d'étranges rides sur les visages, on les sentait prématurément vieillies. La plupart d'entre elles étaient visiblement enceintes! Et leurs corps ne portaient pas le moindre poil!

Tandis qu'elle contemplait cet étrange rituel, une chaîne de rapports commença à s'agencer dans l'esprit de Julie Juillet. De conscriptions de femmes enceintes à production d'enfants, à commerce d'enfants, à Léa, à sa sœur jumelle martyrisée, à jumelles identiques, à… parthénogenèse! De parthénogenèse à Œgenia Heinzgerber, à Maryù Lassivilèch, à… elle-même! Comme si le monde se retournait telle une crêpe! Elle se sentit étourdie. Était-ce possible? Était-elle, comme la victime d'une tragédie grecque, manipulée par des dieux capricieux qui s'amusaient à toujours la replonger dans la même tourmente?

Mais voilà que les femmes, deux à deux, puisaient de la mousse blanche dans une jarre qui leur avait été apportée et s'en enduisaient les régions du corps où des poils sont susceptibles de pousser, puis commençaient à se raser les unes les autres. Julie Juillet se jura que si elle se sortait de cette histoire et reprenait sa carrière de bédéiste, elle insérerait cette scène dans une de ses œuvres. Dans la lumière ondoyante d'une salle d'eau, les traits minutieux des rasoirs sur ces corps de femmes qui s'offraient en s'écartelant, les chairs qui se voilaient de mousse blanche pour réapparaître presque aussitôt en bandes lisses et luisantes, les têtes qui se penchaient, les seins suspendus dans la résignation, tout cela constituait un tableau inclassable, qui rappelait autant Bruegel que Dalí, Goya que Renoir! Et finalement, les réalistes contemporains par la précision clinique des détails… N'était-ce pas plutôt un ballet? Une danse paradoxale explorant les limites de l'immobilité dans un environnement à la limite du silence? *Les baigneuses* revisitées?

Une première femme entra dans l'eau en un court saut qui ne fit pas d'éclaboussures. Puis une autre. La gardienne de Julie Juillet lui fit alors un signe qui constituait sans équivoque une invitation à s'immerger à son tour. Julie Juillet fut à peine surprise : pourquoi l'aurait-on amenée en ce lieu sinon pour qu'elle prenne un bain? En matière d'otage, on avait vu plus maltraitée, mais puisqu'il en était ainsi, autant en profiter. Elle maîtrisait assez bien sa pudeur pour n'hésiter qu'une fraction de seconde à retirer sa robe et à exposer son corps, dont elle n'était pas particulièrement fière. Par ailleurs, du fait qu'elle n'était pas tondue comme les autres, elle avait l'impression, même toute nue, d'être encore habillée!

Elle ne ressentit pas le moindre frisson en plongeant. Elle fit quelques brasses erratiques, goûtant la fine fleur de l'eau sur sa peau, mais la piscine n'était pas assez creuse à son goût. Elle avait toujours aimé nager en eau profonde, à cause de la sensation de danger, d'inconnu.

Un choc… un contact! Une peau glissant contre la sienne et… des yeux verts, si grands que tout autour rapetisse à mesure que Julie Juillet s'y laisse engloutir. Des yeux étonnés qui s'abaissent sur la poitrine de Julie Juillet. Qu'est-ce que… ? La médaille! Elle regarde la médaille que Julie Juillet porte au cou et qu'elle avait complètement oubliée. L'autre veut dire quelque chose. Elle parle, mais Julie Juillet ne comprend pas sa langue.

Aussitôt une rafale d'imprécations se répercute en écho. Les grands yeux se détournent vivement vers la gardienne qui hurle en battant l'air du bras. Julie Juillet ne saurait dire non plus en quelle langue la harpie, debout au bord de la piscine, crie. Le message est pourtant clair. La femme aux yeux verts s'éloigne aussitôt. Julie Juillet a tout juste le temps de remarquer qu'elle porte un grand nombre de vilaines cicatrices, comme si elle était passée au travers d'un pare-brise de voiture.

Entendant qu'on lui intimait l'ordre de bouger, Julie Juillet se laissa à nouveau glisser dans l'eau. Son regard suivit aussi longtemps que possible l'étrange femme en concentrant tout son esprit à mémoriser la forme de sa tête, son oreille qui semblait avoir été mâchée par une bête et tout autre détail qui lui permettrait de la reconnaître.

Quelle étrange rencontre! Pourquoi cet intérêt pour la médaille?

Pendant qu'on se rhabillait, Julie Juillet put noter que la mystérieuse femme portait une robe bleu marial. Sur le chemin du retour aux chambres, elle parvint à ne pas la perdre de vue, quoiqu'elle fût encore tenue à l'écart. Elle eut bientôt l'impression d'une réminiscence. Ce visage avait quelque chose de familier.

Dans les couloirs de l'aile « dortoir », la troupe marcha à la queue leu leu, s'arrêtant de porte en porte pour y enfermer une pensionnaire après l'autre. Le hasard voulut que la femme à la robe bleue arrivât à la sienne avant Julie Juillet. Celle-ci enregistra dans sa mémoire le trajet exact qui menait de l'une à l'autre.

Vers les dix heures, Philo n'ayant pu tenir plus longtemps, les trois policiers arrivèrent au bureau de comté de Trevor Arsenault, dont l'antichambre était noire de monde. Le personnel, en proie à un désarroi pathétique, ne cessait de répéter que le ministre était retenu dans la Capitale par des affaires courantes, qu'il n'avait aucune déclaration à faire pour le moment, sinon qu'il n'avait rien à se reprocher, qu'il avait donné à ses avocats le mandat de passer au crible l'article du *Coastal Daily Star* et qu'il convoquerait une conférence de presse dès qu'il aurait reçu leur rapport.

— Le ministre reconnaît-il au moins l'authenticité des documents?

Et le refrain reprenait.

Les policiers, jouant laborieusement du coude, essayèrent de se faire reconnaître le plus discrètement possible. Ce ne fut pas assez et ils essuyèrent bientôt eux-mêmes le feu des journalistes. Bond affirma à un auditoire incrédule que leur présence n'avait rien à voir avec les manchettes du jour puis, sans chercher à convaincre davantage, entraîna le représentant du ministre vers le bureau de ce dernier dont il referma la porte, laissant Philo et Liboiron de l'autre côté en guise de gardiens. Les deux hommes prirent leur mal en patience, répondant, dans la langue de Molière à des questions qui leur étaient lancées dans celle de Shakespeare, qu'ils n'étaient pas du lieu et n'avaient pas lu les journaux.

Bond sortit enfin et ils le suivirent. Ce ne fut que quand ils eurent pris place dans le véhicule de ce dernier qu'il leur révéla que le ministre se terrait dans sa résidence personnelle, à une demi-heure de voiture, au bord de la côte.

Plus qu'une résidence, c'était presque un domaine entouré d'un muret en briques roses, avec une grille en fer forgé qui en fermait l'entrée. Un dispositif installé au bout d'un poteau court permettait de sonner puis de s'identifier sans descendre de voiture.

— Avez-vous un mandat? demanda sèchement, en anglais, une voix féminine lorsque Bond eut décliné son identité et celle de ses compagnons.

— Oui, répondit aussitôt Bond, surprenant ainsi ses collègues.

La grille s'ouvrit lentement.

— Les trois quarts du temps, les gens ne demandent pas à voir, justifia Bond. Vous n'allez toujours bien pas me reprocher cette petite ruse pour gagner du temps?

— Certainement pas, de répondre Philo.

Mais Bond se trompait. La même voix qui avait répondu plus tôt, incarnée dans une manière de robot féminin, impeccable de la coiffure aux souliers vernis, modèle classique d'attachée politique, exigea de voir le mandat avant de permettre aux policiers de passer la porte d'une fort jolie villa de construction récente.

— Vous excuserez ce petit mensonge, avoua Bond, revenant à l'anglais. On pourrait en obtenir un assez rapidement, puisque nous enquêtons sur une affaire d'enlèvement, non pas sur l'affaire des subventions.

— Eh bien! allez le chercher, si c'est si simple! rétorqua l'attachée.

— Songez que l'émission d'un mandat n'est pas une affaire nécessairement secrète. Vous avez réussi à faire croire que le ministre est dans la Capitale et il n'y a pas encore de journalistes autour. Cela ne va pas durer, vous le savez. Imaginez qu'ils se pointent le nez en même temps qu'un détachement de policiers en uniforme!

— Je ne sais si vos supérieurs apprécieraient les libertés que vous prenez avec le code de déontologie, relança l'attachée. Cela ressemble un peu à du chantage.

— Rien qu'un peu… J'essaie de nous simplifier la vie. Nous ne voulons pas accabler votre patron, mais nous avons d'excellentes raisons de croire qu'il peut nous aider… peut-être à sauver des vies!

Quelques minutes plus tard, l'attachée refermait la porte du bureau derrière les policiers. La pièce était blanche, vaste et éclairée par une porte-fenêtre qui donnait sur la mer. Le mobilier se limitait à quatre élégantes chaises à capucines alignées devant un grand bureau en pin blanc naturel.

Ce qui frappait l'attention, c'était une demi-douzaine de tableaux accrochés aux murs, à bonne distance les uns des autres, qui donnaient à la pièce une allure de salle d'exposition. Devant un de ces tableaux, tournant le dos aux trois policiers, se tenait le ministre.

Il portait un chandail ample de ton neutre et un pantalon de toile. Il tenait un verre à la main, sûrement de l'alcool. C'était un homme plutôt frêle, au crâne plus dégarni qu'il n'y paraissait sur les photos officielles. Il se retourna. Derrière les lunettes fines, ses yeux étaient ceux d'un homme défait. D'un pas qui dénotait qu'il n'en était pas à son premier verre, il passa derrière son bureau et se laissa tomber dans le fauteuil.

— Que voulez-vous? demanda-t-il en français.

S'agissait-il d'une question ou d'un constat d'impuissance? Bond répondit aussitôt:

— Peu de chose, vraiment. Nous voulons savoir ce qui se cache derrière la compagnie C-432207.

— Pourquoi le saurais-je?

— Allons, monsieur le Ministre, vous avez sûrement lu le *Daily* d'à matin. Ce numéro est dans la liste des compagnies qu'on prétend que vous avez favorisées.

— Ah! s'exclama le ministre. Prétend! Vous avez bien dit qu'on prétend! Et vous avez raison. Ce ne sont que des prétentions, des allégations, des calomnies…

— Ça ne nous intéresse pas, coupa sèchement Philo, provoquant un évident malaise chez ses deux confrères.

— Comment? hoqueta le ministre interloqué.

— On n'en a rien à foutre de savoir si ce qui est dit sur vous dans ce journal est vrai ou faux.

— Oh! ne soyez pas grossier! Je suis encore ministre, vous savez!

— Ce que l'agent Villefranche veut dire, c'est que lui et le détective Liboiron ne sont pas descendus de la Capitale pour enquêter sur les dépenses gouvernementales. Ce n'est pas du tout dans leur champ d'action: comme moi, ils sont aux affaires criminelles.

— Me voilà rassuré! ironisa le ministre.

Il se leva et se dirigea vers le cabinet à boissons dans l'évidente intention de remplir son verre, ce qu'il fit d'ailleurs.

— De quel crime s'agit-il donc? demanda-t-il.

— On ne sait pas très bien encore. Pour le moment, on parle d'au moins un enlèvement, en tout cas de deux disparitions, et de quelques tentatives de meurtre, sans parler de deux meurtres bien réels et particulièrement sordides commis dans la Capitale.

— Il fut un temps où c'étaient les ministres qui se faisaient enlever, soupira Trevor Arsenault. Qui donc a disparu?

— Ma blonde, dit Philo d'un ton mortuaire.

— Votre blonde! Comme c'est charmant… Oh! Pardonnez-moi, je ne veux pas dire que ce soit charmant qu'elle soit disparue, mais il y a si longtemps que je n'avais entendu cette expression vernaculaire.

Philo serra les poings et Liboiron le sentit, lui qui était aussi quelque peu choqué.

— Et un pêcheur de la région de Middleton, ajouta Bond.

— Middleton… J'y étais très populaire dans les premières années de ma carrière, rêvassa le ministre avant d'avaler une longue gorgée.

Mais la dernière fois que j'y ai mis les pieds, j'ai été bombardé de homards vivants. J'en ai conclu que les gens de ce lieu n'avaient guère plus de cervelle que ce lucratif crustacé, puisqu'ils s'en servaient aussi mal. Cela dit, je ne suis pas le moins du monde au courant de ces histoires d'enlèvement...

— Nous n'en doutons pas, dit Bond. Je vous répète que nous voulons savoir une seule chose, et nous avons besoin de le savoir très vite : qu'est-ce que c'est que ce C-432207 ?

— C'est un numéro, de toute évidence !

— Oui, dit Bond, haussant la voix. Le numéro d'une compagnie qui possédait une clinique médicale très louche, dans laquelle la femme de monsieur Villefranche a failli être assassinée, et qui a été incendiée délibérément, après quoi l'homme qui en avait la charge est disparu sans laisser de traces...

— Vous en savez davantage que moi, mon cher monsieur, persifla le ministre en se relevant pour se verser un autre verre.

Avec la vivacité d'une grenouille, Philo bondit et fit obstacle au ministre qui se dirigeait vers le cabinet à boissons.

— Ça suffit, dit le grand homme noir, les bras croisés sur la poitrine comme s'il les retenait de frapper. Vous boirez quand nous serons partis, et nous allons partir quand nous aurons obtenu les renseignements...

— Holà ! cria le ministre, je ne me laisserai pas intimider dans ma propre demeure par une brute de la Capitale.

Il se retourna dans le dessein d'alerter quelqu'un au moyen d'un téléphone à multiples fonctions. Liboiron, évaluant qu'il y avait moins de risques à entrer dans le jeu de Philo qu'à le calmer, se dépêcha de fermer la retraite à Arsenault. Celui-ci pâlit.

— Messieurs, je vous en prie, demeurons civilisés. Cela est intolérable... Je... je vous conjure de mesurer les conséquences de vos actes.

Bond prit le relais.

— Monsieur le Ministre, c'est moi qui vous conjure de mesurer les conséquences de votre refus de nous aider. Vous pourriez devenir complice de meurtre.

Après un moment de silence hébété, le ministre porta son verre à sa bouche et, se rappelant dans une grimace qu'il était déjà vide, l'envoya rouler dans le coin de la pièce.

— Bout d'merde! lâcha-t-il, en regardant ses indésirables visiteurs. Je suppose qu'il y a dans la vie de tout le monde au moins une de ces journées où tout, vraiment tout va très très mal : eh bien! messieurs, pour moi, c'est aujourd'hui. Franchement, je ne crois pas que je vais m'en sortir. Je suis fini.

Il montra un tableau qui jouissait de l'éclairage direct du jour. Il représentait, dans sa partie gauche, une maison ancienne à deux étages avec mansarde. Le reste du tableau était occupé, pour les deux tiers supérieurs, par un ciel en purée grise et pour le bas, par une étendue d'eau aux limites vagues et aux mille reflets, dans laquelle se dressaient, fantomatiques, quelques pelotons d'arbres bruns, quelques poteaux sans fils et un réverbère comme on n'en fait plus que dans les quartiers touristiques.

— C'est mon préféré, affirma Trevor Arsenault. Évidemment, si vos connaissances en histoire de l'art ne s'arrêtent pas à la *Joconde*, vous savez qu'il s'agit d'un impressionniste. Ce qu'il y a de bien, avec l'impressionnisme, c'est qu'on n'a jamais besoin d'expliquer pourquoi cela s'appelle ainsi. Mettez cent tableaux dans une salle et demandez au premier crétin venu de vous désigner lequel est l'œuvre d'un impressionniste, vous pouvez parier qu'il le trouvera! C'est une preuve supplémentaire de leur génie. Celui-ci est un Sisley, un des tableaux qu'il fit des inondations à Port-Marly.

Aucun des policiers n'avait la tête à suivre une leçon d'histoire de l'art, mais sans s'être consultés, ils convenaient que la meilleure tactique était de laisser de la corde au ministre.

— Je n'ai pas encore les moyens de me payer un Renoir ou un Monet et je pense bien que je ne les aurai jamais, mais vous n'avez pas idée de ce que celui-ci m'a coûté! Eh oui! Ne le répétez surtout à personne : je suis bien un homme d'État corrompu! C'est un titre guère original. La corruption est courante, généralement provoquée par une passion vicieuse, le sexe, le jeu, la drogue, la soif de puissance… Moi, c'est ça, l'impressionnisme… Je suis entré en politique sans trop me demander pourquoi, presque naturellement. Ma famille est rouge depuis deux siècles. Mon père était un organisateur redoutable et redouté, du genre qui faisait et défaisait les fortunes. Après mes humanités, j'ai fait mon droit et presque tout de suite, mes services ont été requis par la machine rouge qui, à l'époque, occupait sans partage l'échiquier politique régional. Quand Eddy Preachman, qui a été député pendant quarante-deux ans et ministre pendant trente-trois, a pris sa retraite, on voulait, pour lui succéder, un jeune homme dynamique qui incarnait la modernité. Ce fut moi! Je vous dirai très franchement que j'ai abordé cette carrière avec le sincère désir de bien faire. Le premier ministre m'a fait savoir qu'il misait sur moi pour exercer des fonctions de plus en plus importantes. Or, quand on veut vendre un poulain, il faut le promener en public. On m'a confié toutes sortes de missions assez faciles, du genre qui se terminent par des poignées de main souriantes et une belle photo dans le journal. C'est comme ça que je suis allé à Paris, qu'on m'a traîné dans une exposition, et qu'a commencé ce qu'on appellera, selon le point de vue, mon ascension au paradis ou ma descente aux enfers. Je n'étais pas ignorant, je connaissais les impressionnistes, mais je n'avais jamais vu que des reproductions. Regardez bien ce tableau, messieurs, que voyez-vous?

Les trois hommes échangèrent un regard chargé de lassitude. Liboiron répondit.

— De l'eau... du ciel... une maison...

— Oh! coupa Trevor Arsenault. Vous regardez mal. Tournez-vous vers la porte-fenêtre et là, oui, vous verrez du ciel et de l'eau, mais dans ce tableau, vous ne voyez... que de la peinture!

— Sans blague! ironisa Philo.

— Sérieusement! Il n'y a là que de la peinture. Or, si parfaite que soit une photo, elle ne sera jamais de la peinture. Approchez-vous, admirez ce fin relief qu'on peut sentir au bout des doigts, qu'on peut même sentir avec le nez, mais oui! Quand je reviens ici, en ouvrant la porte, quand la lumière est éteinte, avant même de voir mes tableaux, je les sens. Bien sûr! apparaissent une maison, de l'eau, des arbres... Et voilà qu'un monde existe pour toujours, on a l'impression d'y être, et ce n'est pourtant que de la peinture! Sisley est moins connu que d'autres, c'est tout autant un génie. Il est mort dans la plus grande pauvreté. Et après? Regardez-moi cette inondation! Je ne savais même pas qu'elle avait eu lieu avant de voir le tableau. Vous qui le regardez depuis quelques minutes et qui commencez à y prendre goût, avez-vous éprouvé quelque compassion pour les gens qui ont souffert de cette catastrophe? Pas la moindre. C'est comme si cette inondation n'avait eu lieu que dans le but de permettre à un artiste de faire quelque chose de beau. Avant que la visite diplomatique s'achève, je suis retourné contempler les tableaux. Ce fut comme si je recevais une révélation: s'il suffit de quelques centilitres de peinture de couleurs variées et d'un peintre génial pour que tout ce que nous pouvons vivre de joie, de misère, de souffrance, devienne un objet de beauté intemporel, immuable, un objet qui dépasse en valeur et en intérêt les faits qui l'ont inspiré, c'est que ce que nous vivons n'a pas vraiment d'importance. Ce jour-là, ma vie a changé. Tout ce que j'ai fait par la suite, je ne l'ai fait pour aucune autre raison que de me permettre d'acquérir de grandes œuvres. Je ne me suis pas marié, je n'ai pas eu de maîtresse, pas d'amant non plus, j'ai fait juste ce qu'il fallait pour gagner mes élections les unes après les autres. Tout le reste ne m'intéressait plus. Cette villa dans laquelle nous sommes, je ne l'ai fait construire que pour disposer d'un lieu bien abrité où je pourrais jouir de mes tableaux. Voilà. Comprenez-vous que je me fiche éperdument de vos histoires et de ce qui arrivera à votre femme, mon pauvre ami. Je sais que c'est une dure épreuve pour vous, mais pensez qu'au bout du compte, ce n'est presque rien. Quelqu'un en fera peut-être un livre que les gens liront pour le plaisir… Maintenant, je vous demande de me laisser. J'ai de graves décisions à prendre.

Philo avait les yeux exorbités. Brusquement, il se retourna, saisit une bouteille, traversa la pièce en deux pas et la fracassa sur le tableau qui était accroché à droite du Sisley, et qui représentait une rue sous la pluie.

– Mon Utrillo! hurla le ministre devant le tableau salement déchiré en son centre et tout dégoulinant d'un alcool qui commençait déjà à diluer la peinture.

Mais sans prêter attention aux lamentations de l'amateur d'art, Philo s'empara d'une autre bouteille, se plaça devant le Sisley, leva le bras…

– Arrêtez! Par pitié arrêtez! Je vais vous donner ce que vous voulez.

Le ministre se jeta sur son bureau et ouvrit un tiroir.

– C'est quel numéro déjà?

– C-432207.

— J'ai un dossier ici, vous y trouverez tout, haleta-t-il en cherchant fébrilement.

On entendit frapper vigoureusement à la porte. Trevor Arsenault interrompit un instant sa recherche. Un rapide coup d'œil à Philo qui allait s'élancer à nouveau l'incita à crier :

— Ça va ! Tout va bien. Ne nous dérangez pas, s'il vous plaît.

Et il continua à fouiller. Bond, prévoyant qu'on allait venir de ce côté, alla se placer devant la porte-fenêtre. Ni l'attachée ni quelque autre sauveur n'apparut. De toute façon, le ministre tendait déjà un dossier à Liboiron qui s'en saisit et commença à le feuilleter.

— Emportez-le, allez-vous-en.

— Merci. Je vous assure que nous essayerons de…

— Laissez faire les promesses et partez. Je m'en fous, de toute façon.

Liboiron, s'étant assuré qu'il avait bien en main ce qu'ils étaient venus chercher, ouvrit la porte pour sortir, découvrant ainsi le corps bien droit de l'attachée qui entra précipitamment en jetant autour des regards effarés.

— *This is unacceptable. You'll have to pay the price for this… believe me, gentlemen, you better find a good lawyer…*

— *Everything's allright, Mrs Clark,* interrompit Trevor Arsenault, *forget them and take a seat. We have to discuss calmly about the best way for me to resign. After that, you should start to think of the Honorable Trevor Arsenault in a past tense… and call the PM while your name is still clean. Aren't you interested by the foreign affairs ?**

Et pendant que son attachée s'assoyait, Trevor Arsenault, à l'aide de papiers mouchoirs, la résignation sur le visage, entreprit d'éponger tant bien que mal les dégâts sur son tableau.

---

* — Cela est inacceptable. Vous devrez rendre des comptes pour ceci… croyez-moi, messieurs, vous feriez mieux de trouver un bon avocat…

— Tout va bien, Madame Clark, oubliez-les et assoyez-vous. Nous devons discuter calmement de la meilleure façon de donner ma démission. Après, vous pourrez commencer à penser à l'honorable Trevor Arsenault au passé… et appeler le premier ministre tandis que votre nom est encore propre. N'êtes-vous pas intéressée par les affaires étrangères ?

— Passionnant! commenta Liboiron, qui possédait la rare faculté de pouvoir lire en marchant. Que de millions, mes amis!

Ils venaient tous les trois de se réinstaller dans le véhicule de Bond. Liboiron continuait à feuilleter le dossier et à manifester son étonnement par de courtes onomatopées.

— Si nous n'étions pas si probes, nous pourrions tout de suite aller marchander ce dossier avec un grand réseau d'informations et nous offrir de sacrées belles vacances! Pour sa part, je ne sais pas ce que le ministre a touché comme pot-de-vin, mais avec les chiffres que je vois ici, il ne devait plus être très loin de pouvoir se l'offrir, son Renoir.

— Et sur la compagnie qu'on recherche...?

— On ne parle pas de la clinique, mais d'une... usine, *a plant*, en anglais, on parle aussi d'un laboratoire... Il y a des offres de services par des sous-contractants – ça ne donne pas l'impression qu'on soit passé par le processus habituel d'appels d'offres. Le ministre servait sans doute directement d'intermédiaire. Ah! un nom, enfin: Advanced Genetic Society!

— Qu'est-ce qu'ils fabriquent? demanda Philo, tandis que Bond conduisait lentement, incertain de leur prochaine destination.

— Ce n'est pas clair du tout. Ce qui est évident, c'est que cela a à voir avec la génétique, la reproduction, d'où j'en conclus que je n'ai pas eu tort de soupçonner l'existence d'un lien entre cette histoire et celle des Gorgones.

— Cela veut dire que Julie est encore plus en danger qu'on pouvait l'appréhender! déplora Philo.

— C'est bien possible. En même temps, l'enlever, pour ces gens, constituait une arme à deux tranchants.

— Est-ce qu'elle a bel et bien été construite, cette usine? demanda Bond.

— Oui.

— Où?

— MacAuslan Brook, ça vous dit quelque chose?

— Connais pas.

— Route rurale 107-b.

– La 107… Elle passe à une quinzaine de kilomètres au sud, je crois. J'ai une carte de la côte dans la boîte à gants.

– Passez-la-moi, dit Philo, assis derrière, continuez plutôt à éplucher ce dossier.

– Je l'ai! s'exclama Philo, à peine deux minutes plus tard. On peut joindre la 107 par la grand-route, la 107-b est une bretelle et MacAuslan Brook se situe, disons… à vingt-cinq kilomètres dans les terres, à vol d'oiseau, pas plus de quarante par la route. C'est l'affaire d'une petite heure et on y est.

– Rendus là, qu'est-ce qu'on fait?

– On verra bien!

Julie Juillet reconnut la porte de sa chambre à sa couleur orangée. Étrange, cette façon de se repérer par des couleurs! Pratique, sans doute, pour un groupe de femmes aux origines variées… peut-être était-ce aussi un moyen de plus de les aliéner? Même les uniformes des gardiennes ne portaient pas la moindre inscription de fonction, pas de sigle, pas de logo… Julie Juillet se rappela soudain des scènes de son enfance, de ses vacances à la campagne, quand les vaches entraient dans l'étable pour la traite et allaient se placer par elles-mêmes chacune dans sa stalle… Oui, tout ça avait quelque chose de la ferme d'élevage!

Ses réflexions furent interrompues quand on la poussa à l'intérieur. Elle ne résista pas. Elle savait qu'on avait les moyens de la réduire à l'obéissance. Le lit avait été refait. Sur la commode, il y avait une carafe d'eau et un verre. Par la fenêtre qui ne s'ouvrait pas, elle voyait le parc où elle et ses compagnes d'infortune s'étaient promenées. Le silence n'était altéré que par le souffle imperturbable du système de ventilation, dont l'ouverture grillagée se trouvait sous la fenêtre.

L'écran de télé, encastré dans le mur, face au lit, s'alluma sans crier gare et se mit à diffuser un dessin animé de *Jeannot Lapin*, en français. Il n'y avait pas de chaise dans la pièce. Se pouvait-il que la vie de toutes ces femmes en fût réduite à cela? Promenade, baignade, isolement, mettre au monde des enfants… Et après? Quand elles ne pouvaient plus porter d'enfants, que leur arrivait-il? Devenaient-elles gardiennes? Sûrement pas toutes.

Maintenant, que devait-elle faire? Attendre? On n'avait sûrement pas l'intention de la garder ainsi jusqu'à la fin de ses jours. Julie Juillet sentit un frisson glacé courir sur sa peau. Elle ferma les yeux et pensa encore à Carl. Elle respira profondément plusieurs fois. Si elle restait là à ne rien faire, elle deviendrait folle.

Comment sortir de cette chambre? La fenêtre était sûrement incassable. De toute façon, avec quoi la fracasser? La commode était fixée au plancher. Le sol se trouvait à plusieurs mètres plus bas. Non, il fallait sortir par la porte.

Cette dernière n'avait pas de poignée intérieure et s'ouvrait vers l'extérieur, de sorte qu'il était impossible de se cacher derrière pour surprendre la gardienne. Julie Juillet examina le cadrage de plus près. Il y avait un espace entre la porte proprement dite et le chambranle… un ou deux millimètres. C'était suffisant pour entrevoir le pêne. Elle avait noté que de l'autre côté, il n'y avait pas de serrure. Il ne s'agissait en somme que d'une quincaillerie d'intérieur dont on avait éliminé une des poignées: le pêne demi-tour s'insérait dans la gâche dès qu'on refermait, et il n'y avait plus moyen de sortir. Simple, mais efficace. Un homme solide du genre de Philo (Oh! Philo…) aurait pu l'enfoncer en deux coups d'épaule, pas elle, encore moins les autres recluses.

Julie Juillet se dit que si elle disposait ne fût-ce que d'une toute petite lame, à force d'efforts, elle pourrait peut-être arriver à faire glisser le pêne jusqu'à ce que sa partie oblique se dégage et alors, parvenir à le sortir entièrement de la gâche. Elle se convainquit que c'était possible, mais elle n'avait pas d'outil.

Les tiroirs de la commode ne contenaient que des mouchoirs ou des serviettes de papier, des tampons, de la ouate… Le verre et la carafe étaient en plastique. Elle inspecta le lit et n'y trouva aucune pièce assez fine.

« Il doit bien y avoir quelque chose d'utilisable! » se dit-elle en se laissant choir sur le lit. Son regard tomba sur la grille de ventilation. Elle l'examina: les lamelles étaient minces, mais bien rigides. La grille était fixée au mur par quatre vis à tête ronde. Avec un tournevis, c'aurait été une affaire de rien... avec un couteau quelconque, avec une pièce de monnaie même... avec une médaille! Julie Juillet la retira et eut la sensation d'avoir gagné le gros lot: cet objet venu de nulle part avait l'épaisseur idéale!

Galvanisée par le fait de pouvoir à nouveau agir un tant soit peu, elle entreprit de dévisser la grille. Dans le cas des deux vis du haut, le premier demi-tour fut très difficile, mais la prisonnière parvint à ses fins au prix de quelques écorchures. Quand elle eut retiré ces deux vis, elle put faire jouer la grille et ainsi décoller un peu les vis du bas.

Une fois la grille en main, il fallait en détacher les lamelles. Elle repéra, à l'angle du sommier et de la tête du lit, un espace pour y glisser la largeur de la grille. Alors patiemment, elle en fit plier l'extrémité par une oscillation régulière jusqu'à ce que, sous l'effet de la chaleur ainsi produite, la grille se rompe. Ce fut ensuite un jeu d'enfant que de détacher deux lamelles dont elle affûta les extrémités en les frottant contre le métal du lit.

Elle revint poser l'oreille à la porte. Pas un bruit! Les geôlières devaient être tellement habituées à des prisonnières dociles qu'elles en avaient perdu toute méfiance. Tant mieux! Julie Juillet commença la phase finale de son plan. Avec la première lamelle, elle appliqua une forte pression sur le pêne et, se servant du cadre comme levier, elle parvint à le faire bouger. Évidemment, en relâchant pour répéter l'opération, le pêne allait aussitôt reprendre sa position initiale. C'était là que la deuxième lamelle s'avérait nécessaire pour le maintenir en place.

Combien de temps avait-elle mis pour arriver enfin à glisser toute la lamelle entre le pêne et la gâche? Elle ne disposait d'aucun instrument pour le calculer. Elle était en sueur, mais elle avait réussi! Il ne lui restait qu'à pousser doucement. Elle alla vite à la commode et déchira un bout de serviette en papier qu'elle plia soigneusement. Elle revint à la porte, glissa la lamelle restante dans l'interstice, puis, toujours en utilisant la pression, parvint à faire bouger cette dernière millimètre par millimètre, les sens aux aguets. Pas un bruit à l'extérieur. Aussitôt qu'elle le put, elle agrippa la porte par l'arête du bas et l'entrouvrit en prenant bien soin de ne pas faire tomber la lamelle. Elle fourra vite le morceau de serviette dans la gâche et referma aussitôt. Ce n'était pas encore le moment de sortir. Désormais, avec le pêne qui n'était plus qu'à moitié entré dans sa niche, ce serait beaucoup plus facile de recommencer l'opération.

Sans prendre un instant de repos, Julie Juillet replaça son matelas et essaya de réinstaller ce qui restait de la grille. Elle souffla la poussière sous le lit. Évidemment, les dommages qu'elle avait causés paraissaient, mais il était probable qu'une personne n'y faisant pas particulièrement attention ne remarquerait rien. De toute façon, Julie Juillet ne se laisserait pas surprendre et se tiendrait stratégiquement debout si on venait la visiter.

☞

— C'est étrange, s'étonnait Liboiron. D'après l'information contenue dans ce dossier, l'usine aurait dû être construite par ici.

— Ça fait trois fois qu'on fait ce chemin, vous êtes sûr que ce n'est pas plutôt de l'autre côté du village, dit Bond.

— Certain, confirma Liboiron. « ... devant être construite sur un terrain acquis par la compagnie, sis en bordure de la route 107-b, entre les villages de MacAuslan Brook et Thurston's Rock... » Ou bien je ne comprends plus l'anglais, ou bien cette baraque n'a jamais été construite.

— Vous avez une liste d'entrepreneurs, suggérés par le ministre à la compagnie...

— ... oui, même des lettres de remerciement, qui ont probablement été accompagnées de chèques, de continuer Liboiron.

— Incroyable qu'il gardait tout ça dans un tiroir de son bureau! À la première perquisition, il va être cuit! dit Bond.

— Vous savez, expliqua Liboiron, Arsenault s'enrichissait ainsi depuis des années, or donc il faut analyser son comportement à la lumière de ce qu'on sait sur les criminels d'habitude. Or donc tous, sans exception, finissent par se croire imprenables...

— ... or donc, on s'en fout, des criminels d'habitude, cingla Philo. Il faut bien que cette maudite usine soit quelque part, et Julie aussi!

Liboiron encaissa la rebuffade. Dans cette équipe, il avait accepté le rôle ingrat de représentant de la raison froide.

– Un instant! fit Bond en immobilisant brusquement le véhicule et en passant en marche arrière.

Il s'arrêta devant un ponceau sommaire, non pavé, qui donnait accès à un chemin qui s'enfonçait dans les bois.

– La gravelle est bien tapée, pour un chemin de bois! remarqua Bond.

Il ouvrit sa portière puis, sans mettre pied à terre, se dressa sur le marchepied et observa quelques instants le ciel au-dessus de la forêt qui grimpait doucement vers des sommets lointains.

– Ma main au feu qu'il y a quelque chose par là! cria-t-il finalement.

Il reprit prestement sa place au volant.

– À quoi voyez-vous ça? demandèrent les autres.

– À la pointe des arbres, il y a comme un creux.

– Vraiment?

– C'est que vous n'avez pas l'habitude. On a rasé tout un secteur par là. Ce n'est certainement pas une ferme: y'a pas un habitant du coin qui annoncerait pas sa place avec une belle boîte à malle fleurie, ou quelque chose dans le genre.

– Allons-y! On n'a rien à perdre! décida Liboiron avant que Philo perde de nouveau patience.

Le véhicule s'engagea dans le chemin qui, au grand étonnement des passagers, dès le premier virage, devenait pavé comme une auto-route toute neuve.

– Je pense qu'on y est! se réjouit Bond.

– En tout cas, on va chez des gens qui tiennent beaucoup à leur intimité, continua Liboiron.

– Beaucoup trop, conclut Philo.

Un kilomètre et sept dixièmes plus loin, vérification faite au compteur, le flair de Bond s'avéra juste puisqu'ils débouchèrent dans une immense éclaircie principalement occupée par un ensemble de bâtiments cubiques et blancs, dont on n'apercevait que la partie supérieure, puisque le complexe était ceinturé d'un mur de cinq ou six mètres de hauteur.

– Qu'est-ce que c'est que ça? se demandèrent les trois hommes à l'unisson.

Ils n'eurent pas à chercher longtemps la réponse à leur question. Le chemin aboutissait à de grandes portes fermées d'aspect peu invitant. À gauche, montée sur un élégant pied de béton, une laconique enseigne annonçait : *Advanced Genetic Society.*

À droite, il y avait une guérite vitrée avec un gardien qui parlait au téléphone. Pas besoin d'être policier pour deviner qu'il informait un interlocuteur quelconque de l'arrivée de visiteurs, lesquels, à la mine qu'il faisait, étaient on ne peut plus importuns.

Les trois policiers descendirent et se dirigèrent vers la guérite.

— Laissez-moi parler, dit Bond. J'aime mieux qu'on ne sache pas que vous êtes pas de la région. *Good afternoon !* cria-t-il en envoyant la main.

— *What can we do for you, gentlemen ?* répondit froidement le gardien en raccrochant.

Faisant mine de ne pas se rendre compte de l'attitude inamicale de son interlocuteur, Bond s'avança jusqu'à la fenêtre de la guérite et posa nonchalamment son coude sur le rebord. Après une remarque sur la douceur du temps demeurée sans réponse, il demanda à rencontrer le directeur de l'établissement. Ce dernier n'était pas disponible, ni qui que ce fût pouvant le remplacer. Le gardien tendit à Bond une carte et lui suggéra de téléphoner pour prendre rendez-vous, tout en le prévenant que la compagnie refusait systématiquement toute forme de sollicitation. S'il avait des doutes sur la profession des trois intrus, il les perdit quand Bond lui montra sa carte.

Sans prendre le temps de l'examiner, le gardien redécrocha le téléphone et, tournant le dos à Bond, parla un moment, puis lui demanda s'il avait un mandat. Bond éclata d'un rire étonnamment naturel : il ne s'agissait pas d'une perquisition, voyons ! Ils étaient simplement en quête de commanditaires pour le grand tournoi de balle que la police organisait chaque année afin de recueillir des fonds pour aider la jeunesse en difficulté… Rien n'y fit. Le gardien répéta qu'il devait prendre rendez-vous. Bond fit une dernière tentative en demandant si lui et ses collègues ne pourraient pas au moins profiter d'une brève visite guidée des installations, histoire de voir si ça ne pourrait pas intéresser des jeunes en âge de choisir une carrière… Non. La nature extrêmement délicate des recherches menées à l'intérieur des murs exigeait des précautions hors du commun et toute visite devait être planifiée à l'avance.

— *Well… if this is so… we'll call for an appointment*, conclut Bond, avant d'inviter ses compagnons à remonter dans le véhicule.

— Elle est là-dedans, je le sens, dit Philo à peine assis, tout en jetant un regard mauvais au mur que la forêt engloutissait de nouveau.

— En effet, ça ressemble à une prison, appuya Liboiron.

— Surtout que ce gardien est armé, renchérit Bond.

Ils arrivèrent presque tout de suite à la grand-route. Bond immobilisa le véhicule.

— Que l'un de vous prenne le volant, messieurs. Je vais appeler tout de suite pour demander un mandat.

— On va l'avoir rapidement, j'espère! dit Philo en prenant la place du conducteur.

— Je vais essayer d'être le plus convaincant possible. Il faut frapper par surprise, en force, et réussir du premier coup, parce que si on devait revenir, vous pouvez être certains qu'il ne resterait rien de compromettant. Déjà que ça m'étonnerait qu'ils aient vraiment gobé mon histoire de jeunes délinquants. Ils doivent se méfier. Le mieux, c'est de leur tomber dessus demain matin, dès qu'il fera clair, avec l'escouade spéciale, l'hélicoptère et tout le kit.

— Il vaudrait peut-être mieux ne pas parler de ça au téléphone cellulaire… fit remarquer Liboiron.

— Très juste. Il faut être aussi discret que possible, surtout que ça se peut qu'ils aient des taupes dans le service.

— Alors, il faut faire appel au département central.

— Ouais, admit Bond. Mais il y a des questions de juridiction…

— Je m'en charge, dit Liboiron. J'appelle tout de suite le service des enquêtes spéciales et je leur demande de réunir les instances décisionnelles, en leur disant que je les rappellerai plus tard pour les détails.

— Ils vont le faire?

— Oh oui! J'ai un code. Maintenant, je crois que nous ne sommes pas très loin de Saint-James?

— Ce n'est pas sur notre chemin.

– Qu'importe. C'est une ville assez importante. Il doit bien y avoir un Hilton ou quelque chose du genre. Nous allons nous y installer pour planifier l'opération. Ça nous fera gagner du temps.

– J'ai rien apporté moi, se plaignit Bond, et ma femme m'attend pour…

– Désolé pour votre femme, vous la préviendrez tantôt. Nous sommes en mission, lieutenant. D'ailleurs, vous me faites penser qu'il serait prudent de lui envoyer de la protection.

– Quoi! Vous pensez qu'ils pourraient s'en prendre à elle? Ils ne la connaissent pas!

– Ce serait très surprenant en effet, mais vous ne voulez pas de ce genre de surprise, n'est-ce pas?

– En attendant, intervint Philo, on les laisse tranquilles? On devrait au moins les surveiller!

– Ce n'est pas possible. Je suis sûr qu'ils sont équipés pour déceler toute présence anormale autour de leurs installations et cela pourrait compromettre le succès de l'opération. Sois patient, Philo, je t'en conjure.

Philo murmura une forme peu convaincante d'acquiescement et, plissant les yeux, porta toute son attention sur la route.

Le docteur Oh, par sa fenêtre, basse afin qu'il puisse en profiter au maximum malgré sa taille de nain, contemplait le vaste et harmonieux jardin qu'il avait lui-même dessiné, et dont le crépuscule violet mouillait chacun des contours. Smith, silencieux dans son dos, attendait une réponse. Cette présence gâchait un des rares moments privilégiés durant lesquels le disgracieux savant avait l'impression d'être autre chose qu'une bête intelligente.

– La visite de ces policiers n'était pas innocente, docteur, insista Smith.

– Et pourquoi ne le serait-elle pas? Bien sûr, nous avons tout fait pour demeurer presque invisibles, mais il reste que nous avons une existence légale. Ils ont pu…

– Ce serait étonnant, même en temps normal, qu'ils aient pensé à nous pour une commandite. Et nous ne sommes pas en temps normal : un scandale a éclaté, le numéro de la compagnie que nous avons créée a été mentionné dans les journaux, ce matin même. De plus, le lieutenant Jack Bond…

— Jack Bond… on est en plein cinéma, quoi !

Smith marqua un faux silence qui était en fait l'expression d'un soudain agacement.

— Malheureusement non. Le lieutenant Bond, dis-je, de Middleton, est bien inscrit dans notre fichier et la description qu'en a fait le gardien correspond à la photo que nous avons de lui, même si elle date. Par contre, le gardien n'a pu reconnaître aucun des deux autres policiers.

— Ils sont peut-être nouveaux.

— C'est une possibilité, même si notre service de renseignements se maintient constamment à jour, mais cela serait une coïncidence de plus. Allons : vous êtes trop intelligent, docteur, pour ne pas déduire comme moi que cette visite sera forcément suivie par d'autres. Tôt ou tard, nous devrons ouvrir nos portes.

Le docteur Oh soupira. La cime des arbres s'estompait et seul l'éclairage artificiel maintenait leur base illuminée.

— Bon, j'admets que c'est inquiétant, dit-il en se retournant. De là à conclure que tout est fini, il y a une marge. Ce ministre, comment s'appelle-t-il déjà, Arsenault, il ne va pas se laisser faire. Au prix que nous l'avons payé, il a les moyens de nous protéger.

— Ah ! excusez-moi, je ne vous ai pas dit…

— Quoi encore ?

— Il n'y a plus de ministre, ni de Trevor Arsenault. Il s'est pendu dans sa résidence. J'avais oublié…

— Oublié, vraiment ?

Le docteur Oh était visiblement ébranlé par la nouvelle. Il se ressaisit.

— Au fond, c'est peut-être mieux pour nous. Maintenant qu'il est mort, ses adversaires politiques vont devoir réajuster leur tir. Cela devrait nous donner du temps. Plutôt que de tout liquider, on pourrait planifier un déménagement. Nous avons déjà des propriétés au Mexique…

— De qui parlez-vous, quand vous dites « nous », docteur ?

La voix de Smith, déjà froide, s'était encore rafraîchie de quelques degrés.

— Comment ça, de qui? De notre organisation, évidemment!

— Je crois qu'il est temps que nous fassions une mise au point, docteur Oh. L'expression « notre organisation » dans votre bouche est impropre. Il y a vous, et il y a l'organisation. Ce sont deux entités distinctes. L'organisation a investi beaucoup d'argent dans votre projet…

— Elle ne l'a pas regretté, je pense!

— Non, en effet, je crois vous l'avoir déjà dit. Les actionnaires sont très satisfaits des rendements sur leurs investissements, mais ce n'est plus nécessairement à votre avantage, car l'organisation peut maintenant envisager de tout liquider sans que l'on considère l'ensemble de l'opération comme une erreur — une erreur, d'ailleurs…

— S'il vous plaît, épargnez-moi la cassette des erreurs, je la connais: toutes les erreurs sont des erreurs fatales, et…

— Dans ce cas, vous comprenez ce qui me pousse à envisager une action rapide…

— Enfin, Smith, est-ce qu'ils se rendent compte du temps qu'il faudrait pour reconstituer un stock de génitrices d'une telle qualité? Les délais avant de reprendre la production représenteraient un manque à gagner considérable. Cela aussi serait une erreur! Et il n'y a pas que les femmes! Il y a les corps que nous développons pour les organes. Avons-nous l'équipement pour les transporter sans les détruire? Enfin, si on sacrifie l'inventaire, vous pensez peut-être que dans l'état actuel de mes recherches, je n'ai qu'à fourrer quelques disques dans ma poche pour tout reprendre ailleurs! Eh bien! pas du tout. Il y a des préparations excessivement fragiles en constante évolution, des centaines d'échantillons que la moindre secousse, la moindre variation de température pourrait détruire. Je travaille avec du vif, moi. C'est pour cela que je suis tellement en avance.

— Je sais bien, docteur. Malheureusement, pour parler en termes qui vous sont familiers, l'état de vos recherches ne fait pas partie de l'équation que j'ai à résoudre, ni des décisions que j'ai à prendre.

— Ah! parce que c'est vous qui décidez…!

— Désormais, oui.

Le docteur Oh resta un moment interdit.

– Cela vous surprend ? relança Smith.

– C'est-à-dire que… j'ignorais que vous aviez été promu !

– Il ne s'agit pas d'une promotion. J'ai été affecté auprès de vous avec la mission de voir aux intérêts de l'organisation, ce qui implique de faire des rapports réguliers et, en cas d'urgence, de prendre les décisions nécessaires.

– Donc, c'est votre décision à vous, l'organisation ne vous a pas donné son accord.

– Non, en effet, mais cet accord n'est pas essentiel dans les circonstances. Néanmoins, j'ai expédié un compte rendu détaillé des derniers événements. Le comité de crise est en réunion en ce moment même. Cela ne change rien au fait que j'ai carte blanche. J'ai donné l'ordre qu'on soit prêts à passer à l'action. J'estime ma marge de manœuvre à trois heures au plus. Je suis sûr que bien avant ce délai, j'aurai reçu une confirmation qui me mettra doublement à l'abri.

– Ah ! vous auriez dû me révéler cela d'entrée de jeu, Smith ! Je ne suis pas convaincu du tout que vous l'aurez, votre approbation. L'organisation, heureusement, voit un peu plus loin que vous…

– Ne vous faites pas d'illusion ! Vous êtes un scientifique…

– Un savant !

– … si vous voulez, un savant hors du commun, docteur, nous en sommes conscients, mais de vos laboratoires, vous avez une vue bien limitée de ce qui se passe dans le monde. Savez-vous que d'ici peu, on pourra se procurer des organes de remplacement en toute légalité, à des prix presque raisonnables ? Des cochons, docteurs, de vulgaires cochons vont remplacer vos… bestioles, pour fournir des cœurs, des foies, des poumons… De l'autre côté, il y a les organes artificiels, en plastique ou je ne sais trop, qui s'améliorent sans cesse, sans parler des cellules souches. Il faut se rendre à l'évidence : à moyen terme, ce secteur n'a plus d'avenir pour nous.

– Mais les bébés ? Vous n'imaginez quand même pas que les femmes en mal de maternité vont s'acheter des petits cochons et des poupées gonflables ?!

– Bien sûr que non, mais cette division rapporte une part des revenus qui ne justifie pas à elle seule les investissements nécessaires à la reconstruction de toutes ces installations, ni même à leur maintien, sans parler du risque qui s'accroît constamment. Un organe, une fois transplanté, est pour ainsi dire disparu, tandis que chacune des fillettes que nous avons vendues à travers le monde demeure une piste potentielle qui mène à l'organisation. Nous venons d'en avoir un bel exemple. L'incognito de l'organisation a préséance sur toute autre considération, bien entendu.

— Bien entendu.

— Justement, à propos de cette femme que, sur votre demande expresse, nous avons amenée ici... nous parlions d'erreur, tout à l'heure... Il faut l'éliminer sans délai.

Chapitre VIII

À peine son sang coule et fait rougir la terre,
Les Dieux font sur l'autel entendre le tonnerre...[*]

Julie Juillet, qui, dans un autre temps, avait quelque peu tâté de la méditation transcendantale, avait passé la soirée à gérer les fluides énergétiques qui parcouraient son corps dans tous les sens. Elle n'avait été interrompue dans cet exercice que lorsque sa gardienne lui avait apporté son repas du soir, une ration minimale de bouilli à base de légumineuses, qu'elle n'avait pas eu le choix d'ingurgiter, en espérant qu'on n'y avait pas ajouté une dose de somnifères. Ce ne semblait pas être le cas. Maintenant que la nuit était bien tombée, elle se sentait fraîche et dispose.

La geôlière l'avait regardée manger avec indifférence, comme si la nouvelle venue s'était déjà intégrée à une routine carcérale sans intérêt. En tout cas, les modifications mineures qu'avait apportées Julie Juillet à sa cellule n'avaient pas attiré son attention. La prisonnière avait tout juste eu un peu peur quand la porte s'était refermée et qu'elle avait perçu que, de l'autre côté, la gardienne avait fait jouer une fois ou deux la poignée comme si elle n'était pas certaine d'avoir bien fermé. Finalement, elle avait entendu son pas s'éloigner. Peut-être signalerait-elle à une quelconque équipe d'entretien que la porte orangée avait besoin d'ajustement.

---

[*] Racine, *Iphigénie*, acte V, scène VI.

Pour l'heure, tout était calme. Julie Juillet garda l'oreille collée sur la porte durant de longues minutes, peut-être une demi-heure en tout.

Alors, réalisant encore des prodiges de silencieuse minutie, elle réussit à l'ouvrir.

Le couloir était désert. Les chaussures qui lui avaient été données avec l'uniforme, si on pouvait employer ce terme, convenaient parfaitement à l'exercice auquel elle allait se livrer : elles étaient faites d'une matière souple tout en apportant un excellent support.

Elle repéra bientôt la porte bleu marial qu'elle cherchait. Elle n'avait pas une idée précise de ce qu'elle allait faire. Des bruits de voix la forcèrent à entrer sans délai. Elle referma aussitôt en bloquant le pêne avec une des lamelles qu'elle avait emportées.

Devant l'irruption de Julie Juillet, la femme en bleu se blottit dans le coin de son lit. Probablement regardait-elle la télévision en attendant l'extinction des lumières.

Les yeux de la femme témoignaient d'un étonnement comme Julie Juillet en avait rarement observé. Depuis combien de temps cette pauvre femme vivait-elle ainsi recluse ? Depuis combien de temps avait-elle vraiment parlé à quelqu'un ? Depuis combien de temps avait-elle été seulement approchée par quelqu'un d'autre que le personnel de cette inhumaine prison ? Et, par tous les diables de l'enfer, comment donc lui étaient venues ces affreuses cicatrices qui, dans la lumière crue de la cellule, apparaissaient plus cruelles encore ?

Julie Juillet leva la main droite, paume devant, expression mondialement connue de bonnes intentions à l'égard d'autrui. La femme se détendit. Puis, comme si elle revenait à la réalité, elle se leva prestement et alla poser l'oreille contre la porte, tout en plaçant un doigt devant sa bouche. Rassurée, elle se déplaça tout aussi prestement et frappa du poing trois coups brefs, suivis de deux plus séparés, sur le mur de droite, auxquels répondirent presque aussitôt des coups identiques frappés de l'autre côté. Puis, la femme remonta sur son lit et répéta le même geste, avec le même résultat.

Julie Juillet fut vivement impressionnée : si les sentiments agréables avaient été de mise en un tel lieu, elle se serait réjouie du fait que l'être humain ne puisse jamais être réduit à un état de bête, que malgré les pires moyens utilisés afin d'annihiler chez lui l'esprit d'initiative, il s'acharne toujours à échapper, même par les plus simples gestes, à la condition qu'on veut lui imposer.

Maintenant, la femme en bleu était assise devant Julie Juillet, debout. Elle fixait sa poitrine avec de grands yeux avides. Elle voulait voir la médaille. Julie Juillet, penchant la tête, la retira et la lui remit dans un geste lent qui prit une allure solennelle. La femme en bleu la reçut dans ses mains comme si elle avait peur que le talisman se réduisît soudain en poussière. Ses grands yeux se mouillèrent.

Alors, la respiration de Julie Juillet s'arrêta un instant. Même son cœur hésita avant de continuer à battre! Ces yeux…! Ces yeux, c'était…! Elle ferma les siens un moment puis les rouvrit: aucun doute, c'étaient les yeux de Léa! Plus Julie Juillet regardait ces iris qui allaient et venaient de la médaille à la personne qui l'avait apportée, plus elle reconnaissait, par-delà les impitoyables marques du temps, des sévices et des souffrances morales, les traits de la petite Léa de Chantal, pour qui elle s'était lancée dans cette aventure. Ainsi donc, elle y était parvenue, plutôt malgré elle, mais elle y était parvenue: elle avait retrouvé la première mère de Léa!

Cette révélation jetait de la lumière sur les motifs de son enlèvement et de sa séquestration. Tout était donc bien lié, comme elle avait toutes les raisons de s'y attendre.

Maintenant, la femme la regardait sans bouger, avec une évidente curiosité, consciente que sa visiteuse était emportée dans une chaîne de réflexions qu'elle ne pouvait suivre.

Se ramenant à la réalité immédiate, Julie Juillet croisa les mains sur sa poitrine et répéta à plusieurs reprises:

– Julie! Moi, Julie!

Puis, renversant ses mains, elle invita la femme à se présenter à son tour. Celle-ci comprit tout de suite. Croisant de la même manière les mains sur sa poitrine, d'une voix étranglée par l'émotion et sûrement atrophiée par des années de silence, elle prononça:

– Aziellaï.

– Aziellaï… répéta Julie Juillet.

– Julie?

– Julie.

Julie Juillet avait un nœud dans la gorge. Si peu de mots pour tellement d'émotions! Et, spontanément, répétant le nom d'Aziellaï, elle l'attira contre elle. Aziellaï se laissa faire, et toutes les deux, tendrement enlacées, se mirent à déverser des larmes en abondance, à s'échanger à travers leurs poitrines libres des rires et des sanglots qui montaient comme des geysers, chargés d'une complicité extraordinaire compte tenu qu'elles ne connaissaient à peu près rien l'une de l'autre.

Julie Juillet se détacha la première et s'essuya les yeux avec sa robe. Elle n'avait guère d'idée précise de la suite qu'elle allait donner à ces événements mais, chose certaine, il était imprudent de rester trop longtemps avec Aziellaï. Le mieux était de retourner à sa cellule et d'attendre l'extinction définitive des lumières pour tenter une nouvelle sortie et chercher une façon de contacter l'extérieur. Elle expliqua tant bien que mal à Aziellaï qu'elle devait partir, mais qu'elle avait l'intention de revenir d'une façon ou d'une autre.

Après s'être assurée qu'il n'y avait toujours aucun bruit dans le couloir, Julie Juillet retira la lamelle. La voie était libre, en effet. Elle se dépêcha de refaire en sens inverse le chemin qui l'avait menée à Aziellaï.

Elle arriva à la porte de sa cellule, l'ouvrit, entra en tournant sur elle-même pour refermer aussitôt, mais…

À peine s'était-elle rendu compte d'une présence, que deux bras venus de l'arrière s'emparaient d'elle avec l'invincible fermeté d'une pince-étau, et qu'un objet courbe et pointu à l'extrémité épouvantablement acérée se dressait à deux centimètres de son nez.

— Ne bougez surtout pas! susurra une voix d'homme dans un anglais que Julie Juillet comprenait très bien. Greifen peut vous tailler le visage en fines lanières aussi vite qu'un cuisinier japonais le fait avec une crevette, et il aime bien jouer à ça.

De toute façon, Julie Juillet aurait voulu bouger qu'elle ne l'aurait pas pu. Son agresseur la serrait si fort qu'elle pouvait à peine respirer. L'homme qui avait parlé lui faisait maintenant face et la fixait d'un regard froid. Il portait un complet sombre et une cravate noire. Il continua:

— Je devrais vous féliciter! En une douzaine d'années, jamais aucune de nos femmes n'a réussi à sortir de sa cellule, si bien que nous croyions notre système sûr à cent pour cent. Enfin, ce n'est pas vraiment grave, puisque nous n'en aurons plus besoin.

— Qui êtes-vous? Que me voulez-vous? parvint à prononcer Julie Juillet.

— Qui je suis? Vous n'avez pas à le savoir. Et je ne vous veux rien du tout. Personnellement, je ne vous aurais pas enlevée et je me débarrasserais volontiers de vous tout de suite, mais le docteur Oh exige de vous rencontrer. Je doute que cette rencontre vous plaise... disons que vous constituez une sorte de prix de consolation! Néanmoins, avant de vous remettre entre ses... pattes, j'aimerais savoir où vous étiez passée.

— J'étais allée faire un tour.

L'horrible griffe s'approcha à moins d'un centimètre.

— Non, ne faites rien, Greifen, dit l'homme juste à temps. Le docteur serait peiné qu'on ait abîmé son nouveau jouet. D'ailleurs, je doute qu'elle ait eu le temps de nous préparer des ennuis. De toute façon, nous aurons tout le loisir de la faire parler après, si toutefois elle est en état de tenir un discours cohérent...

La montre de bord marquait deux heures huit quand Philo reconnut la très discrète entrée de l'Advanced Genetic Society. Il roula encore un kilomètre, s'arrêta, éteignit et réfléchit un moment avant de quitter la voiture qu'il avait louée à peine une heure plus tôt, à l'hôtel même où les trois policiers avaient établi leur base. C'était un hôtel de modeste taille et il avait fallu toute la bienveillance de Dame Chance pour y trouver une voiture de location en pleine nuit, ainsi qu'un commis pour remplir les formalités. Autrement, ce policier au passé irréprochable eût recouru à son plan B: le vol! En fait, le policier comptait pour bien peu dans la prise de décision; désormais, c'était l'amoureux qui menait la barque, et il n'était pas question que ce dernier attende le déploiement des forces de l'ordre pour sauver la femme de sa vie, voire la vie de sa femme! Comment Liboiron et l'autre pouvaient-ils dormir!

La nuit était fraîche. La lune se baladait incognito derrière le plafond nuageux. Chaque expiration de Philo provoquait la formation d'un tourbillon de vapeur qu'il avait à peine le temps d'apercevoir. Il se croyait assez loin pour que l'arrêt de la voiture n'eût pas été relevé par quelque système de surveillance, et en même temps pas trop loin non plus, car son intention était de couper à travers bois pour atteindre les installations de l'AGS. Il toucha machinalement la forme inerte du revolver dans la poche intérieure de son blouson et il se demanda s'il ne ferait pas mieux de le mettre plutôt dans la poche arrière de son jean, la poche-revolver, justement, de manière à ne pas être gêné par le ballottement de cette masse inerte. Ce fut finalement ce qu'il fit, juste avant de s'enfoncer dans le bois.

La progression s'avéra tout de suite difficile. Il avait emporté une lampe de poche, mais il craignait d'être repéré. Or, il était difficile d'imaginer noirceur plus opaque que celle qui régnait sous le couvert des arbres. Philo devait garder un bras devant lui pour prévenir les obstacles et s'assurer de la fermeté du sol avant chaque pas. La végétation avait retenu l'humidité de la rosée vespérale et bientôt, il se sentit trempé.

Il en aurait fallu bien davantage pour l'empêcher de continuer, suivant un angle d'environ quarante-cinq degrés par rapport à la route. Il était sûr que ce tracé l'amènerait, sinon aux installations elles-mêmes, du moins au chemin qui y menait. À mesure qu'il s'enfonçait dans la brousse, cependant, cette belle confiance s'effritait. Comment savoir s'il suivait une ligne droite? Peut-être déviait-il de sa route sans s'en rendre compte? Il pourrait bien passer au large et se perdre! À cette inquiétude justifiée s'en ajouta aussitôt une autre: peut-être ces bois étaient-ils truffés de censeurs, de caméras à rayons infrarouges, de gardiens, de pièges! Pour ne pas arranger les choses, il songea encore qu'il n'avait laissé nulle trace derrière lui dans le cas où il déciderait de rebrousser chemin!

Comme il commençait à maudire son impulsivité, il crut percevoir une lueur diffuse. Cela lui redonna de l'allant. La lueur se précisa et, à travers les branches de plus en plus clairsemées, apparurent enfin les contours de son objectif.

Entre les bois et le mur entourant les installations de l'AGS, il y avait un espace dégagé d'une cinquantaine de mètres éclairé par des réverbères plantés à l'intérieur. Le mur, à peu près de la hauteur de trois hommes, était surmonté de barbelés. Philo n'avait pensé à aucune manière précise de s'introduire dans ce qu'il tenait, désormais sans le moindre doute, pour la prison où était détenue la mère de son fils. Pour ne pas gaspiller un temps précieux, il renonça à chercher une brèche. Il décida plutôt d'aller voir du côté de l'entrée.

Mais avant, il prit son téléphone et composa un numéro pré-enregistré. Bond répondit presque aussitôt, preuve qu'il ne dormait que d'une oreille, comme Liboiron sans doute. Philo se serait senti encore plus mal à l'aise d'avoir à annoncer à ce dernier son escapade nocturne.

— Quoi? fit Bond interloqué.

— Je suis ici, répéta Philo.

— Où ça?

— Où nous sommes venus cet après-midi.

— C'est une *joke*!

— Non.

— Mais, *gull shit*! vous êtes fou! Qu'est-ce que vous faites là?

— Je m'excuse de ne pas vous avoir prévenus... je ne pouvais plus attendre.

— Okay! Okay... Maintenant, restez là et ne tentez rien, pour l'amour du ciel!

— Je vais essayer d'entrer.

— Non! Surtout pas! Vous m'entendez, Villefranche? Villefr...

Philo pesa sur le bouton marqué « END », puis remit l'appareil dans sa poche.

Convenablement éclairé par les lumières de l'AGS, il commença par suivre sans difficulté la lisière du bois jusqu'à ce qu'il reconnaisse l'endroit où il s'était présenté avec Liboiron et Bond. À sa grande surprise, les portes, cette fois, étaient ouvertes! Le gardien était sorti de sa guérite et parlait avec un homme vêtu d'un complet sombre, avec une chemise et une cravate assorties, contrairement au gardien qui, lui, portait un uniforme tout noir: col roulé, jean, blouson et casquette de cuir. Par les éclats qui venaient jusqu'à lui, il parut à Philo que cet échange était teinté d'une fébrilité proche de la panique. Puis les deux hommes se tassèrent près de la guérite alors que des faisceaux de lumière blanche annonçaient la sortie d'un véhicule. Un fourgon sortit et disparut dans la première courbe à une allure quelque peu excessive. Le véhicule n'était pas identifié, du moins sur les faces que Philo avait pu apercevoir.

Laissant le gardien seul, l'homme retourna à l'intérieur des installations. Le gardien retira sa casquette, gratta son crâne rasé de près, puis il se retourna avec l'intention évidente de réintégrer son abri.

Or, pour ce faire, il devait forcément tourner le dos un moment à Philo. Ce dernier se vit comme en un rêve, bondissant, franchissant par enjambées de géant les quelques mètres qui les séparaient, tombant sur le gardien et l'assommant de son plus puissant coup de revers derrière l'oreille.

En effet, quelques secondes plus tard, le gardien était immobilisé au sol, victime d'une sérieuse commotion cérébrale. Philo regarda autour, ramassa la casquette qui était tombée et, y mettant toute sa vigueur, traîna le gardien jusqu'au bois. L'homme ne portait pas d'arme. À tout hasard, Philo se cala la casquette sur la tête, même s'il était fort improbable qu'on le confondît avec ce gardien plus court et beaucoup plus pâle que lui. Par contre, comme il portait des vêtements sombres, il n'attirerait pas trop l'attention. Ensuite, il défit rapidement le lacet d'un des tennis que portait le gardien et lui attacha les mains au tronc d'un jeune bouleau. Enfin, indifférent au danger, Philo s'approcha de l'entrée et pénétra dans les installations de l'Avanced Genetic Society.

Il se retrouva dans une cour intérieure aménagée entre le mur et l'arrière d'un édifice percé de deux entrées de livraison, qui étaient ouvertes, et d'autant de portes auxquelles on accédait par de courts escaliers en fer. Sur sa gauche, Philo aperçut des conteneurs à déchets. D'un pas qu'il voulait anodin, il se dirigea vers eux afin de s'y dissimuler le temps de mieux reconnaître les lieux.

Il décela des mouvements humains dans les entrées de livraison, mais personne ne fit attention à lui. Il atteignit sa cachette sans la moindre anicroche. Il sortit la tête et constata qu'à peu près rien n'avait échappé à son premier regard, si ce n'est, tout au fond, des garages fermés, sur le toit desquels était posé un hélicoptère.

Un nouveau camion entra, fit un demi-tour et se plaça à reculons devant l'entrée de livraison la plus éloignée. Le chauffeur descendit et adressa la parole à des hommes dont Philo ne voyait que la moitié du corps. Il comprit qu'on s'étonnait de l'absence du gardien. Enfin, le chauffeur, utilisant le marchepied de son camion, se hissa dans l'entrée de livraison. On commença aussitôt à charger d'étranges et lourds paquets à la forme imprécise.

Jugeant imprudent et inutile d'attendre là, Philo sortit de sa cachette. Marchant comme quelqu'un qu'une tâche urgente appelle, il grimpa les marches de l'entrée la plus proche. Elle donnait dans une sorte d'entrepôt. Les hommes à qui le chauffeur avait parlé, occupés à charger, levèrent les yeux vers lui. Il leur fit un salut de la main, comme s'il les connaissait depuis toujours, et tourna les talons pour se dépêcher d'aller quelque part où il pourrait se dissimuler de nouveau. Sa ruse fonctionna, car il vit du coin de l'œil qu'un des hommes lui rendait une esquisse de salut, sans cesser le travail.

Philo s'arrêta derrière des caisses empilées. Il y découvrit un chariot-élévateur, la clé dans le contact. Il avait déjà conduit ce genre de machine. Il s'assit au volant et démarra. Il roula vers la porte où l'on chargeait le camion, mais le travail était interrompu. L'homme à cravate de tantôt était là, en train d'écouter des explications que lui donnaient les autres.

— *I'm sure he just quit!* disait l'un.

— *... a few minutes ago, he was telling me that he was having a bad feeling about what's going on tonight.*

— *The bastard!* coupa l'homme en cravate. *That fuckin' bastard is a dead man.*

— *But, sir...*

— *What?*

— *Well... I know we don't have to ask any question, but it's quite worrying, all those dead girls...* *

---

* — Je suis sûr qu'il vient de nous lâcher !

— ... il y a quelques minutes, il me disait qu'il avait un mauvais pressentiment à propos de ce qui se passe ce soir.

— Le bâtard ! Ce salaud est un homme mort.

— Mais, monsieur...

— Quoi ?

— Eh bien... Je sais qu'on ne doit pas poser de questions, mais c'est plutôt inquiétant, toutes ces filles mortes...

Philo passait juste à ce moment et il entendit nettement, malgré le bruit du moteur, les derniers mots de cette terrible réplique. Ils lui firent l'effet d'une savate en plein cœur. L'homme à cravate tourna vers lui un regard perplexe, mais ne s'attarda pas. Philo put mieux voir les paquets que l'on chargeait : c'étaient bien des corps, enroulés dans du jute. Il y en avait huit, dont la moitié étaient déjà rangés, serrés comme des sardines, dans le camion.

— *It's a business decision,* poursuivit l'homme à cravate, *nothing else. Just do what you have to do...*

Philo perdit le reste de la conversation. Au bout de l'entrepôt, il découvrit un couloir. Il vira pour s'y engouffrer. Ce faisant, il aperçut l'homme à cravate qui le suivait des yeux et levait le bras comme pour l'appeler. Philo accéléra. Dès qu'il fut hors de vue, laissant la machine s'arrêter toute seule, il se précipita vers la première porte visible.

Elle donnait sur un autre couloir, blanc celui-là, pavé de carrés de linoléum, au plafond bas soutenant une ligne brisée de néons. De chaque côté, des vitrines rectangulaires se suivaient, d'où émanait une lueur glauque. Au bout, il y avait une autre porte, semblable à celle qu'il venait de refermer, lourde et hermétique. Philo n'avait d'autre choix que de traverser ce couloir. Il prit quand même son revolver en main, car avec ce qu'il venait de voir et d'entendre, il n'aurait plus le moindre scrupule à tuer si nécessaire, ce qu'il n'avait jamais eu à faire de toute sa carrière de policier.

Il courut donc, de côté, un peu à la manière des personnages des fresques de l'Égypte antique, afin de surveiller ses arrières. Le temps pressait, mais il ne put s'empêcher de s'arrêter devant une vitrine, car ce qu'il y avait entrevu ne pouvait faire autrement que de saisir l'esprit de toute personne dotée d'un peu d'humanité.

Dans une salle dont la largeur se mesurait à la longueur du couloir, des dizaines de gros aquariums, disposés en rangées régulières, étaient remplis d'un liquide bleuâtre dans lequel flottaient de monstrueux corps glabres, intubés et reliés ainsi à un réseau complexe de tuyauterie qui sillonnait le plafond. Au premier coup d'œil, Philo eut vaguement l'impression d'être en présence de fœtus géants flottant dans du liquide amniotique, à cause de la position de ces corps et de leur façon de s'agiter mollement. Mais à mesure que son intelligence se remettait à fonctionner à travers l'angoissant dégoût dans lequel cette vision l'avait plongé, il constata que les têtes et les membres étaient très peu développés, alors que les troncs étaient énormes, des troncs quasiment adultes pour des membres d'enfants, dont les ventres se gonflaient et se dégonflaient à une cadence lancinante qui ne souffrait aucune variation d'un corps à l'autre. La boîte crânienne, encarcanée de manière à ce que les tubes qui sortaient de la bouche et du nez restent bien en place, évoquait l'œuvre de quelque réducteur de tête amazonien converti à la biotechnologie, à l'exception des yeux globuleux qui, derrière des paupières sans cils, cherchaient sans relâche un sens quelconque à leur « vie », un sens qui existait sans doute pour ceux qui veillaient sur ces misérables êtres, mais certainement pas pour ces êtres eux-mêmes, condamnés à végéter dans ces limbes biochimiques.

Philo courut à la vitrine suivante : même vision cauchemardesque avec des corps moins avancés dans leur croissance. « On dirait un élevage hydroponique de chair humaine ! » pensa-t-il. Il se retourna. Il y avait une salle aussi de l'autre côté, plus obscure celle-là. Il se colla à la vitrine, les mains en visière et eut à peine le temps d'apercevoir des tables d'opération tout équipées, avant que la porte par laquelle il était venu s'ouvre brusquement.

Philo pivota aussitôt et, reconnaissant l'homme à la cravate, pointa son arme et tira. L'homme eut tout juste le temps de reculer et la balle perfora le cadrage. Philo pivota de nouveau et courut vers l'autre extrémité du couloir par où, Dieu merci, il put sortir sans mal.

Julie Juillet entendit la porte se refermer sèchement dans son dos. Elle jeta un bref coup d'œil dans la pièce blanche et vide, à l'exception d'un tapis de judo par terre, mais aussitôt, son attention fut accaparée par un personnage de bande dessinée fantastique. Il avait la taille d'un garçon de dix ans et ne portait qu'un sarrau blanc, à en juger par ses mollets et ses pieds nus, aux orteils démesurés, dont les ongles jaunes grattaient le plancher. Le petit homme – était-ce un humain ? – était chauve comme une ampoule et probablement imberbe, pour autant que la texture graveleuse de sa peau grisâtre permettait d'en juger. Le nez occupait presque toute la moitié inférieure du visage et s'avançait comme une sorte de bec, avec deux narines dont les ailes se confondaient avec les joues. Sous cet appendice énorme, un trait de bouche esquissait une sorte de sourire. Enfin, des yeux noirs et brillants, qui fixaient Julie Juillet avec une intelligence de bistouri! Elle frissonna sous l'effet de ce regard de prédateur, du genre qu'elle avait si durement appris à reconnaître dès l'âge de neuf ans.

— Il était temps que nous nous rencontrions, Madame Julie Juillet, dit une voix d'aluminium froissé.

Il parlait un français d'ordinateur.

— À qui ai-je l'honneur? demanda l'interpellée en essayant de ne pas paraître intimidée.

— Je n'ai pas vraiment de nom. Je me fais appeler *Docteur Oh*, o... h!

— Ah! Merci pour l'épellation, cela me sera utile quand je rédigerai mon rapport.

— Vous n'êtes pas dans une situation pour narguer qui que ce soit, madame! Si je vous donne cette précision orthographique, c'est qu'elle devrait vous intéresser. Vous ne voyez pas?

— Œgenia Heinzgerber! articula Julie Juillet, après quelques secondes d'intensive réflexion.

— Exactement. Je suis heureux que la réputation de votre intelligence ne soit pas surfaite.

Complètement ressaisie, Julie Juillet abaissa un regard plein de mépris sur son exécrable hôte.

— Quel rapport peut-il y avoir entre cette savante magnifique...

— ... et une créature comme moi? C'est simple: Œgenia Heinzgerber était ma mère!

— Allons donc! fit Julie Juillet en ricanant.

— Cela vous semble incroyable, n'est-ce pas, et ce l'est! Je vais vous expliquer tout cela, Madame Julie Juillet. C'est un privilège que je n'ai jamais accordé à aucune femme avant de la consommer.

Julie Juillet se raidit.

— Je ne vous conseille pas d'essayer.

— Je ne vous conseille pas de résister, rétorqua le docteur.

Cela dit, il leva le nez et huma fortement.

– Je sens que vous commencez votre période d'ovulation. Cette odeur provoque en moi un désir féroce.

Julie Juillet fit à nouveau des yeux le tour de la pièce. Il n'y avait d'autre issue que la porte derrière elle.

– Elle est verrouillée, dit le docteur Oh, devinant les pensées de Julie Juillet, et mon fidèle Greifen est de garde de l'autre côté. Il saura quand j'aurai fini et il ouvrira. Vous recevrez tout de suite les soins que votre état nécessitera puis vous serez transportée en lieu sûr, loin d'ici, car sachez que malgré tout le tort que vous m'avez fait, j'ai négocié votre survie.

– Qu'est-ce que c'est que ces conneries? Vous n'auriez pas abusé de certaines drogues? crâna Julie Juillet.

– Oh que non! Jamais de drogue ni d'alcool. Laissez-moi parler maintenant, si vous voulez savoir pourquoi vous allez souffrir, car la chaleur de vos entrailles m'enivre de plus en plus.

– Je vous écoute, dit Julie Juillet, considérant que le mieux à faire était de gagner du temps.

– Oui, Œgenia Heinzgerber était bien ma mère. Vous savez qu'elle avait mis au point une technique de parthénogenèse qui fonctionne à merveille et qui permet à une femme de mettre au monde une fille qui lui ressemble en tout point. Vous savez aussi que ma mère faisait partie des Gorgones, une vaste organisation secrète qui visait à éliminer le sexe masculin de la planète. À cause de vous, ou grâce à vous, selon le point de vue, tout ce complot a été mis à jour. Ma mère s'est suicidée. Je ne vous en veux pas pour cela: je la détestais! Elle ne s'est jamais intéressée à moi qu'en tant qu'objet d'étude scientifique. C'est qu'avant de consacrer toutes ses énergies à mettre au point la technique de la parthénogenèse, elle avait exploré d'autres voies pour que l'humanité puisse se passer des mâles. Elle a, entre autres, eu l'idée de créer une sorte de sous-homme, une bête sexuelle, si l'on veut, capable de produire des quantités industrielles de sperme sans rien exiger en échange. Nous sommes avant la Deuxième Guerre mondiale, la génétique en est aux balbutiements. Ma mère avait un statut de pure Aryenne – j'ai toujours douté qu'elle le fût vraiment – elle sut manipuler l'idéalisme nazi pour obtenir des moyens

considérables sans, bien entendu, aucune restriction d'ordre moral.
Parmi ces moyens, le moindre n'était pas la possibilité de puiser à
loisir dans le « stock » humain des « camps de travail ». Elle a donc
procédé aux croisements les plus étonnants qu'on puisse concevoir,
avec des résultats le plus souvent monstrueux, qu'elle détruisait dès
qu'ils devenaient inutiles à ses recherches. Quelques-uns ont survécu :
mon brave Greifen, par exemple, que je considère pratiquement
comme mon frère. Il est presque un être normal à l'exception de ses
griffes, qu'il taille tant bien que mal, sauf celle qu'il utilise comme
une arme… et du fait qu'il est asexué, ce qui en fait un acolyte des
plus fiables. Ma mère a fait croire aux nazis qu'il était le prototype
d'un soldat idéal. Cela a beaucoup plu, vous vous en doutez bien.
Quant à moi, je représentais le but réel de ses recherches. Pourquoi
s'est-elle auto-inséminée ? Elle ne me l'a jamais dit – elle ne me parlait jamais ! Peut-être nourrissait-elle une sorte de fantasme de mère
première de la nouvelle humanité. Quoi qu'il en soit, elle a vite
déchanté quand j'eus atteint ma maturité sexuelle. Oui, je pouvais –
et je peux toujours, vous n'allez pas tarder à le constater à vos dépens
– produire des quantités gigantesques de sperme. Il suffit pour cela
que je sois en présence d'une femme en période de fertilité.

À ce moment, Julie Juillet remarqua que le sarrau du docteur Oh
se soulevait dessous la taille.

— Vous voyez ? ironisa le docteur. Je ne pourrai plus me retenir
bien longtemps, vous sentez tellement bon. Donc, à moi seul, je peux
féconder autant de femmes qu'une armée d'hommes en santé. Le
problème, c'est le résultat : je n'engendre jamais que des monstres.
Quand ma mère s'est rendue à l'évidence, mes jours étaient comptés.
C'est la fin de la guerre qui nous a sauvés. Ma mère a dû fuir en Suisse
en nous emmenant, Greifen et moi, de même que quelques autres
malheureux aujourd'hui disparus, car nous constituions des preuves
éloquentes de l'avancement de ses travaux. Ainsi, elle a pu obtenir
auprès de sources peu recommandables le financement pour recréer
ses laboratoires. Vous n'avez pas idée de ce que cette humanité peut
compter de cerveaux mal intentionnés ! Comme tous ses efforts
allaient désormais être consacrés à la parthénogenèse, je n'allais plus
être pour elle qu'un souvenir encombrant. Je l'ai compris très vite, car

la seule chose que je tienne de ma mère, c'est une intelligence supérieure. Je me suis donc dépêché de prendre le large, avec Greifen, non sans avoir dérobé un peu d'or et de précieux documents. J'étais très au fait des recherches de ma mère, ayant fait ma propre éducation scientifique au jour le jour. Les Gorgones, vous le savez, avaient pour objectif de reproduire des femmes de qualité supérieure, de créer une sorte d'armada du génie féminin. C'est ainsi qu'elles ont fait l'erreur d'entrer en contact avec vous – j'ai toujours suivi de près les activités de ma mère, que j'ai longtemps fait chanter, histoire de continuer à profiter de ses travaux. De mon côté, je ne suis animé d'aucune espèce d'idéalisme. À voir la façon dont évoluait l'Occident au début des années soixante, il était facile de pressentir que l'esclavage allait reprendre d'une façon ou d'une autre. L'être humain aime posséder son semblable, surtout quand le possédant est mâle et le possédé, femelle. Je n'ai eu aucune peine à trouver des associés qui se sont occupés des détails matériels. Nous avons vite été en mesure de livrer des bébés féminins sur commande, et aussi des organes. Maintenant, notre entreprise va devoir cesser ses activités, nous allons éliminer le plus beau troupeau de génitrices jamais constitué. Cela me chagrine, mais je dois admettre que je ne suis plus maître de la situation.

– C'est... c'est monstrueux!

– Je sais bien. Que voulez-vous, je suis un monstre! Dites-vous qu'elles ne souffriront pas. Rien qu'une injection et elles auront l'impression de s'endormir... Tout ça, d'ailleurs, c'est un peu à cause de vous...

– Comment? protesta Julie Juillet. C'est vous qui m'avez enlevée.

– C'est vrai. En fait, je devrais plutôt blâmer le hasard incroyable qui a voulu que nous ayons vendu une fillette à une de vos relations. De mon côté, j'ai sans doute commis une imprudence. Notez que si nous avons reçu la visite de policiers aujourd'hui, c'est peut-être pour une tout autre raison. Quoi qu'il en soit, quand je vous ai reconnue sur cette photo, je me suis tout de suite dit qu'il fallait que j'essaie avec vous.

– Essayer quoi?

Le docteur Oh inspira profondément.

— Permettez que je me dénude. Vous devriez en faire autant, histoire de limiter les dégâts.

Julie Juillet ne répondit pas à l'invitation, observant le docteur Oh qui défaisait son sarrau, dévoilant un sexe affreusement long qui s'enligna aussitôt dans sa direction.

— Regardez-moi, articula-t-il à travers les sifflements de sa respiration qui devenait dangereusement saccadée. Suis-je un être humain ? Suis-je une bête intelligente ? Tout va être démantelé, ici. C'est sans importance réelle, car je vais vivre jusqu'à cent vingt ans, au moins. La longévité est un autre des précieux secrets que j'ai percés et celui-là, il est bien à l'abri dans ma tête. Seul Greifen est au courant, parce qu'il en profite aussi. Vous-même, vous bénéficierez de ses bienfaits, si vous êtes la personne que j'espère.

— Qu'est-ce que vous délirez, sainte-poche ? Vous êtes malade ! cracha Julie Juillet dont le regard dégoûté ne pouvait se détacher du sexe pointé vers elle.

— Avec ma recette pour retarder le vieillissement, je vais faire des milliards. Mais l'argent ne m'intéresse pas, sinon en ce qu'il me permet de faire d'autres recherches. J'aime la recherche. Quand elle m'absorbe, j'oublie que je ne suis pas un être humain, parce que si j'étais humain, je pourrais engendrer des humains. J'ai fécondé des femmes d'une beauté extraordinaire, sans meilleurs résultats, mais j'ai toujours cru… qu'il existait quelque part… une partenaire génétique… qui pourrait me donner ce… ce petit humain qui tranchera… enfin… la grande question de mon existence… C'est vous, Madame Juillet. Je le sens.

Le docteur Oh s'était mis à haleter comme une bête.

— Voyons donc, sainte-poche ! Je ne… Non… Ça ne va pas ! N'approchez pas !

Mais déjà, le docteur Oh avait bondi vers elle. Elle se déplaça vivement et ils se retrouvèrent chacun dans la position que l'autre occupait l'instant d'avant. Le repoussant homoncule respirait comme s'il venait de parcourir un cent mètres haies.

— Ne résistez pas… c'est inutile… je suis très fort malgré ma taille. Je vais essayer de ne pas vous faire trop mal… j'en ai pour une demi-heure au plus…

— Ne pensez même pas à poser une patte sur moi, espèce de... de lézard raté !

Le docteur Oh poussa un terrible grognement.

— Vous n'auriez pas dû m'insulter. Oui... vous avez visé juste. Mais, vous... vous ne pouvez pas savoir ce que c'est que d'être un monstre, seul de son espèce... J'ai engrossé des femmes aussi belles qu'en rêvent les vrais hommes... je me trompais... la beauté n'est rien, c'est vous qu'il me faut, vous êtes tellement... humaine ! Humaine, oui, c'est ça ! Pour la dernière fois... avant que je me déchaîne, je vous en conjure... collaborez... nous allons créer un être exceptionnel... je le sens...

Julie Juillet répondit en se plaçant en position de combat. Le docteur Oh poussa un râle de rage. Ses yeux s'exorbitaient, une bave jaune suintait de sa bouche. Il bondit de nouveau. Plutôt que de sauter de côté, Julie Juillet pencha le corps et, de son bras gauche, fit passer le petit docteur par-dessus son épaule tout en le frappant à l'abdomen de son poing droit. Puis elle recula tandis qu'il s'abattait contre le mur. Elle ressentit une douleur au cou : c'était cet invraisemblable pénis qui l'avait accrochée au passage. Oh était déjà sur pied. Il prit Julie Juillet par surprise en lui fonçant dans les jambes. Elle chuta lourdement sur le sol. Une horrible douleur à la cuisse lui arracha un cri. Oh l'avait mordue. Maintenant, enserrant ses jambes dans un étau, il déchiquetait le bas de sa robe avec ses dents. Elle se mit à le frapper, tentant désespérément de rester calme pour bien diriger ses coups, mais Oh encaissait sans faiblir. Puis, délaissant les jambes, l'enragé s'agrippa à ses flancs et remonta sur elle. Elle parvint à glisser son poignet sous le menton de son agresseur, pour l'empêcher de la mordre encore. Maintenant, c'était ce maudit pénis qui lui faisait mal en essayant de la défoncer malgré qu'elle gardât les jambes aussi serrées qu'elle le pouvait. Ils continuèrent pendant un bon moment à lutter dans cette position. La situation n'évoluait guère. Julie Juillet prit conscience que cet animal était inépuisable et qu'il finirait par l'avoir à l'usure.

Alors elle se fit toute molle. Râlant de satisfaction, Oh releva ce qui restait de la robe et s'installa à genoux entre ses cuisses. Il s'arcbouta pour lui enfoncer son affreux pieu dans les entrailles. À la dernière seconde, Julie Juillet dressa les reins, et le pénis, râpant ses fesses, passa sous elle. Elle prit appui sur son coude et fit basculer Oh pour se placer à califourchon sur son ventre. Elle sentait le sexe dur comme du fer contre sa colonne vertébrale. Elle se souleva et se fit choir à la renverse de tout son poids, gardant les bras en avant pour empêcher le reste du corps de se redresser. La verge plia, remonta, plia encore. Julie Juillet y mit tant de vigueur, encouragée par les yeux révulsés de son agresseur qui cherchait à crier, qu'elle sentit tout d'un coup que ça déchirait, que ça cassait!

Le docteur Oh fit entendre le plus épouvantable hurlement de souffrance qu'on puisse imaginer. Julie Juillet, glacée, se releva jusqu'au mur contre lequel elle s'appuya pour reprendre son souffle. Oh ne s'intéressait plus à elle. Les mains dans l'entrejambe, il se tordait de douleur comme un lombric à moitié écrasé, ne cessant de pousser des hurlements de brûlé vif.

La porte s'ouvrit brusquement. Julie Juillet vit le visage de Greifen en plein désarroi. Sans perdre une seconde, elle fonça sur lui et avant qu'il ait eu le temps de réagir, elle l'avait fait rouler au fond de la pièce et elle passait l'embrasure de la porte. Smith était là. Il glissa vivement la main dans son veston pour y prendre son arme, mais un formidable coup de genou dans les parties génitales le força à se pencher. Il alla bien vite rejoindre le docteur Oh et Greifen, tandis que Julie Juillet, refermant derrière elle, détalait à toutes jambes.

— *Get her!* cria Smith à Greifen qui tentait de calmer le docteur Oh, dont le pénis, tout à fait ramolli, pissait du sang. *Leave him with me and get that fuckin' whore before she messes the whole fuckin' house! And there's a tall negro also who got into the building. Find him right after that girl is killed and cut him in small pieces!** Après quelques

---

* — Attrape-la! Laisse-le avec moi et mets la main sur cette sale pute avant qu'elle foute le bordel partout! Et il y a un grand Nègre aussi qui est entré dans le bâtiment. Trouve-le quand la fille aura été tuée et coupe-le en petits morceaux!

hésitations, Greifen partit à la recherche de Julie Juillet. Smith, massant ses couilles d'une main et prenant appui de l'autre, se releva en gémissant.

— *Shut up!* dit-il au docteur. *Shut up!*

Mais Oh continuait à se plaindre sans la moindre retenue. Le visage de Smith exprima soudain une haine effrayante.

— *This is too much, just fuckin' too much, doctor Zero. I'll make you shut up, bastard!*

Il tira son pistolet, visa tranquillement le corps agité du docteur Oh et tira. Ce dernier sursauta. À la grande surprise de Smith, il se releva vivement et lui fit face, comme indifférent à la balle qui lui avait perforé le côté droit pour ressortir dans son dos. Stupéfait, Smith tira à nouveau, et encore, et encore... Il dut vider son chargeur pour coucher définitivement l'ignoble savant. Même alors, il se dépêcha de recharger, car le corps tremblait toujours.

— *Fuckin' creature!* répétait-il, tandis qu'enfin, Oh s'éteignait pour de bon, dans une mare de sang noirâtre.

Smith demeura un moment devant le cadavre, sans se désarmer, de peur d'une ultime et subite résurrection. Enfin rassuré, il rangea son pistolet et pivota pour sortir.

Il s'arrêta sec à la vue de Greifen, debout dans l'embrasure de la porte, le visage déformé par l'expression de la plus profonde désolation, regardant le corps en charpie de son fidèle compagnon. Il avait entendu les coups de feu. Ses yeux se portèrent sur Smith, dont le sang se glaça.

— *I did'nt have any choice...* balbutia ce dernier sans conviction, tout en ressortant son arme.

Il n'eut même pas le temps de viser. Animé d'une violente poussée de rage, Greifen fit cingler sa formidable griffe. Le pistolet vola dans les airs, comme propulsé par une explosion de sang. Avant même de pouvoir crier, Smith vit qu'il venait d'être amputé de la main droite. La gauche vint aussitôt saisir le poignet mais Greifen, inspiré par la vengeance, frappa de nouveau. Smith tomba à genoux, fixant d'un air parfaitement incrédule les deux moignons d'où le sang coulait à flots. Il voulut lever les yeux vers Greifen, mais l'homme de main n'était déjà plus là.

À la vitesse où son sang coulait par ses poignets, Smith comprit qu'il serait mort bien avant que quiconque puisse venir à son secours. Dans sa position qui évoquait la prière, il jeta un dernier regard à ses mains, par terre, qui ne pourraient jamais plus se joindre. Il se laissa rouler sur le dos.

Philo ne put faire l'économie des quelques secondes nécessaires pour reconnaître le lieu dans lequel il avait abouti. C'était un hall central. À droite, au-delà de portes vitrées, il discerna des jardins, tandis qu'à gauche, côté intérieur, c'étaient des portes encore, qui s'alignaient sur deux niveaux, le second ceinturé d'une passerelle avec une balustrade et un escalier à chaque bout. Au milieu, il y avait une loge hexagonale avec des consoles, mais pas de gardien. Philo aperçut à l'extrémité de l'étage deux infirmières qui amenaient une femme à la tête rasée, vêtue d'une ample robe mauve. Une porte s'était ouverte en bas. Philo dut prendre un parti. Il n'était qu'à quelques pas de l'escalier et en trois secondes, il atteignit la passerelle et entra par la porte la plus proche, entendant un homme crier en bas, probablement celui sur lequel il avait tiré un moment plus tôt.

La voie était libre. Il s'enfonça au hasard dans l'édifice. Il n'y avait aucune inscription, rien que des couloirs blancs avec des portes de couleurs variées. Tout d'un coup, il déboucha dans une section où les portes étaient ouvertes sur des chambres vides. Philo entra dans la première pour s'y cacher un moment. C'était une chambre simple : un lit défait, un meuble d'appoint, un écran de télé sans bouton et encastré, une fenêtre… Julie était sans doute enfermée dans une chambre comme celle-ci. Laquelle ? Il n'était pas question de frapper à toutes les portes jusqu'à ce qu'elle lui ouvrît. Peut-être même une de ces chambres ouvertes était-elle la sienne ! Il ne voulait pas envisager cette hypothèse, car sans connaître le détail de ce qui se passait dans cette boîte, il était facile de déduire qu'il y avait un rapport direct entre ces chambres vides et les cadavres de l'entrepôt.

On venait ! Philo tendit l'oreille. On eût dit quelqu'un qui poussait un chariot et s'arrêtait à chaque chambre. La personne arriva bientôt à sa hauteur et entra. Philo ne lui laissa pas le temps de sentir sa présence et, d'un puissant coup à la nuque, la neutralisa. C'était un homme de bonne taille. Après avoir tiré la porte sans la fermer complètement, Philo se pencha sur lui. Il portait le blouson de cuir noir. Philo le lui retira pour l'enfiler. Il était à peine serré. Il installa le corps en position assise dans le coin.

L'homme avait laissé tomber quelque chose, une bouteille de plastique surmontée d'une minuterie. C'était une bombe incendiaire. Philo passa la tête dans la porte. Le couloir était désert. Il y avait bien un chariot, rempli de bouteilles identiques.

Philo déplaça le chariot vers la porte de la chambre précédente. Il aperçut tout de suite la bombe sur le lit. La minuterie marquait deux cent vingt-huit minutes. À sa montre, il était quatre heures douze. Moins de quatre heures pour trouver Julie!

Il prit son téléphone et appela Bond.

— Villefranche! Où donc êtes-vous par tous les dieux du ciel? avait répondu ce dernier sans même lui laisser le temps de le saluer.

Refoulant le flot de reproches qui lui montait aux lèvres, il était fort surpris d'apprendre que Philo avait réussi à s'introduire dans les locaux de l'AGS.

— Il faut agir tout de suite, exhorta Philo. Ils sont en train de procéder à un massacre! Ils vont tout faire sauter avant huit heures!

Liboiron était déjà en communication avec les autorités. L'initiative de leur collègue avait incité les policiers à demander que soit devancé le déclenchement de l'opération. Les premiers hélicoptères étaient sur le point de décoller.

— Et Julie? s'enquit Liboiron derrière, d'une voix nouée.

— Je la cherche encore.

Philo interrompit la communication, sortit dans le couloir toujours désert et, poussant le chariot, reprit sa quête.

*

Indifférente aux douleurs que lui avait laissées sa confrontation avec le docteur Oh, dont la plus cuisante était la morsure à la cuisse, Julie Juillet courait à toutes jambes, ne s'arrêtant que pour s'assurer de ne pas se jeter dans les pattes de gardiennes quelconques. Cela faillit arriver une fois, mais elle freina juste à temps. Des gardiennes, justement, emmenaient une pauvre femme. Julie Juillet s'écrasa le cœur pour ne pas intervenir. Elle devait songer au salut du plus grand nombre.

C'est avec soulagement qu'elle retrouva fermée la porte de la chambre d'Aziellaï. Cela voulait dire que les anges de la mort n'étaient pas encore passés.

Aziellaï se réveilla en sursaut. Julie Juillet lui posa un doigt sur la bouche.

« Danger ! » répéta Julie Juillet en imitant différents accents, dans l'espoir de tomber sur une prononciation qui évoquerait quelque chose dans la langue de sa codétenue. Celle-ci comprit. Julie Juillet lui fit signe de frapper sur la cloison. Aziellaï s'exécuta aussitôt en martelant le plâtre à un rythme endiablé. Julie Juillet l'imita de l'autre côté. Dès que les réponses se firent entendre, elle prit Aziellaï par la main et la tira dehors. Elle avait repéré, au bout de chaque couloir, une porte blanche différente des autres. Elle y entraîna Aziellaï et ouvrit. Elle avait deviné juste : c'était un placard. Elle y poussa Aziellaï et referma en lui faisant comprendre de rester cachée.

Puis elle recommença à courir, ouvrant une à une toutes les portes et faisant sortir les femmes qui venaient à peine d'être réveillées par le signal d'alerte. Ce n'était pas possible de les cacher toutes. La seule solution était de compter sur l'effet du nombre, provoquer le chaos ! Après, elle verrait bien. Les prisonnières aussi comprirent son plan, comprirent qu'était enfin arrivée l'heure de leur libération car, poussant mille exclamations de leurs bouches si longtemps réduites au silence, elles se mirent à leur tour à ouvrir toutes les portes et à s'éparpiller dans toutes les directions.

Julie Juillet, qui ne prenait pas le temps de regarder derrière, arriva vite à ce qui devait être la dernière chambre. Comme les trois ou quatre qui la précédaient, elle était inoccupée. Julie Juillet souffla un peu. Que faire maintenant ? Chercher l'endroit où l'on procédait aux exécutions et... foncer encore. Elle fit quelques pas dans un couloir périphérique et poussa une porte...

Greifen lui barra le chemin ! Elle recula vivement. Il était là, à quelques mètres d'elle, brandissant son affreuse griffe encore rouge du sang de Smith. Son visage carré semblait de pierre, sauf sa bouche qui esquissait un rictus d'une impitoyable méchanceté.

— *I will make mincemeat of you!* articula-t-il lentement.

Julie Juillet ne douta pas un seul instant du sérieux de la menace.

Elle se donnait bien peu de chances de sortir gagnante d'un corps à corps avec ce hachoir vivant, mais elle ne pouvait plus reculer. Derrière, il y avait toutes les femmes qu'elle venait de libérer. Elle imaginait trop facilement Greifen lancé à sa poursuite et tranchant au passage tout ce qu'il croisait.

Julie Juillet inspira profondément, dressa la tête et regarda son adversaire droit dans les yeux dans le bien faible espoir de l'intimider un peu. L'image de son petit Carl s'empara de son esprit et, tandis que Greifen avançait lentement vers elle, elle eut peur. Le danger, encore! Elle ne pouvait l'affronter indéfiniment sans payer le prix. Une grande fatigue monta en elle, ouvrant un abîme de faiblesse. Elle y entrevit sa mort.

Attiré par leurs éclats de voix, Philo déboucha au beau milieu des femmes libérées qui, dans une rage désordonnée, faisaient un mauvais parti à deux « infirmières » pourtant costaudes. Étendues par terre, les femmes en blanc n'avaient pas assez de bras pour se protéger des coups qui pleuvaient sur elles. Philo n'avait pas le temps de s'apitoyer et, abandonnant son chariot, il entreprit de passer au travers de ce tumulte, empiriquement convaincu qu'il trouverait enfin sa compagne de l'autre côté. Quelques femmes, le prenant pour un autre de leurs geôliers, se ruèrent sur lui. Il se défendit tant bien que mal en essayant toujours d'avancer, mais une sorte de pudeur l'empêchait de frapper trop fort. Finalement, il n'eut d'autre choix que de sortir son revolver et de tirer un coup en l'air. La formidable détonation, suivie d'une chute de gravats, figea tout le monde un moment. Il en profita pour s'esquiver.

Enfin, il la vit! Il vit Julie! Il reconnut sa tête ronde, sa chevelure fournie et défaite, ses lunettes rondes... Elle était adossée au mur et retenait de toutes ses forces un homme qui tentait de l'atteindre avec une sorte de couteau courbé.

Philo visa le corps de l'homme, mais juste comme il allait appuyer sur la gâchette, Julie Juillet réussit à se couler de côté et passa dans la ligne de tir. Son adversaire la renversa – ou bien se laissa-t-elle tomber ? – et ils roulèrent sur le sol. L'homme aboutit sur le dessus. Philo se précipita et lui enfonça le genou dans les côtes, ce qui le désarçonna. Il aperçut la griffe dégoulinant de sang qui cinglait vers son visage. Il bloqua le coup avec son poignet gauche et sans réfléchir, tira à bout portant. La tête de l'homme éclata en une gerbe rouge, tout le corps recula sous l'impact, le bras retomba. Philo tira encore une fois puis laissa tomber son arme pour porter secours à Julie, qui ne s'était pas relevée.

La bouche grande ouverte, elle cherchait désespérément à respirer. Elle avait perdu ses lunettes, et ses yeux erraient comme si elle cherchait quelque chose dans le vide pour s'y accrocher. Elle reconnut son homme et lui tendit les bras, agrippant ses épaules avec une vigueur désespérée.

– Philo… Carl… murmura-t-elle.

Elle eut comme un sourire et ajouta :

– … la dernière…

Son regard devint fixe.

– Julie ! hurla longuement Philo.

Il la prit par les épaules, la secoua sans cesser de hurler son nom tandis qu'un vacarme de moteurs s'abattait sur le monde. Elle ne réagissait plus. Il aperçut la tache qui grossissait sur la robe orangée, à la place du cœur.

– Non ! Non ! se mit à répéter Philo en déchirant la robe.

Le sang coulait de dessous le sein gauche. Il essaya de presser, de pincer, mais ses mains glissaient. Julie ne bougeait plus, ne respirait plus.

Il se retourna. Debout, autour de lui, se tenaient en une assemblée multicolore des femmes à la tête rasée, silencieuses, qui regardaient Julie Juillet. Il tendit les bras dans un vain appel à l'aide. Aucun son ne pouvait plus sortir de sa gorge. Une noire douleur poussait des racines dans tout son être.

Requiem

Nul ne voulait y croire. Parmi les quelques centaines de personnes réunies en ce premier lundi de juin dans la basilique Sainte-Marie, représentants des divers corps de police, collègues, personnalités du monde de l'édition, journalistes, fanatiques de bandes dessinées, connaissances, amis et amies, membres des familles, y compris de celle de Julie Simard, alias Julie Juillet, alias Karma Vida – avec laquelle famille elle avait pourtant rompu dans sa jeunesse –, plus les curieux, les émus, les touchés, les amateurs d'événements historiques qui avaient eu la chance d'arracher une place à l'intérieur, les chrétiens charismatiques et autres âmes en mal de témoignage, sans donner le détail des représentants des différents paliers de gouvernement et sans oublier ceux qui étaient là pour travailler, reporters, caméramans, techniciens, l'armée de policiers en uniforme ou en civil, stratégiquement placés aux alentours pour prévenir toute tentative d'attentat, non, personne parmi tout ce monde à la mine basse ne voulait vraiment y croire. Pourtant, dans le cercueil verni dont l'officiant faisait le tour en l'enrobant dans les volutes de l'encens, c'était bien le corps de Julie Juillet qui reposait et qui quitterait bientôt la nef, tandis que le chœur entonnerait l'air de la télésérie *La Chambre des dames*, que la défunte ne pouvait entendre sans s'essuyer les yeux...

Pour l'amour de la rose qui pleure,
ouvrant au ciel son cœur blessé...

Elle ne pratiquait pas de religion, Julie, elle se proclamait athée. Philo avait accepté l'usage de la basilique pour ces funérailles nationales, mais il avait cependant exigé que les références à la foi fussent réduites au strict minimum.

Si, de son vivant, Julie Juillet avait toujours cherché à préserver sa vie privée des regards qu'aurait pu attirer sa double réputation d'artiste et de policière exceptionnelle, elle ne devait plus y compter maintenant, si tant était qu'elle existât encore dans un autre monde et qu'elle n'y eût pas mieux à faire que de se préoccuper des choses humaines. Les peu nombreuses photographies qu'elle laissait d'elle avaient été reproduites à travers le monde – même en Chine, où les horreurs de l'Advanced Genetic Society allaient pour longtemps alimenter la chronique anticapitaliste. La télévision, bien sûr, en avait fait une héroïne à sa manière. Son éditeur avait dû remettre ses œuvres sous presse, car les librairies avaient écoulé en quelques heures tous les exemplaires disponibles. Les multiples facettes de la personnalité de Julie Juillet fascinaient le public. Plusieurs visages, mais un seul cœur! avait joliment résumé un rédacteur. Les hebdos populaires étaient tous en train de produire des cahiers spéciaux. Mata Hari ou Mère Teresa? se demandait une commentatrice sans pouvoir trancher. Le bungalow de Saint-Bertrand était en état de siège. Les brèves apparitions qu'y faisait Philo pour prendre des affaires – il séjournait avec Carl dans un endroit tenu secret – étaient invariablement rapportées à la télé où on le voyait, entouré de policiers, faire signe de la main qu'il ne répondrait à aucune question. Il en allait de même pour Thui et sa mère qui ne pouvaient plus vivre chez elles, Thui dont les exploits avaient aussi été révélés.

Il faut dire qu'il y avait matière à créer quelques légendes. Les forces de l'ordre étaient intervenues trop tard pour sauver Julie Juillet, mais à temps pour empêcher la destruction des installations de l'AGS et l'élimination des preuves matérielles. Ainsi, l'humanité entière avait découvert avec horreur jusqu'à quel degré d'abjection la connaissance des secrets de la vie pouvait entraîner certains esprits dépourvus de compassion. D'abord, la photo de la pièce où gisaient le corps du docteur Oh, truffé de balles, ainsi que celui de Smith, étendu sur le dos dans un cercle de sang, ses mains recroquevillées à l'écart de son corps, avaient fait vendre par millions d'exemplaires les journaux à sensation. Le « tueur à la griffe », quant à lui, avait pris la vedette dans les revues consacrées au fantastique.

Les images des « fœtus géants » dans leurs aquariums avaient profondément bouleversé l'opinion publique. À cet égard, on venait tout juste de proposer au dalaï-lama de présider une commission internationale multidisciplinaire et multiconfessionnelle pour décider de leur sort. Il s'agissait, selon certains, de la question morale la plus complexe depuis celle de l'avortement. En effet, comment considérer ces êtres dont on avait trafiqué les gènes pour développer des organes spécifiques au détriment du reste de l'organisme ? D'une part, le processus qui les avait réduits à cet état quasi végétatif était malheureusement irréversible et ils seraient à jamais incapables de vivre sans tout l'appareillage dans lequel on les avait découverts et dans lequel ils subsistaient toujours, sous haute surveillance. D'autre part, selon les dossiers du docteur Oh, les organes devaient être « récoltés » à des moments précis, sans quoi les organismes porteurs, en quelque sorte étouffés de l'intérieur, périssaient au terme d'une longue et tumultueuse agonie. Souffraient-ils ? Étaient-ils un tant soit peu conscients ? Avaient-ils une âme ? Le Vatican en délibérait.

Quel choc avaient aussi provoqué les visages balafrés des quarante et une survivantes de la prison du docteur Oh ! Les sévices qu'avaient subis ces femmes et leur asservissement total furent largement racontés et commentés avec plus ou moins de tact, selon le style des différents médias. Ici, l'on se complaisait dans la description des orgies sanguinaires du monstrueux docteur Oh, là, on évoquait plutôt le comportement bestial d'un être ambigu. Quarante et une femmes vivantes… Huit avaient été trouvées mortes et prêtes à être transportées vers une destination inconnue. Sept, selon les interrogatoires menés auprès du personnel arrêté sur les lieux, étaient déjà parties pour leur dernier repos, probablement jetées en mer — le fonctionnement de l'AGS était cloisonné à l'extrême et chaque « employé » ne connaissait jamais que ce qui avait un rapport direct avec ses tâches. Au moment de l'enlèvement de Julie Juillet, l'AGS détenait donc cinquante-six femmes sur une capacité de soixante. Elles provenaient de différentes régions du monde où l'on pouvait faire disparaître des jeunes de race blanche – ou pouvant passer pour telle – sans ameuter la troupe. Une batterie d'interprètes avait été mobilisée pour retracer leur origine. Déjà, les difficultés de leur retour à une vie normale s'annonçaient immenses, d'autant plus que la plupart étaient enceintes. Devait-on recourir systématiquement à l'avortement dans les cas où cette intervention était encore possible ? Que faire des enfants qui allaient naître ? Il ne manquerait pas de volontaires pour les adopter, bien sûr, mais encore là, de multiples questions d'éthique et de procédure se posaient.

Le gouvernement central qui, par son laxisme, avait permis le développement de cet affreux chancre, était appelé de toute part à démissionner immédiatement. L'on s'attendait à ce qu'il le fasse au plus tard à l'automne, lorsque l'effervescence de la crise serait passée. Le premier ministre avait beau tenter de réduire l'effet en imputant toute la responsabilité à son ministre suicidé, en parlant d'un cas isolé dans le gouvernement le plus « clair » du monde, personne ne lui donnait la moindre chance de s'en tirer, surtout qu'on commençait à subodorer quelques transactions louches effectuées dans sa propre circonscription.

Durant plusieurs jours, les circonstances qui avaient amené Julie Juillet, retraitée de la police, à enquêter sur l'AGS, puis le docteur Oh à commander son enlèvement, demeurèrent nébuleuses aux yeux des médias et du grand public. Dans les heures qui suivirent sa mort, il fut décidé, au plus haut niveau, que le secret absolu devait entourer l'implication de feu le juge Hunter et de la journaliste Chantal Mignonnet. L'existence d'Aziellaï devait vite rendre ce secret intenable. La nuit de l'intervention, elle était restée dans le placard où l'avait guidée Julie Juillet jusqu'à ce qu'un policier l'y trouve. Liboiron était à proximité quand Aziellaï, terriblement intimidée, montra la médaille que lui avait remise Julie Juillet, comme pour s'identifier. Liboiron avait tout de suite reconnu ladite médaille. Si Philo avait été là, il eût sans doute été frappé par la ressemblance entre Aziellaï et la petite Léa qu'il connaissait très bien, mais le pauvre, complètement sous le choc, refusait de détourner les yeux du visage à jamais éteint de sa compagne. Il avait fallu recourir aux drogues pour l'évacuer. Cet incident avait cependant fait en sorte qu'Aziellaï était devenue la plus sollicitée des victimes du docteur Oh, celle qu'on montrait le plus souvent – elle était d'ailleurs la plus marquée – et la seule à laquelle on avait permis aux journalistes de poser quelques questions, par l'entremise d'un interprète, bien entendu. Chantal Mignonnet, qui avait bien essayé de faire son métier comme si de rien n'était, avait cependant tout de suite reconnu en Aziellaï la mère de sa fille. Dès lors, elle s'était considérée personnellement apparentée à cette femme et responsable de son sort. Elle avait pris des arrangements pour l'héberger dès qu'elle pourrait quitter l'hôtel où toutes les victimes étaient confinées en attendant qu'on soit sûr que nulle menace ne pesait plus sur elles. Elle s'était aussi jurée de tout faire pour retracer sa famille.

Ainsi donc, Chantal Mignonnet était passée de l'autre côté des caméras à titre de personnage principal d'un *scoop* d'envergure, se livrant à une sorte de confession publique qui avait prolongé la durée de tous les téléjournaux et ajouté plusieurs pages aux quotidiens. Elle eut droit à quelques leçons de morale de la part de collègues chroniqueurs et à de vitrioliques sarcasmes de tous les Arthur Jessens du pays mais, somme toute, elle fut plutôt traitée avec sympathie et, enfin, la rencontre des deux mères apporta la dose de chaleur humaine indispensable pour passer au travers d'une histoire aussi noire sans sombrer dans la dépression collective. Personne n'évoqua la possibilité de séparer Chantal et Léa. Bien au contraire, des appels furent lancés dans toute l'Amérique pour que les personnes qui avaient obtenu des enfants par des moyens douteux entrent en communication, en toute impunité, avec les responsables de la vaste enquête entreprise en collaboration avec toutes les grandes polices du monde. Des centaines de réponses arrivèrent assez vite. Il s'avéra qu'elles étaient toutes fausses. Elles émanaient pour la plupart d'esprits perturbés en manque d'attention, ou encore animés d'intentions vénales ou malveillantes. Les vraies mères acheteuses ne se manifestèrent pas et il paraissait improbable qu'on arrive un jour à les retracer, car il est plus simple de faire disparaître des données informatiques que des personnes ou du matériel, et les gens de l'AGS avaient eu tout le temps de lessiver la mémoire de leurs ordinateurs.

C'est pourquoi Aziellaï marchait à la droite de Chantal Mignonnet dans le défilé qui suivait le cercueil, que des policiers en uniforme de cérémonie faisaient lentement descendre du parvis de la basilique Sainte-Marie. Chantal avait jugé que Léa était trop jeune pour vivre une telle expérience ; c'était déjà difficile d'assister à la transformation que le chagrin et la culpabilité opéraient sur le visage de sa mère, une transformation irréversible qui la faisait passer à un autre âge de sa vie.

À la gauche de Chantal Mignonnet, prenant appui sur son bras et sur une canne de l'autre côté, Thui marchait courageusement. Elle avait tenu à accompagner debout, jusqu'à son dernier repos, celle qui avait été pour elle bien plus qu'une patronne. L'œil occidental moyen n'a peut-être pas l'acuité suffisante pour percevoir les finesses d'un visage asiatique et c'est pourquoi ce dernier passe parfois pour inexpressif, mais quand la peine est si grande qu'elle ne peut plus échapper à personne, le visage asiatique l'exprime comme si elle était l'éternelle peine de l'humanité souffrante. Ainsi parlait le visage de Thui, sans une larme pourtant.

Et Thui, à ce moment-là, pensait à Carl, juste devant elle, qui tenait de ses deux bras la main de son père. Philo se pencha et souleva son fils, le serra contre lui, parce qu'il sentait bien que c'était ce qu'il voulait, et aussi parce qu'il avait besoin de sentir la pression de son gracile corps sur ses poumons qui menaçaient sans cesse d'éclater. Carl n'avait pas tout bien compris ce qui s'était passé. La mort demeurait pour lui une réalité insaisissable. Il savait seulement que sa mère lui manquait déjà terriblement et c'était justement d'elle dont il aurait eu besoin pour le guider à travers toute cette confusion. Mais maman était dans la boîte…

Une foule impressionnante avait attendu dehors tout au long de la cérémonie et, comme le voulait une tradition récente qui étonna les étrangers, elle exprima par de sobres applaudissements sa reconnaissance envers la défunte.

Julie Juillet ne fut pas incinérée. On lui avait aménagé une belle place dans le cimetière Notre-Dame-des-Glaces qui n'accueillait plus que des personnalités marquantes.

La mise en terre s'effectua dans la plus stricte intimité, du moins si l'on ne tenait pas compte de la surveillance policière. Il faisait chaud et les hommes qui devaient pelleter la terre dans la fosse transpiraient abondamment dans leur habit noir. Philo avait demandé que l'on procède ainsi, car il voulait faire durer ce qui était à peu près le seul moment de silence et d'intimité dont lui et les proches pouvaient profiter depuis la fin tragique de l'être dont ils partageaient l'amour.

Il entendit pleurer Brigitte, la sœur de Julie, Chantal et Thui, au bout du compte, et d'autres encore qu'il ne chercha pas à identifier. Carl remonta dans ses bras et enfouit son visage dans son cou. Avait-il bien fait de l'amener? Il avait jugé qu'il fallait que le garçon ait le souvenir, même vague, de cette mise en terre pour que, éventuellement, celui de sa mère prenne une place bien définie dans son affectivité. Quelque part au fond de lui, il eut le réflexe de se rassurer auprès de Julie. Il lui fallut admettre à nouveau qu'elle n'était plus là. Il se mit à pleurer à son tour, des sanglots tectoniques auxquels Carl, secoué, répondit en écho.

☞

Liboiron fut le dernier à offrir les ultimes condoléances à Philo qui montait dans la voiture avec Carl.

— Je vais rentrer à pied, dit-il. Bon courage, Philo. Tu sais que je m'en voudrai toujours de ne pas être intervenu assez rapidement.

— Il ne faut pas... Vous n'avez pas commis d'erreur, c'est arrivé comme ça, c'est tout.

— C'était beaucoup plus qu'une collègue, tu sais? Elle a beaucoup fait pour moi.

— Je sais, oui. Elle en a tellement fait pour tellement de monde qu'on se demande comment on va pouvoir continuer sans elle.

— Il le faut bien... et puis tu as Carl...

Il se retint d'ajouter: « ... tandis que moi, je n'ai rien. » Il tapota l'épaule de Philo et referma la portière. Il regarda la voiture noire s'éloigner lentement vers la sortie. Il se dirigea ensuite vers un officier demeuré en retrait.

— Les instructions sont claires? lui demanda-t-il.

— Oui. Nous allons surveiller la tombe jour et nuit tant et aussi longtemps que nous ne recevrons pas d'instructions contraires.

— Bien.

— Que craignez-vous, au juste?

Liboiron détourna la tête en haussant les épaules.

— Qu'on la dérange! répondit-il.

Note. À peu près au moment où il terminait la première version de ce roman, l'auteur a appris que les *snuff movies*, ainsi qu'on appelle en anglais des films montrant des scènes de torture et de mise à mort non feintes, appartiennent en réalité au large répertoire des légendes urbaines. Il va sans dire qu'il s'en réjouit et espère que ce genre d'horreur ne sortira jamais du domaine de la fiction.

Table

PAO : Éditions Vents d'Ouest inc., Gatineau

Impression et reliure : Imprimerie Gauvin ltée
Gatineau

Achevé d'imprimer en septembre
deux mille deux

Imprimé au Canada